KB060065

프래니와 주이

**FRANNY AND ZOOEY**
by J. D. Salinger

J. D. 샐린저 장편소설 박찬원 옮김

J. D. SALINGER

# 프래니와 주이

문학동네

일러두기

1. Zooey는 '주이'로 표기한다. 샐린저의 에이전시가 〔zoo-ee〕라고 발음한다고 확인해주었다.
2. 원주 표시가 없는 주석은 모두 옮긴이주이다.
3. 본문 중 고딕체는 원서에서 이탤릭체로 강조한 부분이다. 한 음절만 이탤릭으로 강조한 경우 역시 고딕체를 사용하였다.

한 살짜리 나의 아들 매슈 샐린저가 함께 점심을 먹는 친구에게
식은 리마 콩 한 알을 받아달라고 강력히 청할 때와 거의 비슷한
기분으로 나 역시 나의 편집자이자 멘토이며, (가엾게도)
나의 가장 친한 친구인 윌리엄 숀에게, 〈뉴요커〉의 수호신으로,
가망성 없는 작품을 사랑해주고, 많은 작품을 쓰지 못하는 작가를
보호해주며, 절망적일 정도로 대담한 글을 변호해주는,
타고난 위대한 예술가이자 편집자임에도 더할 수 없이 겸손한 그에게
무척이나 작아 보이는 이 책을 받아줄 것을 강력히 청한다.

# FRANNY AND ZOOEY

## 차례

프래니
Franny

햇빛이 찬연하게 비치고 있었지만 토요일 아침은 다시 두툼한 외투를 입어야 할 날씨였다. 주중에는 가벼운 코트로 충분했기에 예일 대학 경기가 있는 대망의 이번 주말에도 그 날씨가 지속되기를 바랐지만 모두의 바람과 반하는 날이었다. 역에서 열시 오십이분 열차로 도착할 데이트 상대들을 기다리고 있던 스무 명 남짓한 젊은 남자들 중, 예닐곱 명만이 추운 실외 플랫폼에 나와 있었다. 나머지는 모자를 벗고, 난방이 된 대합실 안에서 두서넛씩 모여 서서 담배를 피우며 이야기를 하고 있었는데, 거의 예외 없이 대학생 특유의 독단적인 말투였다. 그 공격적인 대화 속에서 그들은 마치 한 사람씩 돌아가며 대학 사회 밖에서는 수세기에 걸쳐 서툴게 씨름해왔던, 그래서 때로 도전을 자극하기도 했던 대단히 논쟁적인 문제들을 단번에 완전히 해결하고 있기라도 한 듯했다.

레인 쿠텔은, 단추로 여미는 모직 안감을 댔음 직한 버버리 레인코트 차림이었고, 플랫폼에 나와 서 있는 예닐곱 명의 젊은이들 가운데 하나였다. 아니, 그들 중 하나이기도 했고 아니기도 했다. 십여 분 동안 그는 의도적으로 다른 이들의 대화에 끼지 않고, 장갑을 끼지 않은 두 손을 코트 주머니에 넣은 채 크리스천사이언스 무료 책자 진열대를 등지고 서 있었다. 적갈색 캐시미어 머플러를 목 위로 바짝 당겨 두르고 있었지만 추위를 막는 데 별로 도움이 되지 않았다. 불쑥, 거의 무심결에 그는 코트 주머니에서 오른손을 빼더니 머플러를 고쳐 매기 시작했다. 그러나 채 고쳐 매기도 전에 마음을 바꾸고는 같은 손을 다시 코트 안에 넣어 재킷 안주머니에서 편지 한 통을 꺼냈다. 그는 입을 조금 벌린 채, 그 자리에서 편지를 읽기 시작했다.

편지는 연한 푸른색 편지지에 타자기로 친 것이었다. 이미 여러 번 봉투에서 꺼내 읽었는지 손때가 묻어 있었고 금방 받은 것처럼 보이지는 않았다.

아마 화요일

사랑하는 레인에게,

당신이 이 편지를 해독할 수 있을지나 모르겠어. 오늘 밤 기숙사가 정말이지 믿을 수 없을 만큼 소란해서 나조차 내가 무슨 생각을 하는지 모르겠거든. 그러니 철자가 틀린 단어가 혹 있더라도 그냥 마음 좋게 못 본 척해주길 바라. 근데 말야. 나 당신 조언 받아들여서 요즘 사전에 많이 의지하고 있어. 만약 평소 내 글 같지 않다면 당신 탓이야. 그건 그렇고 당신의 멋진 편지를 막 받았어. 당신을 조각조각, 정신이 흩어질 만큼 등등 사랑하고 어서 빨리 주말이 왔으면 좋겠어. 크로프트 하우스에 숙소를 잡아주지 못한 건 아주 유감이지만 어디에 묵든 따뜻하고, 벌레 없고, 당신을 가끔, 말하자면 일 분마다만 볼 수 있다면 상관없어. 나는 요즘, 말하자면, 미칠 지경이었어. 난 당신 편지가, 특히 엘리엇에 대한 부분이 굉장히 마음에 들었어. 난 사포 빼곤 모든 시인들을 깔보기 시작한 것 같아. 그녀의 시를 미친듯이 읽어대고 있어. 하지만 저속한 발언은 참아줘.* 어쩌면 학기말 그거로 사포를 할지도 모르겠어. 내가 우등 졸업하겠다고 마음먹으면, 그리고 지도 교수라고 배

---

* 사포는 여자 간의 사랑을 다룬 시들을 남겼다.

정된 멍청이가 허락한다면 말이지. "어린 아도니스가 죽어갑니다. 키테레이아여, 우리는 무엇을 해야 할까요? 그대들의 가슴을 쳐라, 젊은 여인들이여, 그리고 그대들의 튜닉을 찢어라." 근사하지 않아? 게다가 사포는 계속 이래. 나 사랑해? 그 형편없는 편지에서는 단 한 번도 사랑한다는 말을 하지 않았어. 난 당신이 구제불능 마초처럼 굴거나 가묵하게(철자 맞나?)* 굴 때면 미워 죽겠어. 뭐, 정말 당신이 밉다는 건 아니지만 체질적으로 난 힘세고 말 없는 남자는 좋아하지 않아. 그렇다고 당신이 힘이 세지 않다는 건 아니지만, 내 말뜻 알지? 여기가 너무 시끄러워지고 있어서 내가 무슨 생각을 하는지도 잘 모르겠어. 어쨌든 사랑하고 이 편지를 속달로 보내서 당신이 조금이라도 빨리 받게 하고 싶은데, 이 정신없는 기숙사에서 우표를 찾을 수 있을지 모르겠네. 사랑해 사랑해 사랑해. 그런데 내가 지난 십일 개월 동안 당신하고 춤을 두 번밖에 추지 않았다는 거 알긴 해? 당신이 술에 취해 맛이 갔던 뱅가드 때는 셈에 넣지 않았어. 난 아마 구제불능으로 남의 시선을 의식하게 될 거야. 근데 말야, 거기 갔는데 손님 맞는답시고 사람들이 쭉 늘어서 있거나 하면 당신 죽을 줄 알아. 그럼 토요

---

* '과묵하게'를 잘못 쓴 것. 원문에는 reticent를 retiscent로 오기함.

일에 봐, 나의 꽃 같은 그대!

모든 사랑을 담아,
프래니
키스 키스 키스 키스 키스 키스 키스 키스
키스 키스 키스 키스 키스 키스 키스 키스

추신. 아빠가 병원에서 엑스레이 결과를 받고 우리 모두 한시름 놓았어. 종양이긴 한데 악성은 아니래. 어젯밤 어머니와 통화했어. 근데 말야, 어머니가 당신에게 안부 전해달랬으니까 금요일 밤 일에 대해선 안심해도 좋아. 우리가 들어오는 소리는 아예 못 들은 것 같아.

또 추신. 당신한테 편지를 쓸 땐 내 말이 다 바보 멍청이 소리 같아. 왜 그렇지? 허락해줄 테니 한번 분석해봐. 이번 주말은 정말 근사하게 보내는 걸로 하자. 이번만은 이것저것 죽어라고 분석하는 거 하지 말기. 가능하면, 특히 나를 그렇게 분석하기 없기. 사랑해.

프랜시스 (키스 마크)

레인이 이 편지를 반쯤 정독했을 때 레이 소렌슨이란 이름의 건장한 남학생이 끼어들어 방해—침범, 침입—했다. 그는 레인에게 도대체 그 릴케라는 자식이 뭔 소리를 하는지 알겠느냐고 물었다. 레인과 소렌슨은 둘 다 '현대유럽문학 251'(4학년과 대학원생들만 들을 수 있는 수업)을 듣고 있었고, 릴케의 『두이노의 비가』 중 제4비가를 월요일 수업 과제로 받은 터였다. 소렌슨을 잘 알지 못했지만 그의 얼굴과 태도에 막연하고 단정적인 혐오감이 있었던 레인은 편지를 넣으며 잘은 모르지만 대부분 이해한 것 같다고 말했다. "운이 좋네. 넌 운이 좋은 사람이야." 소렌슨이 말했다. 그의 목소리에 생기라곤 거의 담겨 있지 않은 것으로 보아 그가 레인에게 말을 걸어온 것은 지루함과 따분함 때문이었을 뿐 무슨 인간적인 대화를 원한 것은 아닌 듯했다. "젠장, 춥네." 그는 그렇게 말하며 주머니에서 담배 한 갑을 꺼냈다. 레인은 소렌슨의 낙타털 코트 옷깃에서 색이 바래긴 했지만 영 신경이 쓰이는 립스틱 자국을 보았다. 몇 주, 아마 몇 달은 된 자국 같았지만 레인은 그런 걸 언급할 만큼 소렌슨을 잘 알지도 못했거니와 그 문제에 관심도 없었다. 게다가 기차가 들어오고 있었다. 두 사람 다 들어오는 열차를 보기 위해 몸을 반쯤 왼쪽으로 틀었다. 거의 동시에 대합실 문이 벌컥 열리며 내내 따뜻하게 있던 남학생들이 열차를 맞으러 나오기 시작했다. 대부분 양손에 불붙인 담배를 최소한 세 대씩은 들고 있는 듯한 분위기였다.

레인도 기차가 들어와 정차하는 동안 담배 한 대에 불을 붙였다. 그런 다음, 아마도 기차를 마중할 수 있게 임시 입장권만을 받아 들어왔을 그 많은 사람들처럼, 레인 역시 자신의 얼굴에서, 도착하는 사람에 대한 그의 감정을 그냥 그대로, 어쩌면 아름답게까지 드러낼지 모를 표정을 애써 지웠다.

프래니는 기차에서 처음 내린 여자들 무리에 있었다. 그녀는 플랫폼 저멀리 북쪽 끝 차량에서 내렸다. 레인은 즉시 그녀를 알아보았고, 얼굴 표정이야 어찌해보려고 했든 간에, 공중에 번쩍 올린 그의 손이 모든 진심이었다. 프래니가 그 손을, 그리고 그를 보았고 그녀도 요란하게 손을 흔들어 화답했다. 그녀는 너구리털 코트를 입고 있었다. 빠른 걸음으로 하지만 무표정한 얼굴로 그녀를 향해 가며 레인은 흥분을 억누른 채, 프래니의 코트를 정말 아는 사람은 이 플랫폼에서 오직 자신뿐이라는 생각을 했다. 언젠가 빌린 차 안에서 프래니에게 삼십 분 정도 키스를 한 후 그는 그녀의 코트 깃에도 키스를 했다. 마치 그 코트 깃이 욕망하여 마땅한, 그녀 자신의 유기적 연장체인 것처럼.

"레인!" 프래니는 반갑게 그를 맞았다. 그녀는 얼굴 표정을 지우는 부류의 사람이 아니었다. 그녀는 두 팔로 그를 감싸안으며 그에게 키스했다. 그것은 역에서, 플랫폼에서 하는 키스, 마음에서 절로 우러나 시작하지만 마무리 과정에서 그만 어색해져, 이

마가 부딪히는 양상도 다소간 생기는 그런 키스였다. "내 편지 받았어?" 그녀가 이렇게 묻고는 숨도 쉬지 않고 연이어 말했다. "꽁꽁 얼었네. 불쌍해라. 왜 안에서 기다리지 않았어? 내 편지는 받은 거야?"

"무슨 편지?" 레인이 그녀의 슈트케이스를 들며 말했다. 하얀색 가죽 테두리 장식을 두른 남색 가방이었는데, 기차에서 지금 막 내려진 다른 슈트케이스 대여섯 개도 모두 같은 종류였다.

"편지 못 받았어? 수요일에 부쳤는데. 뭐야! 내가 직접 우체국에 가지고 가서—"

"아, 그거? 받았어. 가방은 이게 다야? 그 책은 뭐야?"

프래니가 자신의 왼손을 내려다보았다. 그녀는 연두색 천으로 장정한 작은 책 한 권을 들고 있었다. "이거? 아, 그냥 책이야." 그녀는 핸드백을 열어 책을 안에 대충 넣고는 레인을 따라 긴 플랫폼을 걸어 택시 승차장으로 향했다. 그녀는 그의 팔짱을 끼고 있었고, 이야기를 하는 쪽은, 전부는 아니라 해도 거의 그녀였다. 우선 그녀 가방에 든 드레스 한 벌을 다려야 한다는 이야기였다. 그녀는 인형의 집에 어울릴 법한 작고 정말 예쁜 다리미를 샀는데 깜박 잊고 가져오지 않았다고 했다. 그녀는 기차에 아는 여자애는 마사 패러, 티피 티벳, 성은 기억나지 않는 엘리너, 셋 정도밖에 없었던 것 같다고 했다. 몇 년 전 사립기숙학교에 다닐 때, 엑서터인가 어딘가에서 만났었다고. 프래니는 기차에 있던 다른 사람들은 바사 대학이 분명한 두 명, 베닝턴이나 세라 로런스가 분명한 한 명을 빼고는 모두 딱 스미스 여대 타입으로 보였다고 했다. 베닝턴 혹은 세라 로런스 대학 타입은 조각을 하는지 그림을 그리는지 뭘 하는지, 아니면 드레스 속에 레오타드라도 입고 있었던 건지 기차를 타고 오는 내내 화장실에 있는 것 같았다고. 좀 빠른 걸음으로 걷고 있던 레인이 크로프트 하우스를 숙소로 잡지 못해 미안하다고, 물론 불가능한 일이었지만, 대신 아늑하고 굉장히 괜찮은 곳을 잡았다고 말했다. 작지만 깨끗하고 그런 곳이라고. 그는 그녀가 마음에 들어할 거라고 했고, 프래니의 머릿속에는 즉각 하얀색 판자로 외벽을 두른 하숙집이 떠올랐다. 알지도 못하는 여학생 세 사람이 한 방에 있는 모습도. 누구든 그곳에 처음 도착하는 사람이 울룩불룩한 침대 겸용 소파를 쓰게 될 것이고, 다른 둘은 기가 막히는 매트리스가 깔린 더블베드를 같이 쓰게 될 것이다. "잘됐다." 그녀가 기쁨을 실어 말했다. 때로 남성이라는 종족의 보편적 미숙함을 보이는 남자에게 짜증을 숨기는 일이란 지옥이었다. 특히 레인에게. 뉴욕의 어느 비 오던 날이 떠올랐다. 극장에서 나온 직후 레인은 찻길 옆에서 수상쩍게 과한 호의를 베풀더니 턱시도 재킷을 입은 그 못돼먹은 남자가 레인이 잡은 택시를 타고 가도록 내버려두었다. 그녀가 특별히 그 일을 언짢아했던 건 아니지만—맙소사, 남자답게 행동하면서 빗속에서 택시를 잡아야 한다는 것은 끔찍한 일일 것이다—레인이 다시 인도의 연석 위로 올라서면서 그녀를 바라보던 그 못돼먹고 적대적인 표정을 기억하고 있었다. 지금, 그 일이며 다른 일들을 생각하며 이상하게도 죄책감을 느낀 그녀는 레인의 팔을 특별히 조금 더 꼭 잡으며 꾸며낸 애정을 표했다. 두 사람은 택시에 올라탔다. 하얀 가죽으로 테를 두른 남색 가방은 앞쪽, 택시 기사 옆자리에 놓였다.

"가방과 물건들은 숙소에 내려놓자, 그냥 문 앞에 던져놓으면 돼. 그러고 나서 점심 먹으러 가자." 레인이 말했다. "배고파 죽겠어." 그는 앞으로 몸을 숙여 기사에게 주소를 알려주었다.

"아, 당신을 만나니 정말 좋다!" 택시가 움직이기 시작하자 프래니가 말했다. "보고 싶었거든." 그녀는 그 말들을 입 밖으로 내고 얼마 되지 않아 전혀 진심이 아니었음을 깨달았다. 다시 한번 죄책감을 느낀 그녀는 레인의 손을 잡고, 단단하게, 그리고 다정하게 깍지를 꼈다.

약 한 시간 후, 두 사람은 '시클러스'라는 시내의 한 식당에서 비교적 외따로 놓인 테이블에 앉아 있었다. 그 식당은 주로 지적인 비주류 대학생들이 상당히 많이 찾는 곳이었다. 대체적으로

볼 때, 만약 그들이 예일이나 하버드 남학생이라면, 다분히 당연하다는 듯 데이트 상대를 모리스나 크로닌스 같은 곳으로는 데리고 가지 않을 학생들 말이다. 시클러스는 시내에서 스테이크가 '그렇게 두툼하지는 않은'—엄지와 검지 사이가 2.5센티미터 정도 벌어지는—유일한 곳이라 말할 수 있을 것이다. 시클러스는 달팽이로 유명했다. 시클러스는 학생이 커플로 올 경우 둘 다 샐러드를 주문하거나, 혹은 대체로 둘 다 주문하지 않는 곳이었다. 마늘 드레싱 때문이었다. 프래니와 레인은 둘 다 마티니를 마시고 있었다. 십 분 전인가 십오 분 전인가 처음 술이 나왔을 때 레인은 술을 맛보고는 뒤로 편히 기대앉아 거의 딱 봐도 알 수 있을 정도의 만족감을 보이며 잠시 식당 안을 둘러보았다. (아무도 이의를 제기하지 못할 것이라 그가 확신했을) 그 만족감은 자기 자신이 한 점 나무랄 데 없이 적절한 외모—감탄할 정도로 아름다울 뿐 아니라, 그보다 훨씬 마음에 드는 것은 너무 전형적인 캐시미어 스웨터에 플란넬 스커트 차림이 아니라는 것—의 여자와 적절한 장소에 와 있다는 것에서 비롯되고 있었다. 프래니는 전에도 이렇게 레인의 본심이 순간적으로 슬쩍 드러나는 것을 본 적이 있었고, 그것을 더도 덜도 아니게 그 자체로 받아들였다. 하지만 자기 마음과의 고정된 오랜 합의에 의해 그녀는 그 모습을 본 것에, 그것을 포착한 것에 죄책감을 느끼는 편을 택했고, 유독 몰두하는 모습으로 레인의 다음 이야기를 들어주라는 형을 자기 자신에게 선고했다.

레인은 지금 족히 십오 분 정도 대화를 독점해온 사람답게, 숙련도가 막 최고조에 달해 자신의 발언에는 절대로 오류가 있을 수 없다고 믿는 사람처럼 이야기를 하고 있었다. "내 말은 그러니까, 노골적으로 표현하자면, 그에게 고환성이 결여됐다고 말할 수 있다는 거야. 무슨 말인지 알겠어?" 그는 마티니 잔을 가운데 두고 테이블 위에 팔을 올려놓은 채, 그의 열성적인 청중 프래니를 향해 앞으로 몸을 과장되게 구부렸다.

"뭐가 결여됐다고?" 프래니가 말했다. 그녀는 목청을 가다듬고 나서야 말을 할 수 있었다. 무슨 말이든 소리내어 말을 한 지 아주 오래되었기 때문이다.

레인이 주저했다. "남성성." 그가 말했다.

"당신이 처음 말했을 때 들었어."

"어쨌든, 그게 말하자면 모티프였어. 내가 상당히 세심하게 드러내려 노력했던 것 말이야." 레인은 자기 이야기의 흐름을 매우 면밀하게 따라가며 말했다. "내 말은, 맙소사라는 거야. 난 솔직히 다 망했다고 생각했거든. 그래서 'A'라고 대문짝만하게 쓰인 그 말도 안 되는 것을 돌려받았을 때 맹세코 거의 쓰러질 뻔했어."

프래니가 다시 목청을 가다듬었다. 그녀 자신에게 내린 열심히 귀기울여 듣기 벌칙은 이제 완전히 이행된 듯했다. "왜?" 그녀가 물었다.

레인은 그녀가 그의 말을 끊었다는 듯한 표정이었다. "왜냐니 뭐가?"

"왜 다 망했다고 생각했느냐고."

"지금 말했잖아. 방금 그 이야기를 끝냈잖아. 이 브루먼이란 사람은 플로베르 광신자야. 최소한 난 그렇다고 생각했어."

"아." 프래니가 말했다. 그녀는 미소를 짓고는 마티니를 한 모금 마셨다. "이거 기가 막히게 좋은데." 술잔을 보며 그녀가 말했다. "이십 대 일로 섞은 게 아니라서 다행이야. 너무 진만 많이 부은 건 싫거든."

레인이 고개를 끄덕였다. "어쨌든, 그 망할 페이퍼가 내 방에 있을 거야. 주말 동안 기회가 있으면 내가 읽어줄게."

"좋지. 들어보고 싶어."

레인이 다시 고개를 끄덕였다. "그렇다고 뭐 내가 세상을 뒤흔들 엄청나게 대단한 거, 뭐 그런 걸 쓴 건 아니야." 그가 의자에서 몸을 움직여 자세를 바꿨다. "하지만, 모르겠어. 플로베르가 왜 그렇게 신경증적으로 '모 쥐스트mot juste'*에 끌렸는지 강조한

---

* '적확한 단어'란 뜻의 프랑스어.

건 그리 나쁘지 않았다고 생각해. 내 말은 그러니까, 오늘날 우리가 알고 있는 것에 비춰볼 때 말이야. 단순히 정신분석이니 뭐니 그런 헛소리들만 늘어놓은 건 아니지만 그런 것들도 분명 어느 정도는 있었다는 얘기야. 내 말 무슨 말인지 알 거야. 난 프로이트주의자나 그런 쪽은 아니지만 그 프로이트주의라는 것에는 그냥 무시할 수만은 없는 어떤 것들이 있어서 그것들을 그냥 버릴 순 없어. 그러니까 어느 정도까지는, 나는 내가 훌륭한 작가들, 그러니까 톨스토이, 도스토옙스키, 셰익스피어 중 그렇게 단어를 쥐어짠 인간이 누가 있었냐고 지적한 것이 완벽하게 정당하다고 생각해. 그 작가들은 그냥 썼거든. 무슨 말인지 알지?" 레인은 뭔가 기대하는 표정으로 프래니를 바라보았다. 그녀는 아주 특별히 집중해서 그의 이야기를 듣고 있는 것처럼 보였다.

"올리브 먹을 거야, 안 먹어?"

레인은 마티니 잔에 잠시 시선을 던진 후 다시 프래니를 바라보았다. "안 먹어." 그가 차갑게 말했다. "당신이 먹을래?"

"당신이 안 먹으면." 프래니가 말했다. 그녀는 레인의 표정에서 그녀가 잘못된 질문을 했다는 것을 알 수 있었다. 게다가 갑자기 올리브가 전혀 먹고 싶지 않아져서 애초에 자신이 왜 올리브를 달라고 했지 싶었다. 하지만 별 도리가 없었고, 레인이 마티니 잔을 내밀자 그냥 올리브를 받아 아주 맛있다는 듯이 먹었다.

그러고 그녀는 테이블 위에 있던 레인의 담뱃갑에서 담배 한 개비를 꺼냈고, 그는 그녀 담배에, 그리고 자신의 담배에도 불을 붙였다.

올리브로 얘기가 중단된 후 짧은 침묵이 테이블 위를 맴돌았다. 레인이 그 침묵을 깬 것은 그가 결정적인 말을 오랫동안 속에 담아둘 사람이 아니었기 때문이다. "이 브루먼이란 사람은 내가 그 망할 페이퍼를 어딘가에 발표해야 한다고 생각해." 그가 문득 말했다. "하지만 난 모르겠어." 그러더니 마치 갑자기 피곤해진 것처럼, 아니면 그의 지적 결실을 탐하는 세상의 요구에 진이 모두 빠진 것처럼 손바닥으로 얼굴 옆면을 쓰다듬기 시작했고, 무의식적으로 무신경하게 한쪽 눈에서 눈곱을 떼어냈다. "플로베르며 그런 작가들에 대한 비평은 쎄고 쎘거든." 그는 좀 뚱한 얼굴로 생각에 잠겼다. "사실 플로베르에 관한 정말 예리한 연구가 있었다고는 생각지 않아, 지난 몇 —"

"강의 조교처럼 말하네. 아주 똑같아."

"뭐?" 그는 신중하게 말을 아끼며 말했다.

"강의 조교와 아주 똑같이 말하고 있다고. 미안해, 하지만 그래. 정말 똑같아."

"내가? 강의 조교는 어떻게 말하는지 물어도 될까?"

프래니는 그가 기분이 상했음을 알 수 있었다. 얼마나 기분이

상했는지도 알 수 있었다. 그러나 지금 당장은, 자신에 대한 반 감과 악의가 반반인 심정으로 자신의 생각을 이야기하고 싶다고 느꼈다. "글쎄, 여기선 어떤지 모르겠지만 내가 다니는 곳에선, 강의 조교는 교수가 자리를 비우거나 신경쇠약으로 정신이 없을 때, 아니면 치과에 갔거나 뭐 그럴 때 강의를 대신 해주는 사람 이야. 대개는 대학원 학생이거나 그렇지. 어쨌든, 예를 들어, 러 시아문학 강의라고 한다면, 조교는 버튼다운칼라 셔츠에 줄무늬 넥타이를 하고 들어와 반 시간쯤 투르게네프를 트집잡기 시작 해. 그러고 나서 할 만큼 했다 싶으면, 다시 말해 투르게네프를 완전히 망가뜨렸다 싶으면, 스탕달이나 그가 석사 논문을 쓴 누군 가에 대해서 이야기하기 시작하는 거야. 우리 학교 영문과에는 그렇게 작가들을 훼손하고 다니는 소인배 같은 강의 조교들이 한 열 명쯤 있고, 그 사람들은 너무나도 똑똑해서 거의 입도 열지 않지. 모순된 표현은 미안해. 내 말은, 그들과 논쟁이라도 하게 되면 그들이 하는 거라고는 그 끔찍하게 선량한 표정을 하 고는—"

"당신 오늘 무슨 빌어먹을 병에라도 걸린 것 같은데, 알고 있 어? 도대체 뭐가 문제야?"

프래니는 빠르게 담뱃재를 떨고는 재떨이를 조금 더 그녀 가 까이 가져왔다. "미안해. 내가 고약하게 굴었네." 그녀가 말했다. "그냥 이번주 내내 내가 너무나 파괴적인 느낌이었어. 고약해. 내가 못된 거야."

"당신 편지에선 그렇게 빌어먹게 파괴적인 느낌 같은 건 없었어."

프래니가 심각하게 고개를 끄덕였다. 그녀는 테이블보 위 포커 칩 하나 크기만한 작고 따뜻한 햇빛 한 점을 바라보고 있었다. "안간힘을 다해 쓴 편지였어." 그녀가 말했다.

그 말에 레인이 무언가 이야기를 시작하려 했지만 빈 마티니 잔들을 치우기 위해 어느새 웨이터가 다가와 있었다. "한 잔 더 하겠어?" 레인이 프래니에게 물었다.

그는 대답을 듣지 못했다. 프래니는 그 작은 햇빛 한 점을, 마치 그 안에 누울까 생각하는 것처럼 아주 골똘히 응시하고 있었다.

"프래니." 레인이 웨이터를 생각해서 참을성 있게 말했다. "마티니 한 잔 더 할 거야, 말 거야?"

그녀가 고개를 들었다. "미안해." 그녀는 이제 테이블에서 치워져 웨이터 손에 들린 빈 술잔들을 쳐다보았다. "안 할게. 할게. 모르겠네."

레인이 웨이터를 쳐다보며 웃음을 터뜨렸다. "어떻게 할래?" 그가 말했다.

"한 잔 더 부탁해요." 이제 그녀는 정신이 좀 든 모습이었다.

웨이터가 자리를 떴다. 그가 멀어져가는 것을 지켜보던 레인이 다시 고개를 돌려 프래니를 보았다. 그녀는 입을 조금 벌린채, 웨이터가 새로 가져다준 깨끗한 재떨이 가장자리에 대고 담뱃재 모양을 다듬고 있었다. 레인은 불쾌함이 점점 커져가는 것을 느끼며 잠시 그녀를 지켜봤다. 분명히, 그는 자신이 진지하게 사귀고 있는 여자에게서 어떤 식으로든 거리 두기의 징후가 보이는 것을 싫어했고 두려워했다. 어떤 경우이든 그는 분명, 병에 걸린 프래니가 주말 전부를 망칠지도 모른다는 것에 대해 우려하고 있었다. 그는 갑자기 앞으로 몸을 숙이며 두 팔을 테이블 위로 올려 신에게 맹세코 이 상황을 해결하겠다는 듯한 자세를 취했다. 하지만 프래니가 먼저 입을 열었다. "내가 오늘 엉망이야." 그녀가 말했다. "내가 오늘 그냥 제정신이 아니야." 그녀는 자신이 레인을 마치 낯선 사람 보듯, 지하철 통로 건너편 리놀륨 광고 포스터 보듯, 그렇게 바라보고 있음을 깨달았다. 다시 한번 그녀는 배신을 한 듯한 죄책감을, 오늘 되풀이되고 있는 듯한 그 감정을 느꼈고, 손을 뻗어 레인의 손을 감싸는 것으로 그 감정에 반응했다. 그러고는 거의 즉시 손을 뒤로 물려 재떨이에 놓인 담배를 집어드는 데 사용했다. "나 이러는 거 금방 멈출 거야. 정말 약속해." 그녀가 레인에게 미소—어느 정도는 진실한—를 지었고, 만일 그 순간 레인도 미소로 답했다면 뒤에 이어질 사건들을 작게나마 어느 정도는 완화할 수 있었을 것이다. 하지만 레인은 자기 나름의 거리 두기를 가장하느라 바빴고 미소로 답하지 않는 편을 택했다. 프래니가 담배를 한 모금 피웠다. "너무 늦지만 않았어도." 그녀가 말했다. "바보같이 우등을 하겠다고 마음먹지만 않았어도 난 영문학 수업은 듣다 말았을 거야. 모르겠어." 그녀가 담뱃재를 떨었다. "그 현학자들과 잘난 척하며 헐뜯어대는 잔챙이들이 역겨워서 비명이라도 지를 것 같아." 그녀가 레인을 쳐다보았다. "미안해. 그만할게. 약속해…… 그냥 조금이라도 배짱이 있었다면 올해는 학교로 돌아가지 않았을 거야. 모르겠어. 정말이지 모든 게 믿을 수 없는 익살극 같아."

"대단하군. 정말 대단하셔."

프래니는 그 빈정거림을 자신이 받아들여야 할 몫으로 생각했다. "미안해."

"미안하다는 말 좀 그만해, 부탁이다. 당신은 당신이 싸잡아서 지독하게 일반화하고 있다는 생각을 못하는 것 같아. 영문과 사람들이 모두 그렇게 대단하게 헐뜯어대는 잔챙이들이라면, 전적으로 다른—"

프래니가 그의 말을 끊으며 무슨 말인가 했지만 거의 들리지 않았다. 그녀는 그의 진회색 플란넬 어깨 너머로 홀 저편의 막연한 뭔가에 시선을 두고 있었다.

"뭐라고?" 레인이 물었다.

"나도 안다고 말했어. 당신이 옳아. 내가 그냥 제정신이 아니야, 그뿐이야. 나한테 신경쓰지 마."

그러나 레인은 논쟁을 중단할 수 없었다. 그가 옳은 것으로 결론이 나야 했다. "내 말은, 젠장, 살다보면 어느 길에서나 무능한 사람들을 만나기 마련이야. 그건 기본이야. 그러니 그 빌어먹을 강의 조교 이야기는 잠시 접어두자고." 그는 프래니를 보았다. "내 말 듣는 거야, 마는 거야?"

"듣고 있어."

"당신네 그 빌어먹을 영문과에는 이 나라에서 가장 훌륭한 사람이 둘이나 있어. 맨리어스. 에스포지토. 아, 정말이지 난 그 사람들이 우리 학교에 있었으면 좋겠다. 적어도 그 사람들은 시인이잖아, 젠장."

"시인 아니야." 프래니가 말했다. "그것도 내가 끔찍해하는 이유 중 하나야. 내 말은 그 사람들은 진짜 시인이 아니라는 거지. 그냥 출판이 되고 온갖 선집에 실리는 시를 쓰는 사람들일 뿐, 시인은 아니야." 그녀는 의식적으로 말을 멈추고는 담배를 껐다. 몇 분 동안 그녀의 얼굴에서 핏기가 가시는 듯했다. 갑자기, 마치 클리넥스로 닦아내기라도 한 듯, 그녀의 립스틱조차 한두 색조 옅어 보이는 것 같았다. "이 얘긴 이제 그만하자." 그녀가 거의 무기력하게 말하며 담배꽁초를 재떨이에 비볐다. "내가 제정신이 아니야. 이러다 내가 주말을 전부 망치고 말겠다. 내 의자 밑에 문이라도 있으면 그리로 사라져버리고 싶어."

웨이터가 아주 잠깐 다가와 두 사람 앞에 두번째 마티니를 놓고 갔다. 레인이 손가락으로―가늘고 긴 그 손가락은 대개 눈에 띄었다―술잔 다리를 감싸잡았다. "당신은 아무것도 망치지 않아." 그가 차분하게 말했다. "난 그저 도대체 무슨 소린지 알고 싶을 뿐이야. 그러니까 당신 말은 정말 빌어먹을 보헤미안 타입이거나 아니면 죽어야지만, 젠장, 진짜 시인이라는 거야? 당신이 원하는 건, 머리카락이 구불구불한 협잡꾼들, 그런 거야?"

"아니. 우리 그냥 이 얘기 그만두면 안 될까? 제발. 나 정말 완전히 엉망인 느낌이야, 아주 끔찍한―"

"아주 기쁜 마음으로 이 얘기는 그만두도록 하지. 아주 기꺼이. 근데 우선 진짜 시인이 도대체 뭔지 말해줬으면 좋겠군. 그래주면 고맙겠어. 정말이야."

프래니의 이마 위에 높이 맺힌 땀방울들이 희미하게 반짝이고 있었다. 그저 룸이 좀 덥다는 뜻일 수도 있고, 아니면 그녀의 배가 아프거나 마티니 두 잔이 너무 독했다는 뜻일 수도 있었다. 어떤 경우든 레인은 그것을 눈치채지 못한 것처럼 보였다.

"난 진짜 시인이 뭔지는 알지 못해. 이제 그만해줬으면 좋겠어,

레인. 심각하게 하는 말이야. 나 기분이 아주 이상하고 몸이 안
좋은 것 같아. 그리고—"

"알았어, 알았다고. 오케이. 진정해. 나는 그저—"

"내가 아는 건 이 정도고, 그게 다지만 말이야." 프래니가 말
했다. "시인이라면 뭔가 아름다운 걸 해야 해. 한 페이지라도 시
작했으면 뭔가 아름다운 걸 남겨야만 하는 거라고. 당신이 말하는
그 사람들은 단 한 개도, 단 하나도 아름다운 것을 남기지 않아.
아주 조금 낫다고 하는 이들은 사람들 머릿속으로 들어가 거기
에 어떤 것을 남기긴 해. 그러나 그들이 그런다고 해서, 그들이 어
떤 것을 남기는 법을 안다고 해서, 그게 시가 되는 건 아니란 말
이지, 절대. 그냥 뭔가 지독하게 매력적인, 구문 형식의 똥일 뿐
이라고. 이런 표현 써서 미안. 맨리어스며 에스포지토며 그 형편
없는 인물들이 다 그래."

레인이 느릿느릿 담배에 불을 붙이고는 천천히 입을 열었다.
"난 당신이 맨리어스를 좋아하는 줄 알았는데. 실제로, 한 달 전
쯤이었나, 내 기억이 맞는다면 당신은 그를 아주 멋진 사람이라
고 했어, 당신이—"

"나 그 사람 좋아해. 그런데 사람들을 그냥 좋아하는 일에는
신물이 나. 정말이지 내가 존경할 수 있는 누군가를 만날 수 있
으면 좋겠어…… 잠깐 실례해도 될까?" 프래니는 손에 핸드백

을 쥔 채 갑자기 자리에서 일어섰다. 안색이 매우 창백했다.

레인도 의자를 뒤로 밀며 자리에서 일어섰다. 그의 입이 약간 벌어져 있었다. "왜 그래?" 그가 물었다. "괜찮은 거야? 몸이 안 좋은 거야, 뭐야?"

"금방 돌아올게."

그녀는 방향을 묻지도 않고 홀을 나갔다. 마치 전에도 시클러스에서 점심을 여러 번 해서 어디로 가야 하는지 잘 알기라도 하는 사람 같았다.

레인은 홀로 테이블에 앉아 담배를 피우며 프래니가 돌아올 때까지 마티니가 남아 있도록 조금씩 아껴가며 마셨다. 삼십 분 전 그가 적절한 장소에 적절한, 혹은 적절해 보이는 여자와 있다는 데서 느꼈던 만족감은 이제 분명 완전히 사라지고 없었다. 그는 프래니가 앉았던 빈 의자 등받이에 다소 삐뚜름하게 걸쳐 있는 너구리털 코트—기차역에서는 오로지 자기만 알아본다는 사실에 흥분이 느껴지던 바로 그 코트—를 거의 절대적인 반감을 느끼며 살피고 있었다. 실크 안감의 구겨진 주름이 왠지 거슬렸다. 그는 코트에서 시선을 돌려 자신의 마티니 잔 다리를 응시하기 시작했다. 뭔가가 염려스러운, 그리고 막연하게 일이 뭔가 부당하게 돌아가고 있다는 표정이었다. 한 가지는 확실했다. 분명 이 주말은 빌어먹게도 이상하게 시작되고 있었다. 그런데 그 순간 그는 우연히 테이블에서 고개를 들었고, 룸 저편에 그가 아는 사람이, 같은 학년 남학생이 여자와 함께 있는 것이 보였다. 레인은 의자에 슬쩍 곧추앉으며 만사가 걱정스럽고 불만족스러웠던 표정을, 다른 건 아니고 여자친구가, 흔히들 그러듯 혼자 남겨두고 화장실에 간 바람에, 기다리는 동안 할 일이라곤 담배를 피우며 지루하게, 가급적 매력적으로 지루하게 보이는 것밖에는 없는 남자의 표정으로 바꾸었다.

시클러스의 여자 화장실은 엄밀하게는 거의 홀만했고, 특별한 의미에서는 그 못지않게 널찍한 느낌을 주었다. 프래니가 들어갔을 때 화장실 관리인은 없었으며, 사용중인 사람도 없는 듯 보였다. 그녀는 마치 그곳이 일종의 약속 장소인 것처럼 타일이 깔린 바닥 한가운데에 잠시 서 있었다. 이마엔 이제 땀방울이 맺혀 있었고, 입은 힘없이 벌어져 있었으며, 홀에서보다 더 창백해진 상태였다.

그러다 갑자기, 그리고 아주 빠르게, 그녀는 일고여덟 칸 중 가장 멀리 있고 가장 특색 없어 보이는 곳으로 들어가—다행히 동전을 넣어야 들어갈 수 있는 화장실은 아니었다—문을 닫고는 조금 힘겨워하며 문을 걸어잠갔다. 그리고 화장실이라는 환경의 본질에는 어떤 관심도 보이지 않은 채, 자리에 앉았다. 그녀는 마치 자신의 몸을 더 작게, 더 빈틈없는 개체로 만들려는 것처럼 두 무릎을 단단히 붙였다. 그러고 나서 두 손을 세워 눈 위로 올리고는, 시신경을 마비시켜 모든 이미지를 공동空洞과 같은 어둠 속 깊이 잠기게 하려는 듯, 눈가를 세게 눌렀다. 그녀의 펼쳐진 손가락들은 비록 떨리고 있었음에도, 아니 떨리고 있었기 때문에, 기이하게도 우아하고 아름답게 보였다. 그녀는 긴장한, 거의 태아와 같은 자세를 잠시 유지하다가 곧 무너져내렸다. 그녀는 울음을 터뜨렸고, 족히 오 분은 울었다. 그녀는 히스테리 상태의 어린아이가 부분적으로 닫힌 후두개로 숨이 올라오려 할 때 목에서 내는 발작적인 끓는 소리로 슬픔과 혼란을 더욱 요란스럽게 드러내며 전혀 억누르지 않고 울어댔다. 하지만 마침내 울음을 멈췄을 때, 그녀는 그대로 멈추었을 뿐, 그런 격렬한 폭발과 내적인 분출 뒤에 따르게 마련인 고통스럽고 칼날 같은 들숨은 쉬지 않았다. 마치 머릿속에 순간적인 극 변화가 일어나기라도 한 것처럼, 그 변화가 그녀의 몸에 즉각적인 진정 효과라도 일으킨 것처럼 그렇게 멈추었다. 눈물 흐른 자국이 있었지만 별다른 표정이 없어 거의 얼빠진 듯한 얼굴로 그녀는 바닥에 놓인 핸드백을 집어들어 열고는 연두색 천으로 장정한 작은 책을 꺼냈다. 그녀는 책을 다리 위에―아니 무릎 위에―놓고 내려다보았고, 마치 그곳이 연두색 천으로 장정한 작은 책이 있을 수 있는 가장 좋은 자리라는 듯이 가만히 응시했다. 잠시 후, 그녀는 그 책을 집어들고 가슴 높이까지 들어올린 다음 끌어안았다. 꼬옥, 아주 잠시. 그러고 나서 책을 다시 핸드백에 넣고는 자리에서 일어나 화장실 칸에서 나왔다. 그녀는 차가운 물로 얼굴을 씻고, 머리 위 선반에서 수건을 꺼내 물기를 닦은 다음, 립스틱을 새로 바르고 머리를 빗은 후 화장실을 나왔다.

테이블을 향해 홀을 가로지르며 걷는 그녀의 모습은 상당히 근사했고, 대학에서 큰 행사가 열리는 주말에 어울리는 주변을 의식하는 여자와 전혀 다를 바 없었다. 그녀가 미소를 지으며 성큼성큼 그녀 의자에 다가가자 레인이 왼손에 냅킨을 들고 천천히 일어났다.

"아, 미안해." 프래니가 말했다. "내가 죽었다고 생각했지?"

"죽었다고는 생각하지 않았어." 레인이 말했다. 그는 그녀가 앉을 수 있도록 의자를 꺼내주었다. "대체 무슨 일이 벌어졌나 싶었지만." 그는 테이블을 돌아 자신의 의자로 갔다. "우린 젠장할 시간이 많지 않아, 알잖아." 그가 자리에 앉았다. "괜찮아? 눈이 좀 충혈됐어." 그가 그녀를 좀더 가까이 들여다보았다. "괜찮은 거야, 아닌 거야?"

프래니가 담배에 불을 붙였다. "지금은 아주 괜찮아. 근데 내 평생 이렇게 엄청나게 어질어질한 기분은 처음이야. 주문했어?"

"당신 기다렸지." 레인이 여전히 그녀를 주의깊게 바라보며 말했다. "근데 뭐가 문제였던 거야? 배가 아팠어?"

"아니. 그렇기도 하고 아니기도 해. 모르겠어." 프래니가 말했다. 그녀는 접시 위에 놓인 메뉴판을 내려다보며, 들지도 않고 살폈다. "난 그냥 치킨 샌드위치면 돼. 그리고 우유나 한 컵 마실래…… 당신은 먹고 싶은 거 다 주문해. 달팽이, 문어, 그런 것들. 문어의 복수가 'octopuses'가 아니라 'octopi'던가. 난 정말 전혀 배고프지 않아."

레인이 그녀를 바라보더니 지나치게 감정이 실린 가는 담배 연기 줄기를 그의 접시를 향해 내뿜었다. "주말 참 근사하겠다." 그가 말했다. "치킨 샌드위치라니, 어이가 없어서."

프래니는 그 말이 거슬렸다. "난 배가 안 고파, 레인. 미안해. 젠장. 그러니까 부탁인데, 당신은 당신 원하는 거 주문하지그래. 그럼 당신 먹는 동안 나도 먹을 테니. 하지만 당신이 원한다고 내가 없던 식욕을 돋게 할 순 없어."

"알았어, 알았다고." 레인이 목을 길게 빼며 웨이터의 시선을 끌었다. 잠시 후 그는 프래니가 먹을 치킨 샌드위치와 우유, 그리고 자신이 먹을 달팽이, 개구리 다리, 샐러드 등을 주문했다. 웨이터가 자리를 뜨자 그가 손목시계를 보며 말했다. "그런데 우리 한시 십오분, 늦어도 한시 삼십분까지는 텐브리지로 가야 해.

잠깐 들러 한잔한 다음, 모두 함께 그의 차로 경기장으로 갈 거라고 월리에게 말해뒀거든. 괜찮지? 당신 월리 좋아하잖아."

"누군지도 모르겠는데."

"무슨 소리야, 그 친구 스무 번은 만났었잖아. 월리 캠벨. 세상에. 그 친군 한번 만났으면—"

"아, 기억나…… 있잖아, 내가 누굴 금방 기억해내지 못한다고 날 미워하진 말아줘. 특히 그 누군가가 다른 사람들과 똑같이 생겼을 땐, 다른 사람들과 똑같이 말하고, 똑같이 옷 입고, 똑같이 행동할 땐 말이지." 프래니가 말을 멈추었다. 자신의 목소리가 트집 잡는 소리처럼, 못돼먹은 소리처럼 들려왔고, 자기혐오가 밀려들며 문자 그대로 이마에 다시 땀이 맺히는 것을 느낄 수 있었기 때문이다. 그러나 그녀의 말은 그녀의 의지와 상관없이 다시 시작되었다. "그 사람에게 뭐 지독한 점이 있다거나 그런 건 아니야. 단지 지난 사 년 내내 어딜 가든 그런 월리 캠벨들을 계속 만났다는 거야. 난 언제 그들이 매력적으로 굴려는지 알고, 언제 그들이 기숙사에 사는 어떤 여자에 대한 추잡한 험담을 할지 알고, 언제 그들이 내게 지난여름에 뭐했냐고 물을지 알고, 언제 의자를 잡아당겨 거꾸로 돌리고 걸터앉아 끔찍하게, 끔찍하게 조용한 목소리로 자랑질을 시작할지, 아니면 끔찍하게 조용한, 별것 아니라는 듯한 목소리로 유명 인사 이름을 들먹일지 알고 있어. 어떤 특정 사회적, 경제적 계층에 있는 사람들은 자기들이 원하는 만큼 유명 인사 이름을 들먹일 수 있는 불문율 같은 게 있나봐. 그 사람 이름을 들먹이는 순간부터 그 사람을 끔찍하게 폄하할 수도 있고. 개자식이라느니, 색광이라느니, 늘 마약을 한다느니, 그런 지독한 소리들 말이야." 그녀가 다시 이야기를 중단했다. 그녀는 잠시 침묵 속에 손가락으로 재떨이를 감싸 돌리며 고개를 들어 레인의 표정을 보지 않으려 조심했다. "미안해." 그녀가 말했다. "꼭 월리 캠벨 이야기를 하는 건 아니야. 당신이 그 사람 얘기를 꺼내서 그 사람 얘길 한 것뿐이야. 그 사람 생긴 게 꼭 이탈리아나 그런 곳에서 여름을 보낸 사람 같기도 하고."

"참고로 말해주겠는데 지난여름 그는 프랑스에 있었어." 레인은 이렇게 말한 후 곧 덧붙였다. "무슨 말 하는지는 알겠는데, 당신 정말 빌어먹을―"

"알았어." 프래니가 지친 표정으로 말했다. "프랑스." 그녀는 테이블 위 담뱃갑에서 담배 한 개비를 꺼냈다. "월리뿐이 아니야. 그가 여자였어도, 예를 들어 우리 기숙사에 있는 누구였어도 마찬가지였을 거야. 그는 여름 내내 무슨 레퍼토리 극단에서 무대 배경을 그리고 있었겠지. 아니면 자전거를 타고 웨일스를 돌았거나. 아니면 뉴욕에 아파트를 구해 잡지사나 광고사에서 일을 했을 거고. 죄다 그렇다는 거야, 내 말은. 모두가 하고 있는 모든 일들이 뭐랄까, 잘못됐다는 게 아니야. 천박하다는 말도 아니고, 반드시 어리석다는 말도 아니야. 하지만 그저 너무나 보잘것없고 무의미하고 그리고…… 슬프게 해. 그리고 최악은, 만일 보헤미안이 되거나 뭔가 그런 미친 짓을 한다면, 그것 역시 결국은 다른 모든 사람들과 마찬가지로 시류에 순응하는 거라는 거야, 방식만 다를 뿐." 그녀는 말을 멈췄다. 그녀는 상당히 창백해진 얼굴로 짧게 머리를 흔들었다. 그리고 아주 잠시 손으로 이마를 짚어보았는데, 땀을 흘리고 있는지 확인한다기보다, 마치 자기 부모가 되어 열이 있는지 짚어보는 듯했다. "나 지금 상태가 너무 이상해." 그녀가 말했다. "내가 미쳐가는 것 같아. 어쩌면 벌써 미쳤는지도 몰라."

레인이 진심으로 걱정하는―호기심보다는 걱정이 더 많이 담긴―표정으로 그녀를 바라보았다. "당신 지독하게 창백해. 정말 창백하다고. 알아?" 그가 물었다.

프래니가 고개를 흔들었다. "난 괜찮아. 좀 있으면 괜찮을 거야." 웨이터가 주문한 음식을 가지고 다가오자 그녀가 고개를 들었다. "오, 당신 달팽이 요리 근사해 보이네." 담배를 입술에 막 가져갔지만 불은 이미 꺼져 있었다. "성냥 어딨어?" 그녀가 물었다.

웨이터가 자리를 뜨자 레인이 그녀에게 불을 붙여주었다. "담배 너무 많이 피우네." 그가 말했다. 달팽이 요리 접시 옆 작은 포크를 집어든 그는 포크를 든 채로 다시 프래니를 바라보았다. "당신 걱정돼. 심각하게 하는 말이야. 지난 이 주 동안 도대체 무슨 일이 있었던 거야?"

프래니가 그를 바라보더니, 동시에, 어깨를 으쓱하며 고개를 흔들었다. "아무 일도. 전혀 아무 일도 없었어." 그녀가 말했다. "먹어. 그 달팽이 먹어. 식으면 맛이 끔찍하잖아."

"당신도 먹어."

프래니가 고개를 끄덕이고 치킨 샌드위치를 내려다보았다. 욕지기가 희미하게 밀려오는 것을 느낀 그녀는 즉시 고개를 들고 담배를 빨았다.

"연극은 어때?" 레인이 달팽이에 신경을 쏟으며 물었다.

"모르지. 난 안 하고 있으니까. 그만뒀어."

"그만뒀다고?" 레인이 고개를 들었다. "그 배역에 그렇게 열광하더니. 어떻게 된 거야? 다른 사람에게 갔어?"

"아니. 다른 사람에게 주진 않았어. 온전히 내 배역이었지. 더러워. 아, 더러워."

"아니, 무슨 일이 있었던 거야? 연극 전공을 아예 그만뒀다는 소린 아니지? 설마 그런 거야?"

프래니가 고개를 끄덕이고는 우유를 한 모금 마셨다.

레인은 입에 있던 것을 다 씹어 삼킨 후에 말했다. "도대체 왜? 당신이 그 빌어먹을 연극에 열정이 있는 줄 알았는데. 내가 당신에게 들었던 소리 중 유일하게 연극이—"

"그냥 그만뒀어, 그뿐이야." 프래니가 말했다. "창피해지기 시작했어. 내가 아주 더럽고 보잘것없는, 병적인 에고이스트처럼 느껴지기 시작했어." 그녀가 잠시 생각에 잠겼다. "모르겠어. 애초에 연극을 하고 싶어했다는 것 자체가, 일종의 형편없는 취향처럼 보였어. 내 말은 그러니까 모든 에고가 말이야. 연극을 할 때면 공연이 끝난 후 무대 뒤에 있는 것이, 그럴 때의 나 자신이 너무 싫었어. 끔찍하게 너그럽고 따스하다고 느끼며 돌아다니는 그 모든 에고들. 모두에게 키스를 하며 무대화장을 한 채로 사방을 다니고, 그러다 친구들이 무대 뒤편으로 만나러 오면 지독하게 자연스럽고 다정하게 굴려고 애쓰고. 난 그냥 나 자신이 싫었어…… 그리고 가장 최악이었던 건 내가, 내가 출연한 연극에 출연하는 게 창피했다는 거야. 특히 여름 공연." 그녀가 레인을 쳐다봤다. "난 좋은 역들을 맡았어. 그러니 그런 식으로 보지 말아줘. 그런 문제가 아니야. 만일, 그러니까, 내가 존경하는 누군가가, 예를 들면 우리 오빠들이 와서, 내가 대사 하는 걸 들었다면, 몹시 창피했을 거란 얘기야. 난 어떤 사람들에겐 공연에 오지 말라는 편지를 쓰곤 했어." 그녀가 다시 생각에 잠겼다. "지난여름

〈서구 세계의 플레이보이〉*의 페긴 역을 했을 때는 예외였고. 그때는 정말 괜찮을 수 있었는데 플레이보이 역을 맡았던 그 멍청이가 재미있을 수 있던 걸 다 망쳐놓았지. 지나치게 서정적이었다고. 맙소사, 무려 서정적이었다고!"

레인이 달팽이를 다 먹었다. 그는 의도적으로 표정 없는 얼굴로 앉아 있었다. "그는 굉장한 호평을 받았어." 그가 말했다. "당신이 내게 리뷰들을 보내줬잖아, 기억나는지 모르겠지만.

프래니가 한숨을 쉬었다. "그래. 오케이, 레인."

"아니, 당신은 지금 반 시간 동안 그 빌어먹을 지각이라는 게, 무슨 비평 능력이라는 게 있는 사람이 세상에 자기 혼자인 것처럼 이야기하고 있어. 최고의 비평가 몇 사람이 그 친구가 그 공연에서 훌륭했다고 생각했다면, 어쩌면 정말 훌륭했던 거야. 어쩌면 당신이 틀릴 수도 있다고. 그런 생각은 전혀 들지 않았어? 있잖아, 당신은 아직 그다지 완숙한 단계에 이르지 않았고, 연륜도—"

"딱 그 정도 재능을 가진 사람치고는 훌륭했지. 플레이보이 역을 하려는 사람은 천재여야 한다고. 그래야 해, 그뿐이야. 어쩔 수 없는 일이라고." 프래니가 말했다. 그녀는 등을 조금 뒤로 젖

---

* 아일랜드 극작가 존 M. 싱이 쓴 희곡. 1907년 초연.

히고는 입을 조금 벌린 채 손으로 머리 위를 짚었다. "나 머리가 너무 띵하고 이상해. 나도 내가 왜 이러는지 모르겠어."

"당신은 당신이 천재라고 생각해?"

프래니가 머리에서 손을 내렸다. "하, 레인. 제발. 나한테 그러지 말아줘."

"내가 무슨—"

"내가 아는 건 그저 내가 미쳐가고 있다는 거야." 프래니가 말했다. "나는 그저 에고에, 그놈의 에고, 에고에 신물이 나는 것뿐이야. 내 에고에, 모든 사람의 에고에. 어딘가에 이르고 싶어하고, 뭔가 탁월한 일을 이루고 싶어하고, 흥미로운 사람이 되고 싶어하는 모든 사람들에 신물이 나. 혐오스러워. 정말 혐오스러워. 정말 혐오스럽다고. 다른 사람들이 하는 말엔 상관 안 해."

그 말에 레인이 눈썹을 위로 올리며 뒤로 기대앉았다. 하고자 하는 말에 무게를 싣기 위해서였다. "그냥 경쟁을 두려워하는 건 아니고?" 그는 부러 목소리를 낮춰 조용히 물었다. "난 그런 문제에 대해 잘 알지는 못하지만, 단언컨대, 훌륭한 심리분석가라면, 정말 유능한 심리분석가라면, 당신의 그 말에 대해 분명히—"

"나는 경쟁을 두려워하는 게 아니야. 오히려 그 반대야. 모르겠어? 난 내가 경쟁을 하려 할까봐 두려워. 그게 바로 내가 겁내는 거라고. 그래서 내가 연극 전공을 그만둔 거야. 내가 다른 모두의 가치를 받아들이도록 끔찍하게 길들여졌다고 해서, 내가 갈채를 보내고 나를 극찬하는 사람들을 좋아한다고 해서, 그게 옳은 것이 되는 건 아니야. 난 그게 부끄러워. 신물이 나. 절대적으로 아무것도 아닌 사람이 될 용기를 갖지 못하는 것이 신물이 난다고. 화려한 평판 같은 것을 바라는 나 자신과 다른 모든 사람에게 신물이 나." 그녀는 잠시 말을 멈췄다가 갑자기 우유 잔을 집어들어 입술로 가져갔다. "이럴 줄 알았어." 그녀가 우유 잔을 내려놓으며 말했다. "이건 전엔 느끼지 못했던 거야. 내 이가 이상한 느낌이야. 이가 딱딱 맞부딪히고 있어. 그러고 보니 그저께도 유리잔을 깨물 뻔했어. 어쩌면 내가 완전히, 아주 미쳤는데 나 자신은 그걸 모르고 있는지도 몰라." 웨이터가 다가와 개구리 다리와 샐러드를 놓았다. 프래니가 웨이터를 올려다보았다. 그도 그녀가 손대지 않은 치킨 샌드위치를 내려다보았다. 그는 혹시 젊은 숙녀분이 치킨 샌드위치 대신 다른 것을 주문하고 싶은지 물었다. 프래니가 아니라고 말하며 고맙다는 인사를 했다. "저는 아주 천천히 먹거든요." 청년이 아닌 나이의 웨이터가, 잠시 그녀의 창백한 낯빛과 땀에 젖은 이마를 보는 듯하더니 몸을 숙여 인사를 하고는 자리를 떴다.

"이거 잠깐 쓰지그래?" 불쑥 레인이 말했다. 그는 접힌 하얀 손수건을 내밀고 있었다. 그의 목소리는 지극히 사무적으로 들리게 하려는 뻐딱한 시도에도 불구하고 친절했고, 연민이 담겨 있었다.

"왜? 내가 손수건이 필요한 것 같아?"

"땀을 흘리고 있잖아. 흘리는 것까진 아닌데, 어쨌든 이마에 땀이 제법 났어."

"그래? 끔찍해라! 미안⋯⋯" 프래니가 핸드백을 테이블 높이로 올리더니 열고 뒤적거리기 시작했다. "클리넥스가 어디 있는데."

"그냥 내 손수건을 써. 도대체 뭐가 다른데?"

"아냐. 난 그 손수건이 좋아. 그래서 그걸 땀범벅으로 만들고 싶지 않아." 프래니가 말했다. 그녀의 핸드백 안은 복잡했다. 더 잘 보기 위해 그녀는 몇 가지 물건을 꺼내 테이블보 위, 손대지 않은 샌드위치 바로 왼쪽에 올려놓기 시작했다. "여기 있네." 그녀가 말했다. 그녀는 콤팩트 거울을 보며 클리넥스 한 장으로 재빨리, 가볍게 이마를 닦아냈다. "맙소사. 내 꼴이 꼭 귀신 같아. 당신 어떻게 참고 있어?"

"그 책은 뭐야?" 레인이 물었다.

프래니는 문자 그대로 움찔했다. 그녀는 테이블보 위에 되는 대로 쌓여 있는 핸드백 속 물건들을 내려다보았다. "무슨 책?" 그녀가 말했다. "이거 말이야?" 그러고는 천으로 장정한 그 작은 책을 들어 핸드백 안에 넣었다. "그냥 기차에서 보려고 가져온 거야."

"어디 봐. 무슨 책인데?"

프래니는 그의 말을 들은 것 같지 않았다. 그녀는 다시 콤팩트를 열고 다시 한번 거울을 흘깃 보았다. "맙소사." 그녀가 말했다. 그러고 나서 모든 물건—콤팩트, 지갑, 세탁소 영수증, 칫솔, 아스피린 통, 도금한 칵테일 젓는 막대—을 도로 핸드백에 넣었다. "내가 왜 이 말도 안 되는 금 막대를 가지고 다니는지 모르겠어." 그녀가 말했다. "아주 감상적인 어떤 남자애가 나 2학년 때 생일 선물로 줬어. 걘 이게 무척이나 아름답고 영감이 넘치는 선물이라고 생각했고, 그래서 내가 포장을 푸는 동안 계속 내 얼굴을 바라보고 있었어. 계속 버리려고는 하는데 그냥 그럴 수가 없더라고. 아마 무덤까지 가지고 갈 거야." 그녀가 잠시 생각에 잠겼다. "걔가 계속 활짝 웃으면서 내가 이걸 늘 가지고 다니면 항상 행운이 따를 거라고 말했어."

레인은 개구리 다리를 먹고 있었다. "근데 그 책은 뭐였어? 무슨 빌어먹을 비밀이라도 되는 거야?" 그가 물었다.

"내 핸드백에 있는 그 작은 책?" 프래니가 말했다. 그녀는 그가 개구리 다리 한 쌍을 분리하는 것을 바라보았다. 그러고는 테이블 위 담뱃갑에서 담배 한 개비를 꺼내 직접 불을 붙였다. "아, 그게 말이지," 그녀가 말했다. "『순례자의 길』이라는 책이야." 그녀는 잠시 레인이 먹는 모습을 바라보았다. "도서관에서 빌린 거야. 이번 학기에 듣고 있는 종교학 개론 가르치는 사람이 언급하더라고." 그러고는 담배를 빨았다. "벌써 몇 주째 가지고 있어. 반납하는 걸 자꾸 잊어버리네."

"누가 쓴 건데?"

"몰라." 프래니가 무심한 듯 말했다. "러시아 농부인 것 같아." 그녀는 레인이 개구리 다리 먹는 모습을 계속해서 바라보았다. "이름을 밝히지 않아. 그가 줄곧 이야기를 하지만 그의 이름은 결코 알 수 없어. 그냥 자신이 농부이고, 서른세 살에, 한쪽 팔이 쇠약하다는 것만 얘기해. 그리고 아내가 죽었다는 것. 전부 1800년대 얘기야."

레인은 개구리 다리에서 샐러드로 관심을 막 돌린 참이었다. "책은 괜찮고?" 그가 물었다. "무슨 얘기인데?"

"뭐랄까, 특이해. 기본적으로는 종교에 관한 책이야. 어떤 면에서는 끔찍하게 광신적이라 할 수 있지만, 또 어떤 면에서는 아니야. 성경에서 왜 쉼 없이 기도해야 한다고 하잖아. 멈추지 말고 해야 한다고. 데살로니가전서인가 어디선가. 그 말의 의미를 알고 싶어하는 이 농부, 이 순례자로부터 이야기가 시작해. 그래서 그는 걸어서 러시아 곳곳을 다니기 시작해. 쉼 없는 기도는 어떻게 하는 것인지 말해줄 사람을 찾기 위해, 그리고 그렇게 기도할 때는 뭐라고 해야 하는지 알기 위해." 프래니는 레인이 개구리 다리를 절단하는 방식에 큰 관심이 있는 것처럼 보였다. 이야기를 하면서도 그녀의 눈은 그의 접시에 고정되어 있었다. "그가 가지고 다니는 거라곤 빵과 소금이 든 배낭뿐이었어. 그러다 이 교리 강사라는 사람을, 종교적으로 엄청나게 앞서 있는 그런 사람을 만나게 되고, 그 교리강사는 『필로칼리아』라는 책에 대해 얘기를 해. 믿을 수 없을 만큼 놀라운 기도 방법을 주창하는, 종교적으로 엄청나게 앞서 있는 수도승 집단이 썼다나봐."

"가만히 좀 있어라." 레인이 개구리 다리 한 쌍에 대고 말했다.

"어쨌든, 그래서 그 순례자는 그 아주 신비로운 사람들이 따라야 한다고 말하는 방식으로 기도하는 법을 배워. 완벽하게 될 때까지 계속. 그리고 나서 그는 러시아 곳곳을 걸어다니며 온갖 종류의 진짜 근사한 사람들을 만나고 그들에게 이 믿을 수 없을 만큼 놀라운 기도법을 들려주지. 그게 책 내용의 전부야."

"굳이 말하긴 싫지만 나한테서 마늘 냄새가 날 거야." 레인이 말했다.

"그는 그렇게 길을 가다가 어느 부부를 만나게 되는데, 난 그들이 내 평생 글에서 만난 어떤 사람보다 마음에 들어." 프래니가 말했다. "그는 어느 시골길을 걷고 있었어, 배낭을 등에 메고. 그때 작은 꼬마 아이 둘이 뒤에서 뛰어오며 외치는 거야, '거지 아저씨! 거지 아저씨! 우리집에, 우리 엄마에게 오세요. 엄마가 거지들을 좋아해요.' 그래서 그가 그 아이들과 함께 아이들의 집으로 갔더니 정말 상냥한 사람이, 아이들의 어머니가, 바삐 집에서 나와 그가 더럽고 낡은 신발을 벗는 것을 도와주겠노라, 차한잔을 대접하겠노라 고집하는 거야. 그때 아이들 아버지가 집에 오는데, 그 사람 역시 거지들과 순례자들을 좋아하는 게 분명해. 그래서 그들은 모두 함께 앉아 저녁을 먹어. 저녁을 먹는 동안 순례자가 테이블에 둘러앉아 함께 식사를 하는 여자들이 누구냐고 묻자, 여자의 남편이 모두 하녀들인데 늘 그와 그의 아내와 함께 앉아 저녁을 먹는다고, 왜냐면 그리스도 안에서는 모두 자매이기 때문이라고 말해." 문득 프래니가 의식적으로 의자에서 몸을 좀더 똑바로 세워 앉았다. "그러니까 난 순례자가 그 여자들이 누구인지 알고 싶어했다는 것이 마음에 들어." 그녀는 레인이 빵 한 조각에 버터를 바르는 것을 바라보았다. "어쨌든, 저녁식사 후에 순례자는 그날 밤을 그곳에서 지내고, 그와 여자의 남편은 늦게까지 앉아서 이 쉼 없는 기도 방법에 대해 이야기를 나눠. 순례자는 남편에게 그 기도를 어떻게 하는지 얘기해. 그러고는 아침에 그 집을 떠나 다시 더 많은 경험을 쌓기 위해 길을 나서지. 그는 온갖 종류의 사람들을 만나. 그게 책의 전부야, 정말로. 그리고 그는 그 사람들에게 이 특별한 방식의 기도법을 이야기하지."

레인이 고개를 끄덕였다. 그는 포크로 샐러드를 잘랐다. "신께 바라건대 우리가 주말에 시간이 좀 있어서 내가 아까 말했던 그 빌어먹을 페이퍼를 당신이 한번 봐줄 수 있으면 좋겠는데." 그가 말했다. "모르겠어. 그걸로 아무것도 안 할지도 몰라. 학술지에 발표를 한다든가 뭐 그런 거. 그래도 당신이 여기 있는 동안 한번 봐줬으면 해서."

"그러고 싶어." 프래니가 말했다. 그녀는 그가 또다른 빵 한 조각에 버터를 바르는 것을 바라보았다. "당신도 어쩜 이 책 좋아할 거야." 그녀가 불쑥 말했다. "아주 단순하거든."

"흥미롭게 들려. 당신 버터 안 먹을 거지, 그렇지?"

"안 먹어, 가져가. 이 책을 빌려줄 순 없어. 벌써 반납 기한이 너무 많이 지났거든. 하지만 여기 도서관에서도 빌릴 수 있을 거야. 분명 그럴 수 있을 거야."

"당신 그 빌어먹을 샌드위치 손도 안 댔어." 레인이 갑자기 말했다. "알고 있어?"

프래니는 그 접시가 지금 막 자기 앞에 놓인 것처럼 접시를 내려다보았다. "곧 먹을게." 그녀가 말했다. 그녀는 잠시 그대로 앉아 있었다. 왼손에는 담배를, 빨지는 않고 들고 있었고, 오른손으로는 우유 잔 아랫부분을 단단히 붙들고 있었다. "그 교리 강사가 그에게 말한 특별한 기도 방법이 뭔지 들어볼래?" 그녀가 물었다. "어떤 면에서는 뭐랄까, 정말 흥미로워."

레인이 그의 마지막 개구리 다리 한 쌍을 잘랐다. 그가 고개를 끄덕였다. "물론." 그가 말했다. "물론이지."

"아까 내가 얘기했던 대로 이 순례자는, 이 순박한 농부는, 성경에서 말하는, 쉬지 말고 기도하라는 게 무슨 뜻인지 알아내기 위해 긴 순례를 시작했어. 그러다 교리 강사를 만나지. 아까 말한, 종교적으로 엄청나게 앞서 있고, 길고 긴 세월 동안 '필로칼리아'를 연구해온 그 사람을." 프래니가 문득 말을 멈추고 생각을 하며 머릿속을 정리했다. "음, 그 교리 강사는 그에게 무엇보다 먼저 예수기도문에 대해 얘기했어. '주 예수 그리스도여, 제게 자비를 베푸소서.' 이게 예수기도문이지. 그는 이 말들이 기도할 때 사용할 수 있는 최상의 어휘들이라고 설명했어. 특히 '자비'라는 단어가. '자비'는 정말로 광대한 단어라서 굉장히 많은 것을 의미할 수 있으니까. 그냥 자비만 뜻할 필요는 없다는 뜻이야." 프래니가 다시 말을 멈추고 생각에 잠겼다. 그녀는 더이상 레인의 접시를 보고 있지 않았고 이젠 그의 어깨 너머를 바라보고 있었다. "어쨌든." 그녀가 말을 이었다. "교리 강사는 순례자에게 얘기하지. 만일 그 기도문을 외우고, 외우고, 또 외우면, 처음에는 그냥 입술로만 하면 돼. 그럼 결국 그 기도문이 자율적으로 작동하게 된다고. 얼마간 시간이 지나면 뭔가가 일어난다고. 그게 뭔지는 나도 모르겠지만 뭔가가 일어나고, 그 기도문의 말들이 기도하는 사람의 심장박동과 일치하게 되고, 그러면 실제로 쉬지 않고 기도하고 있게 된다는 거야. 우리의 가치관 전체에 정말 어마어마하고 신비로운 효과를 끼치는 일이지. 그게 대략 이 기도의 핵심이고. 그러니까 기도를 하면서 가치관 전체를 순화하고 삼라만상의 의미에 대해 진짜 새로운 개념을 얻게 된다는 거야."

레인은 식사를 다 마친 상태였다. 이제, 프래니가 말을 다시 멈춘 지금, 그는 뒤로 기대앉아 담배에 불을 붙이고 그녀의 얼굴을 바라보았다. 그녀는 여전히 앞을, 그의 어깨 너머를 멍하니 보고 있었고, 그의 존재는 거의 인식하지 못하고 있는 것처럼 보였다.

"하지만 중요한 건, 근사한 건, 처음 기도를 시작할 때는 자신이 하고 있는 일에 믿음을 가지고 있을 필요도 없다는 거야. 모든 게 다 끔찍하게 창피하게 느껴진다 해도 아무 상관 없다는 뜻이야. 누군가를 모욕하거나 그런 것도 아니잖아. 다시 말해, 처음 기도를 시작할 때는 아무도 뭘 믿으라고 요구하지 않아. 내가 지금 무슨 말을 하고 있는 거지 하는 생각조차 할 필요 없다고, 교리 강사가 말했어. 처음에 필요한 것은 많은 양뿐이라고. 그러면, 나중에, 저절로 좋은 질이 따라온다고. 내재된 스스로의 힘이나 뭐 그런 것에 의해서. 그는 신의 이름에는, 어떤 이름이든 상관없이, 자율적으로 작동하는 특유의 힘이 내재되어 있고, 내가 일단 시동을 걸면 그 힘이 뒤이어 작동을 시작한다고 말했어."

이제 레인은 의자에 약간 구부정하게 앉은 채, 담배를 피우며 눈을 가늘게 뜨고는 주의깊게 프래니의 얼굴을 응시했다. 그녀의 얼굴은 여전히 창백했지만, 두 사람이 시클러스에 온 이후 지금보다 더 창백한 순간들도 있었다.

"사실, 전적으로 맞는 말이야." 프래니가 말했다. "불교의 '염불 종파'에서는 계속 '나무아미타불'을 되풀이해. '부처를 찬미하라' 정도의 뜻인데, 여기서도 같은 일이 일어나. 정확하게 똑같은—"

"잠깐만. 잠시 진정해." 레인이 말을 끊었다. "우선, 그러다가 당신 당장이라도 손가락 데겠어."

프래니가 자신의 왼손을 흘낏 보더니 여전히 타고 있는 담배꽁초를 재떨이에 내려놓았다. "똑같은 일이 『무지無知의 구름』*에

---

* 작가 미상의 14세기 기독교 신비주의 서적.

서도 일어나. 그냥 '하느님'이라는 단어를 말할 뿐인데. 그냥 '하느님'이라고 계속 말하는 거야." 그녀는 몇 분 만에 처음으로 레인을 똑바로 쳐다보았다. "중요한 건 당신 인생에서 이렇게 멋진 이야기를 들어본 적이 있느냐는 거야, 어떤 식으로든. 그냥 진짜 우연이라고 말하고 넘어가긴 어렵잖아. 그래서 너무나 멋진 거야. 적어도 그렇게 너무나도—" 그녀가 갑자기 말을 중단했다. 레인이 의자에서 가만히 있지 못하고 몸을 뒤척이고 있었고, 그의 얼굴에서는 어떤 표정이—주로 눈썹을 위로 올렸을 때 나타나는—그녀가 아주 잘 아는 표정이 떠올라 있었다. "왜 그러는데?" 그녀가 물었다.

"정말로 그런 걸 믿는 거야, 뭐야?"

프래니가 담뱃갑으로 손을 뻗어 담배 한 개비를 꺼냈다. "나는 믿는다고도, 믿지 않는다고도 말하지 않았어." 그녀는 그렇게 말하고 테이블 위를 훑으며 성냥을 찾았다. "멋지다고 말했지." 그녀는 레인이 켜주는 불로 담뱃불을 붙였다. "난 그냥 정말 특이한 우연이라고 생각할 뿐이야." 그녀가 담배 연기를 내뿜으며 말했다. "그런 종류의 조언과 마주치게 되는 것 말이야. 이 모든, 정말로 종교적으로 앞서 있고, 절대 사기꾼이 아닌 종교적 인물들이 쉬지 말고 신의 이름을 되풀이하면 뭔가가 일어난다고 말하고들 있잖아. 심지어 인도에서까지. 인도에서는 명상을 할 때

'옴'이라고 말하라 하는데; 같은 의미야. 정말. 정확하게 똑같은 결과가 일어난다고 하고. 그러니까 이걸 그냥 합리적으로만 해석하고 치워버릴 순 없다는 거야, 적어도—"

"그 결과라는 게 대체 뭔데?" 레인이 퉁명스럽게 물었다.

"뭐?"

"그 생겨난다는 결과가 대체 뭐냐고. 심장박동과 일치하게 된다느니 어쩌니. 심장에 이상이 생기나? 당신이 아는지 모르겠는데, 그러다 심장에 문제 생길 수 있어. 사람 몸에 그야말로 엄청난—"

"신을 보게 돼. 심장 어딘가에서, 진짜 육신이 아닌 곳, 다른 종교를 예로 들자면 힌두교에서 말하는 아트만이 머무는 곳에서 뭔가가 일어나고 그래서 신을 보게 돼. 그게 다야." 그녀가 의식적으로 담뱃재를 떨었지만 재는 재떨이 안에 떨어지지 않았다. 그녀는 손가락으로 재를 집어 재떨이에 넣었다. "내게 신이 누구인지, 또는 어떤 존재인지 묻지 마. 난 신이 존재하는지조차 알지 못해. 어렸을 땐 난—" 그녀가 말을 멈췄다. 웨이터가 다가와 접시들을 치우고 메뉴판을 다시 주었다.

"디저트 먹을래, 아니면 커피?" 레인이 물었다.

"그냥 우유나 마저 마실게. 그래도 당신은 뭘 좀 먹어." 프래니가 말했다. 웨이터가 그녀가 손도 대지 않은 치킨 샌드위치 접시를 막 치운 다음이었다. 그녀는 차마 고개를 들어 웨이터를 올려다보지 못했다.

레인이 그의 손목시계를 보았다. "맙소사. 시간이 없군. 경기 시간에라도 제대로 댈 수 있으면 다행이야." 그가 웨이터를 올려다보았다. "저만 커피 한 잔 주세요." 그는 웨이터가 가는 것을 보다가 두 팔을 테이블 위에 올린 채 앞으로 몸을 기울이며, 배는 부르고 곧 커피도 올 것이기에 아주 느긋해져서 말했다. "글쎄, 흥미로운 이야기이긴 해, 어쨌든. 그런 얘기들 모두…… 그런데 난 당신이 가장 기초적인 심리학을 위한 여지는 전혀 남겨놓지 않았다고 생각해. 난 그 모든 종교적인 경험들에 아주 명백한 심리학적 배경이 있다고 생각하거든, 무슨 말인지 당신도 알 테고…… 그래도 흥미롭긴 하다. 그건 부정할 수 없네." 그가 프래니를 건너다보며 미소를 지었다. "그건 그렇고. 혹 내가 말하는 걸 잊었을까봐 하는 말인데, 나 당신 사랑해. 내가 그 말 했던가?"

"레인, 잠깐만 한번 더 실례해도 될까?" 프래니가 말했다. 그녀는 그 말을 채 마치기도 전에 자리에서 일어섰다.

레인도 천천히 몸을 일으키며 그녀를 바라보았다. "괜찮아?" 그가 물었다. "또 아픈 거야, 뭐야?"

"그냥 이상해. 금방 다녀올게."

그녀는 빠른 걸음으로 홀을 통과해 먼젓번과 같은 경로를 택했다. 하지만 홀 끝에 있는 작은 칵테일 바 앞에서 갑자기 걸음을 멈추었다. 바텐더가 셰리 잔을 닦다 말고 그녀를 쳐다보았다. 그녀는 오른손으로 바를 짚으며 머리를 낮추었고―완전히 숙였고―, 왼손을 올려 손가락 끝을 이마에 대어보았다. 그녀는 조금 옆으로 비틀거리더니 순간 정신을 잃으며 바닥으로 쓰러졌다.

프래니가 완전히 의식을 되찾은 건 거의 오 분이 지나서였다. 그녀는 식당 매니저 사무실 소파에 누워 있었고 레인이 그녀 곁에 앉아 있었다. 그의 얼굴은 그녀의 얼굴 위에서 걱정스러운 표정을 짓고 있었고, 이젠 그의 안색조차 확연히 창백해져 있었다.

"좀 어때?" 그가 병실에나 어울릴 법한 어조로 말했다. "나아진 것 같아?"

프래니가 고개를 끄덕였다. 그녀는 머리 위 불빛 때문에 잠시 눈을 감았다 다시 떴다. "'여기가 어디야?'라고 물어야 하는 건가?" 그녀가 말했다. "여기가 어디야?"

레인이 웃음을 터뜨렸다. "매니저 사무실이야. 사람들이 당신 때문에 암모니아수 찾아봐라, 의사 불러라 하면서 사방으로 뛰어다니고 있어. 그런데 암모니아수가 막 다 떨어진 모양이네. 괜찮아? 농담 말고."

"괜찮아. 꼴사나운 느낌이긴 한데, 그래도 괜찮아. 내가 진짜 기절을 했어?"

"그랬다니까. 정말 정신을 잃었어." 레인이 말했다. 그가 손으로 그녀의 손을 감쌌다. "도대체 왜 이러는 거 같아? 지난주 통화할 때만 해도 아무 문제 없이, 정말 아무 문제 없이 들렸거든. 아침을 걸러서 그런 거야, 뭐야?"

프래니가 어깨를 으쓱했다. 그녀는 방안을 둘러보았다. "정말 창피하다." 그녀가 말했다. "누군가 날 여기로 날라온 거야?"

"바텐더하고 나하고. 우리 두 사람이 당신을 들어올리다시피 해서 데리고 들어왔지. 정말 당신 때문에 내가 얼마나 식겁했는지 몰라, 농담 아니라고."

프래니는 한 손은 여전히 그의 손에 감싸여 있는 상태에서, 생각에 잠겨 눈도 깜박거리지 않고 빤히 천장을 쳐다보았다. 그러곤 얼굴을 돌리더니, 자유로운 한 손으로, 마치 레인의 소매 끝단을 밀어올리는 듯한 손짓을 해 보였다. "몇시지?" 그녀가 물었다.

"신경쓰지 마." 레인이 말했다. "급할 거 없어."

"당신 그 칵테일파티에 가고 싶어했잖아."

"관심 껐어."

"경기에 가기에도 너무 늦은 거야?" 프래니가 물었다.

"말했지, 관심 껐다고. 당신은, 거기 이름이 뭐더라, 아, 블루

셔터스, 거기 당신 방으로 가서 좀 쉬어. 그게 가장 중요한 일이야." 레인이 말했다. 그는 그녀 가까이 조금 다가와 앉고는 몸을 숙여 키스를 했다. 살짝. 그리고 몸을 돌려 문 쪽을 바라보고는 다시 프래니를 보았다. "오늘 오후는 그냥 쉬어. 그게 당신이 해야 할 일 전부야." 그는 그녀의 팔을 잠시 쓰다듬었다. "그러고 나서 뭐 좀 시간이 지난 후에, 당신이 푹 잘 쉬고 난 후에 말이야, 내가 어떻게든 위층으로 올라가지 뭐. 빌어먹을 뒷계단이 있는 것 같아. 찾을 수 있어."

프래니는 아무 말도 하지 않았다. 그녀는 그저 천장을 쳐다보고 있었다.

"얼마나 오래되었는지 알아?" 레인이 말했다. "그 금요일 밤이 언제였어? 까마득한 지난달 초였다고, 그렇지 않아?" 그가 고개를 저었다. "이런 건 좋지 않아. 빌어먹을, 우리 너무 오래됐어. 거칠게 표현하자면." 그가 더 가까이서 프래니를 내려다보았다. "정말 나아졌어?"

그녀가 고개를 끄덕였다. 그녀가 그를 향해 머리를 돌렸다. "나 무지 목말라, 그뿐이야. 나 물 좀 먹을 수 있을까? 너무 폐가 될까?"

"젠장, 그게 무슨 소리야! 잠시 혼자 있어도 괜찮겠어? 당신 이제 내가 뭘 하려고 하는지 알아?"

프래니가 두번째 질문에 고개를 저었다.

"당신에게 물을 가져다주라고 누군가에게 부탁을 할 거야. 그러고 나서 나는 수석 웨이터를 만나 암모니아수는 가져오지 않아도 된다고 할 거고. 그 참에 계산도 해야겠네. 그다음엔 택시를 부를 거야. 우리가 택시를 잡으러 헤매 다닐 필요가 없도록 말이야. 몇 분 걸릴지도 몰라. 택시들은 거의 다 경기장 갈 사람들을 태우려고 돌고 있을 테니까." 그는 프래니의 손을 놓고 자리에서 일어섰다. "그래도 되겠어?" 그가 말했다.

"응."

"오케이. 곧 돌아올게. 그대로 있어." 그가 방을 나갔다.

혼자, 프래니는 가만히 누워 천장을 쳐다보고 있었다. 그녀의 입술이 달싹거리기 시작하며 소리 없는 말들이 흘러나왔다. 그녀의 입술이 계속해서 움직이고 있었다.

주이

Zooey

곧 이어질 사실들이 아마도 스스로 말을 할 것이나, 추측건대, 사실들이 보통 하는 말보다는 조금 더 저속할 것이다. 그러니 균형을 잡아주기 위해 우리는 늘 신선하고 흥분을 불러일으켜 마지 않는 그 지긋지긋한 것, 즉 작가의 공식적인 서문으로 글을 시작한다. 내가 염두에 두고 있는 서문은 상상을 초월하게 장황하고 진지할 뿐 아니라 견딜 수 없이 개인적이기까지 하다. 만일 운이 좋아 서문이 성공적으로 쓰인다면, 그것은 사실상 강제적인 기관실 가이드 투어, 그것도 내가, 낡은 잔센 원피스 수영복을 입고 가이드가 되어 안내하는 그런 투어 같은 것이 될 것이다.

단도직입적으로 최악의 소식을 전하자면, 내가 지금 제공하고

자 하는 것은 실은 단편이 전혀 아니라 일종의 글로 쓴 홈비디오라는 것, 그리고 그 영상을 본 이들이 내게 그 홈비디오를 기어이 배급하겠답시고 애써 계획을 세우는 일은 하지 말라고 강력히 충고했다는 것이다. 이의를 제기한 사람들은, 그들이 누구인지 발설하는 것이 나의 특권이자 골칫거리인데, 두 명의 여성과 한 명의 남성으로 이루어진 세 명의 주연배우들이다. 우선 여주인공에 대해 말하자면, 그녀는 자신이 나른하고 교양 있는 유형으로 간단하게 묘사되길 선호할 것이다. 그녀는 그녀가 여러 차례 코를 푸는 장면이 나오는 십오분인가 이십분 신scene을 내가 어떻게 좀 했더라면―그러니까 그 부분을 잘라냈더라면―상황이 더 좋게 풀리지 않았을까 느낀다. 누군가 계속해서 코 푸는 모습을 바라보기란 역겹다는 것이다. 두 명 중 또다른 여성은 호리호리한 황혼기 여배우로, 낡은 실내복 차림의 그녀 모습을 내가, 이를테면, 촬영한 것에 이의를 제기한다. 이들 두 아름다운 미녀(이렇게 불러주면 좋겠다고 넌지시 눈치를 주었으므로) 중 누구도 내 전반적인 착취 의도에 이용당하는 것에 새된 소리를 질러 반발하지 않았다. 지극히 단순한 이유 때문이다, 정말로. 나로서는 다소 얼굴이 붉어지는 이유지만. 나무람이든 항의든 그 첫마디에 내가 왈칵 눈물을 보일 것을 두 여자는 경험상 알고 있었던 것이다. 그런데 이 홈비디오 제작을 중지하라고 내게 가장 유려한 말로 호소한 사람은 남주인공이다. 그는 자기 느낌에는 줄거리가 신비주의 혹은 종교적 신비화에 전적으로 의존하고 있다며, 아주 분명하게 의견을 밝히기를, 뭐가 됐든 초월적 요소가 지나치게 생생하게 드러나 있어 내 직업적 몰락의 날짜와 시간이 앞당겨지고 재촉될 뿐일 수 있다는 점이 염려스럽다고 말한다. 사람들은 이미 나에 대해 고개를 설레설레 흔들고 있는데, 친숙하고 건전한 미국 욕에 섞어 쓰는 거라면 모를까, 내가 거기다 냅다 또 '신'이라는 단어를 직업적으로 사용한다면, 최고 악질의 유명인 이름 팔아먹기로, 그리고 내가 끝장나고 있다는 확실한 징후로 여겨질—아니 확정지어질 거라는 것이다. 정상적인 심약한 남자라면, 특히 글을 쓰는 작가라면, 당연히 멈칫하게 될 이야기다. 분명 멈칫한다. 그러나 멈칫만 할 뿐이다. 왜냐하면 반박의 요점은, 제아무리 유려해도, 적용이 되야 유효하기 때문이다. 사실 난 열다섯 살 때부터 불규칙적으로 글로 쓰는 홈비디오를 제작해오고 있다. 『위대한 개츠비』(열두 살 나에겐 이 책이 나의 『톰 소여』였다) 어딘가에서, 젊은 서술자는 사람은 모두 자신이 기본 미덕들 가운데 적어도 한 가지는 갖고 있지 않을까 생각한다고 밝히며, 자신의 미덕은, 하느님이 보우하사 정직함인 것 같다고 말한다. 내가 생각할 때 나의 미덕은 내가 신비주의적인 이야기와 사랑 이야기의 차이를 안다는 것이다. 내가 지금 제공하는 것은 신비주의적인 이야기도, 종교적으로 신비화된 이야기도 전혀 아님을 밝힌다. 나는 이것이 복합적이거나 다각적인, 순수하면서도 난해한, 사랑 이야기임을 밝힌다.

마무리를 하자면, 줄거리 자체는 주로 다소 불경한 협업 노력의 결과물이다. 앞으로 이어질(천천히, 고요하게 이어질) 거의 모든 사실은 원래는 내가 상당한 간격을 두고 여러 차례에 걸쳐, 나로서는 다소 끔찍했던, 일대일로 마주앉은 자리에서 이 세 명의 배우들−등장인물들에게서 전해들은 것이다. 덧붙인다면, 이들 세 사람 중 단 한 사람도 세세한 상황들을 간결하게 말하거나 사건을 요약하는 일에 이렇다 하게 빼어난 재능을 전혀 보여주지 못했다. 유감스럽게도 이 최종, 그러니까 촬영 버전까지 이어질 결점이다. 애석하게도 나로서는 그 결점을 봐주지는 못하겠다. 하지만 계속 설명은 하려고 애쓸 것이다. 우리는, 우리 네 사람은 모두 혈연관계이며, 우리는 비전秘傳된, 일종의 가족 언어로 말한다. 그것은 일종의 의미론적 기하학으로, 그 언어 안에서 어떤 두 점 사이 가장 가까운 거리는 거의 원을 이룬다.

마지막으로 배경 설명을 한마디 더 하겠다. 우리 가족의 성은 글래스이다. 잠시 후면 글래스 형제 중 제일 막내가 대단히 긴 편지 한 통을 읽고 있는 모습이 보일 것이다(여기에 그 편지 전문을 다시 옮기겠노라 분명히 약속한다). 편지는 살아 있는 형들 중 가장 맏이인 버디 글래스가 보낸 것이다. 편지의 문체는, 듣기로는, 이 화자의 스타일 또는 글쓰기 버릇과 슬쩍 수준 이상으로 많이 닮았다고 하니, 일반 독자들은 분명 이 편지의 작성자와 내가 하나의 동일인이라는 의기양양한 속단을 내릴 것이다. 그렇게 속단할 것이고, 유감이지만 그렇게 속단해 마땅할 것이다. 하지만 우리는 이 버디 글래스를 지금부터 줄곧 삼인칭으로 남겨둘 것이다. 적어도 내가 보기엔 그를 삼인칭에서 벗어나게 해야 할 합당한 이유가 전혀 없다.

  1955년 11월 어느 월요일 아침 열시 삼십분, 스물다섯 살의 젊은 청년 주이 글래스는 아주 큰 욕조 안에 앉아 사 년이 지난 편지 한 통을 읽고 있었다. 거의 끝이 없이 길어 보이는 편지는 여러 장의 노란색 편지지에 타자로 친 것이었고, 그는 물에 젖지 않은 두 개의 섬 같은 자기 무릎에 편지를 기대어 세우느라 꽤나 애를 먹고 있었다. 그의 오른편에는 눅눅해 보이는 담배 한 개비가 붙박이 에나멜 비누 받침 가장자리에 떨어지지 않게 놓여 있었고, 그것은 분명히 잘 타고 있었다. 그가 가끔씩 집어들고는, 고개 들어 편지에서 눈도 떼지 않고 한두 모금 빨았기 때문이다. 담뱃재는 편지지 중 한 장 위에 내려앉았다가 혹은 곧장, 예외 없이 욕조 물 속으로 떨어졌다. 그는 이 지저분한 상황을 인식하지 못하는 듯했다. 하지만 물의 열기 때문에 탈수 증세가 시작됐다는 것은 다소나마 인식하고 있는 것 같았다. 편지를 읽으며—혹은 다시 읽으며—앉아 있는 시간이 길어질수록 그는 더 자주, 덜 무심코 손등 쪽 손목을 이용해 이마와 윗입술을 닦아냈다.

미리 알려드리자면, 주이에게서 우리가 보게 되는 것은 콤플렉스, 중첩, 분열이며, 그러므로 바로 이 지점에서 신상 보고서 형식의 단락이 적어도 두 개 정도 필요한 것으로 보인다. 우선, 그는 자그마한 젊은이로 몸이 극도로 여위었다. 뒤에서 보면—특히 척추뼈가 드러난 부위를 보면—그는 거의, 살을 찌우고 햇볕을 쬐라고 매년 여름 재단 주최 캠프들에 보내지는 도시 지역 저소득층 아동으로 여겨질 수도 있다. 클로즈업을 해서 보면, 정면이든 측면이든 그의 얼굴은 빼어나게, 심지어 굉장하다 싶을 정도로 잘생겼다. 그의 큰누나는 (겸손하게도 그녀는 여기에서는 그저 터커호의 가정주부로 불리길 원한다) 내게 그를 "몬테카를로의 룰렛 테이블에서 당신 품에 안겨 죽은 푸른 눈의 유대계 아일랜드인 모히칸 척후병"처럼 생겼다고 묘사해달라고 부탁했다. 더 일반적이고 확실히 덜 편협한 관점에서는 한쪽 귀가 다른 쪽보다 아주 조금 더 돌출된 덕에, 그의 얼굴은 매력적인 것에까지는 아니더라도 지나치게 잘생긴 것에는 살짝 모자랐다. 그런데 나 자신은 이 두 관점과는 매우 다른 의견을 견지하고 있

70

다. 나는 주이의 얼굴이 전적으로 아름다운 얼굴에 가깝다고 진술하는 바이다. 그런 의미에서 그 얼굴은 물론, 제대로 된 예술품이 다 그렇듯, 말로만 나불나불 의연하고, 대개는 허울뿐인 온갖 평가에 취약하다. 매일의 수많은 위협들—교통사고, 코감기, 아침식사 전 거짓말—중 하나도 하루 만에 혹은 일 초 만에 그의 후하게 잘생긴 용모를 흉하거나 천박하게 만들 수 있다는 말도 해야 할 것 같다. 그러나 결코 망가뜨릴 수 없는 것은, 이미 분명히 내비쳤듯, 영원하달 수 있는 기쁨을 주는 것은, 그의 얼굴 전체에 겹쳐져 있는 진정한 재기발랄함이다. 특히 눈에 드러난 그 재기발랄함은 종종 어릿광대 가면처럼 시선을 사로잡는 매력적인 것이었고, 때로는 훨씬 당혹스러운 것이기도 했다.

직업 얘기를 하자면, 주이는 텔레비전 드라마에서 남자주인공을 맡고 있는 연기자였고, 활동한 지는 이제 삼 년 남짓 되어가고 있었다. 사실 그는 전국적인 레디메이드 인기를 누리는 할리우드나 브로드웨이 스타는 아닐지 몰라도 텔레비전의 젊은 남자주인공으로서 "찾는 사람이 많은"(그리고 그의 가족이 전해들은 모호한 소식통에 의하면 돈을 아주 많이 받는) 연기자였다. 하지만 이렇게만 이야기하고 상세한 설명을 안 하면 지나친 억측으로 이어질 수 있겠다. 실은, 주이는 일곱 살 때 이미 대중 앞에 서는 연기자로 진지한 공식 데뷔를 했다. 그는 원래 남자아이

다섯에 여자아이 둘로 이루어진 칠 남매 중 밑에서 두번째였고,* 그들 모두는 어린 시절 꽤 적당한 간격을 두고 한 방송국의 라디오 프로그램이었던 〈지혜로운 어린이〉라는 어린이 퀴즈쇼에 정기적으로 출연했다. 글래스 가족 아이들 중 맏이인 시모어와 막내인 프래니 사이에 열여덟 살이라는 나이 차이가 있어 이들 가족은 일종의 왕조처럼 대를 물려가며 계속 〈지혜로운 어린이〉마이크 앞에 앉을 수 있었다. 이 왕조는 1927년부터 1943년까

---

* [원주] 유감스럽게도, 이제 이 자리에 각주라는 미학적 폐해가 올 차례인 것 같다. 뒤에 이어지는 모든 이야기에서는 일곱 남매 중 가장 어린 두 사람만이 직접적으로 등장하거나 이야기를 할 것이다. 하지만 나머지 다섯 남매, 더 나이가 많은 다섯 사람도 마치 뱅쿼의 유령(옮긴이주: 셰익스피어의 희곡 『맥베스』에 등장)처럼 상당히 빈번하게, 플롯을 들락날락할 것이다. 그러니 독자들도 처음부터 글래스 남매 중 맏이인 시모어가 1955년엔 이미 사망한 지 칠 년 가까이 되었다는 사실을 알아두는 것이 좋을 것 같다. 그는 플로리다에서 아내와 휴가를 보내던 중 자살했다. 만일 살아 있었다면 1955년에 서른여덟 살이 되었을 것이다. 둘째인 버디는 뉴욕 주 북부의 한 여자전문대학에서 대학 카탈로그식으로 말하자면 '거주 작가'로 있었다. 그는 꽤 유명한 스키장에서 400미터 정도 떨어진, 난방도 되지 않고 전기도 들어오지 않는 작은 집에서 혼자 살았다. 셋째인 부 부Boo Boo는 결혼을 했으며 아이 셋을 둔 엄마였다. 1955년 11월, 그녀는 남편과 아이 셋 모두와 함께 유럽을 여행하고 있었다. 나이 순서로 부 부 다음은 쌍둥이인 월트와 웨이커다. 월트는 십 년도 더 전에 세상을 뜬 상태였다. 그는 일본에서 점령군으로 주둔하던 중 기이한 폭발 사고로 죽었다. 월트보다 십이 분 정도 늦게 태어난 웨이커는 로마가톨릭교 신부였고, 1955년 11월에는 에콰도르에서 어떤 예수회 컨퍼런스에 참석하고 있었다.

지—찰스턴 춤에서 B-17 폭격기 시대를 잇는 기간—십육 년이
좀 넘도록 지속되었다. (나는 이런 자료들이 모두 어느 정도는
관련이 있다고 생각한다.) 그 프로그램에서 아이들 각자의 전성
기에는 격차와 시간차가 있었지만, (거의 없을뿐더러 있어도 별
로 중요하지도 않기에) 거리낌없이 말할 수 있는 것은 이 일곱
명의 아이들 모두 방송에서, 지독히 지식 위주의 것이든, 지독히
귀여운 것이든 엄청난 양의 문제들—청취자들이 보낸—에 활기
있고 침착하게 대답할 수 있었다는 사실이다. 그것은 상업 라디
오에서는 아주 특별한 일로 받아들여졌다. 아이들에 대한 대중
의 반응은 단 한 번도 미지근한 적 없이 대체로 뜨거웠다. 전체
적으로 청취자는 기묘하게 부스대는 두 진영으로 나뉘었다. 한
편에서는 글래스 집안 아이들은 봐줄 수 없이 "잘난" 어린놈의
새끼들이라서 태어났을 때 진작 익사를 시키거나 독가스를 마시
게 했어야 한다고 생각했고, 다른 한편에서는 이들이 굳이 부러
울 것까진 없더라도 분명 흔치 않은 세계의, 진정한 재사이며 현
자라고 생각했다. 이 글을 쓰고 있는 지금(1957년), 〈지혜로운
어린이〉를 듣던 예전의 청취자들 중에는 무엇보다도 놀랍도록
정확하게 일곱 아이들 각각의 재주를 상당 부분 기억하는 사람
들이 있다. 숫자가 줄고는 있지만 여전히 묘하게 어떤 공유 집단
같은 것을 이루고 있는 이 사람들이 동의하는 바는 글래스 집안

일곱 아이들 중 20년대 후반에서 30년대 초에 나왔던 장남 시모어가 듣기에 "최고였고" 가장 지속적으로 "들은 보람을 느끼게했다"는 것이었다. 시모어 다음으로는 대체로 남자형제 중 가장어린 주이가 선호도 혹은 매력도에서 두번째 자리를 차지했다.더불어 지금 주이에 대한 우리의 관심은 특히 그의 직업에 관한것이기에, 과거 〈지혜로운 어린이〉 출연자로서, 주이가 형제자매들 가운데서 (또는 그들보다 뛰어나게) 마치 연감을 꿰뚫고 있는듯한 탁월함을 보였음을 덧붙여도 좋을 것 같다. 방송에 출연하던 시절, 때때로 일곱 아이들 모두는 유난히 조숙한 아이들에게특별한 관심을 갖는 아동심리학자나 전문 교육자 같은 사람들에게 만만한 연구 대상이 되곤 했다. 일곱 아이들 중 이런 이유 혹은 용도를 위해 가장 탐욕스럽게 검사당하고, 인터뷰당하고, 들쑤셔진 것은 주이였다. 특히 주이는 내가 아는 한 어떤 예외도없이, 임상심리학, 사회심리학, 신문가판대 심리학이라는 누가봐도 상이한 영역에서의 경험들에 값비싼 대가를 치렀다. 마치검사를 받았던 장소들이 하나같이 굉장히 전염성 높은 정신적외상 또는 그저 평범한 구식 세균들로 가득찬 곳이었던 듯. 일례로 그는 1942년 (당시 군복무중이었던 두 형이 끊임없이 반대를했음에도) 한 연구 그룹에게만, 보스턴에서 각각 다섯 차례에 걸쳐 테스트를 받았다. (테스트가 진행된 대부분의 기간 동안 그는 열두 살이었으니, 아마도 열 번에 거쳐 기차를 타는 일이 적어도 처음에는 어떤 매력으로 작용했을 가능성이 있다.) 그 다섯 차례 테스트의 주요 목적은 주이의 조숙한 위트와 상상력의 원천을, 가능하다면, 분리해내 연구하는 것이었다고 한다. 다섯번째 테스트가 끝난 뒤, 연구 대상이었던 주이는 연구 기관명이 새겨진 봉투에 넣은 아스피린 서너 알과 함께 뉴욕으로 돌려보내졌다. 콧물을 훌쩍여 약을 준 것인데 후에 알고 보니 기관지 폐렴이었다. 육 주 정도 후, 밤 열한시 삼십분에 보스턴에서 장거리전화가 왔다. 공중전화였고 동전이 떨어지는 소리가 계속 들리는 가운데, 누구인지 밝히지 않은 목소리가—짐작건대 현학적으로 우스꽝스럽게 들리려는 의도는 없었겠지만—글래스 부부에게 아들 주이가 열두 살이라는 나이임에도 어휘력이, 사용해보라고만 하면, 메리 베이커 에디*와 동등한 수준에 달한다고 말했다.

하던 얘기를 하자. 그러니까 1955년 11월의 월요일 아침에 주이가 욕조 안에 앉아 읽고 있던, 타자로 친 사 년이나 된 그 긴 편지는, 지난 사 년 동안 주이가 혼자 있을 때면 너무나 빈번히 봉투에서 꺼내져 펴졌다가 접혔다가 한 게 분명했고, 그래서 이젠

* 크리스천사이언스의 설립자이자 저술가.

전체적으로 입맛 떨어지게 하는* 모양새였을 뿐 아니라 실제로도 여러 군데, 대부분 접힌 자국을 따라 찢어지기까지 한 상태였다. 편지를 쓴 사람은 아까도 얘기했지만 주이의 살아 있는 형들 중 가장 맏이인 버디였다. 편지 자체는 거의 끝이 없다 할 정도로 길었고, 장황하고 가르치려 들고 반복적이고 독선적이고 충고조이고 잘난 척하고 당혹스러운 것이었다. 그리고 애정이 과하게 넘쳐흘렀다. 간단히 말해서 편지를 받은 사람이, 원하든 원하지 않든, 뒷주머니에 한동안 넣고 다녀야 할 바로 그런 편지였던 것이다. 또한 어떤 유형의 직업적인 작가들이라면 한 자 한 자 그대로 옮겨보고 싶어할 그런 편지이기도 했고.

1951년 3월 18일

주이에게

오늘 아침 어머니에게서 온 긴 편지를 지금 막 다 해독했다. 편지는 모두 너와 아이젠하워 장군의 미소, 〈데일리 뉴스〉에 난 엘리베이터 통로로 추락한 어린 사내아이들, 그리고 내가 언제 뉴욕의 내 전화를 없애고, 정말 전화가 필요한 이 시골에 전화를 설치할 것인지 등에 대한 내용이었다. 눈에 보이지 않

---

* 원문은 독일어로 unappetitlich.

는 이탤릭체로 편지를 쓸 수 있는 이 세상 유일한 여성임이 분명해, 친애하는 베시 여사는. 나는 어머니에게서 석 달마다 시계추처럼 꼬박꼬박, 내 불쌍한 오래된 개인 전화에 대해, 더이상 아무도 사용하지 않을 물건에 매달 소중한 돈을 지불하는 것이 얼마나 어리석은 일인지에 대해 오백 단어 길이의 편지를 받고 있다. 그런데 그건 정말 말도 안 되는 트집이다. 뉴욕에 머물 때면 나는 언제나 내 오랜 친구, '죽음의 신'인 야마와 몇 시간이고 앉아 이야기를 나누기에, 내 개인 전화는 우리의 소소한 대화를 위해선 필수적인 것이다. 어쨌든 내가 마음을 바꾸지 않았다고 어머니에게 전해주기 바란다. 나는 그 오래된 전화를 열정적으로 사랑한다. 그 전화는 베시의 키부츠*를 통틀어 시모어와 내가 정말 유일하게 가졌던 사유재산이었다. 매년 그 빌어먹을 전화번호부에 시모어의 이름이 실리는 것을 보는 일도 나의 내면의 조화에 필수적인 일이기도 하고. 나는 전화번호부에서 알파벳 G로 시작하는 이름들을 살펴볼 때 편안한 마음이고 싶다. 부탁이니 내 말을 전해다오. 있는 그대로 옮기지는 말고 더 좋게 표현해서. 할 수 있을 때 베시에게 더 잘해라, 주이. 우리 어머니이기 때문이 아니라 그녀가 몹시 지

---

* 이스라엘 생활 공동체로, 사유재산을 인정하지 않음.

쳐 있기 때문에 하는 말이다. 너도 서른쯤 지나면 그럴 것이다. 그 나이가 되면 사람들은 모두 조금은 느려지기 마련이니까(심지어 너조차도, 아마). 그러니 지금 더 노력해라. 아파슈 댄스*를 추는 남자가 여자 파트너를 대하는 맹목적 애정의 무자비함으로 베시를 대하는 걸로는 충분치 않다—그런데 베시는 그것을 이해하고 있어. 네가 그렇다고 생각을 하든 안 하든 말이다. 넌 베시가 거의 레스**만큼이나 감상벽이 있다는 것을 잊고 있지.

내 전화 문제를 제외한다면 베시의 이번 편지는 사실 주이 너에 대한 편지다. 네 앞에 '창창한 인생'이 있다고. 그러니 본격적으로 배우의 삶을 시작하기 전에 박사 학위 과정을 밟지 않는다면 그것은 '죄악'이라고, 나보고 네게 그렇게 편지를 쓰라더구나. 네가 어느 분야에서 박사 학위를 받았으면 좋겠다는 말은 하지 않지만, 내 짐작에 그리스어보다는 수학일 거라 생각한다. 이 지독한 꼬마 책벌레야. 어쨌든 베시는 네가 무슨 이유에서든 배우로서 삶이 잘 풀리지 않을 경우 뭔가 '대비책'을 준비하길 바라는 것 같다. 어쩌면 매우 타당한 생각일지도

---

* 20세기 초 프랑스 거리 문화에서 시작된 난폭한 동작의 춤.
** 글래스 집안의 가장이자 이들의 아버지.

모르고, 거의 그렇기도 하지만, 나는 전적으로 찬성하지는 않는다. 내가 나 자신을 포함한 우리 가족 모두를 거꾸로 든 망원경을 통해 보고 있는 것만 같은 그런 날이다. 나는 실제로 오늘 아침 우편함에서 봉투에 적힌 보낸 사람 이름을 보며 베시가 누구인지 한참 생각했다. 충분히 그럴 만도 했던 것이, 고급 글쓰기 24-A 수업 때문에 나는 눈물을 머금고 서른여덟 편의 단편을 짊어지고 집으로 와 주말을 보내는 중이다. 그중 서른일곱 편은 펜실베이니아에 은둔하며 '글을 쓰고 싶어하는' 수줍은 네덜란드 레즈비언 이야기일 것이며, 호색한 일꾼의 일인칭 시점으로 이야기될 것이다. 사투리로.

내가 그동안 이 대학 저 대학으로 내 문학적 매춘부의 큐비클을 옮겨다녔음에도 아직 학사 학위조차 없다는 것은 네가 당연히 알고 있으리라 생각한다. 백 년도 더 지난 일처럼 보인다만, 내가 학위를 따지 않았던 데는 원래 두 가지 이유가 있었다. (그냥 가만히 앉아 읽어줬으면 좋겠구나. 내가 몇 년 만에 처음 쓰는 편지가 아니냐.) 한 가지 이유는 내가 대학 시절 그야말로 잘난 척하는 인간이었다는 것이다. 그 옛날 〈지혜로운 어린이〉 출신에 평생 영문학 전공자로 살아갈 사람답게, 내가 알던 교양 없는 학자며, 라디오 아나운서, 교육계 멍청이들 등속이 죄다 이런저런 학위를 가지고 있다면 나는 어떤 학위도 갖고 싶지 않다고 생각했던 거지. 그리고 다른 이유 한 가지는, 시모어가 대부분의 미국 젊은이들이 이제 갓 고등학교를 졸업할 나이에 박사 학위를 취득한지라 멋지게 그를 따라 잡기엔 이미 너무 늦었기 때문이었다. 나는 아예 학위를 받지 않기로 했지. 물론, 네 나이 때 내가 억지로 가르치는 일을 하게 되는 일은 결코 없으리라는 것을, 나의 뮤즈들이 나를 먹여 살리지 못하게 되면 나는 부커 T. 워싱턴처럼, 어디 가서 렌즈라도 갈고 있으리라는 것을 확신하기도 했고. 하지만 어떤 의미에서든 학문에 대한 후회는 없다. 특히 암울한 날이면 가끔 나는 할 수 있었을 때 학위들을 따놓았더라면 지금 고급 글쓰기 24-A처럼 끔찍한, 전형적인 대학 수업 같은 걸 하고 있지는 않았을 텐데, 하고 생각하기도 한다. 하지만 그래 봐야 허튼소리다. 패는 모든 직업적인 유미주의자들에게 불리하게 (상당히 제대로인 듯) 돌아가고 있다. 그러니 우리 모두는 우리가 머잖아 맞이할 어둡고 장황한 학문적 죽음을 맞아 마땅한 것이다.

네 경우는 나와 많이 다를 것이다. 어쨌든 나는 크게 베시 편은 아닌 것 같다. 네가 원하는 것이, 혹은 베시가 네게 바라는 것이 '안정'이라면, 너는 언제든 석사 학위만으로도 적어도 이 나라의 모든 따분한 남자 사립고등학교에서, 그리고 대부분의 대학에서 상용로그표를 나눠줄 자격은 될 테니까. 그렇지만 우리는 고급 학위, 고급 학사모의 세상에서 살고 있으니, 너의 아름다운 그리스어는 네가 박사 학위가 있지 않는 한 웬만한 규모의 대학에서는 거의 쓸모가 없을 것이다. (물론, 넌 언제든 아테네로 이사할 수는 있겠지. 햇빛 찬란한 옛 아테네로.) 그러나 나는 생각하면 할수록 네게 더 많은 학위는, 젠장, 있거나 말거나 싶은 생각이 든다. 사실, 네가 듣고 싶을지 모르겠는데, 네가 어렸을 때 만일 시모어와 내가 추천 도서로 우파니샤드, 금강경, 마이스터 에크하르트, 또 우리가 좋아했던 그 모든 것을 네게 던져주지 않았더라면, 네가 훨씬 더 자리를 잘 잡은 배우가 될 수 있었을 거란 생각을 하지 않을 수 없다. 배우란 자고로 여장을 가볍게 하고 길을 떠나야 하는 법이다. 우리가 어렸을 때, S와 나는 존 배리모어*와 멋진 점심식사를 한 적이 있다. 그는 무지하게 똑똑하고 구전 지식도 넘치게 알았지만 과도한 공교육이라는 거추장스러운 짐엔 전혀 짓눌려 있지 않았다. 내가 이 말을 하는 이유는 지난 주말에 내가 다소 과시적인 동양학 연구자와 이야기를 나누었고, 대화가 매우 깊이 있는 형이상학적 소강상태에 접어들었던 어느 시점

---

* 미국의 배우.

에, 그에게 내게 『문다카 우파니샤드』를 고대 그리스어로 번역하며 불행했던 연애를 견뎌낸 남동생이 있다고 얘기했기 때문이다. (그가 요절복통하며 웃더구나. 너도 동양학 연구자들이 어떻게 웃는지 알지.)

신에게 바라건대, 배우로서 네가 앞으로 어떻게 될지 내가 좀 알 수 있었으면 좋겠다. 너는 분명히 타고난 배우다. 우리의 베시도 그건 알고 있어. 그리고 확실히 너와 프래니가 우리 가족 중 유일하게 아름다운 사람들이고. 하지만 넌 어느 분야에서 연기를 할 것이냐? 그건 생각해보았니? 영화? 만일 그렇다면, 너 역시 조금이라도 체중이 늘었다간 네 옆의 젊은 배우처럼 프로 권투 선수와 신비주의자, 총잡이와 불우한 어린아이, 목장 일꾼과 '인간의 양심' 등등을 무난하게 버무린 할리우드의 아말감으로 전락하고 마는 것 아닌가 싶어 심히 걱정이 된다. 그렇게 전형적인 흥행 위주의 감상조 작품에 만족할거니? 아니면 뭔가 좀더 장대한 것을 할 꿈을 꾸는 거니? 예를 들면,* 테크니컬러로 제작하고, 놀라운 전투 장면들을 넣고, (소설적이고 화면으로는 나타나지 않는다는 이유로) 뉘앙스는 모두 배제한 채 인물의 성격을 묘사하고, (단지 영화 제작

---

* 원문은 독일어로 zum Beispiel.

을 품위 있고 '순수해' 보이게 하기 위해) 안나 마냐니를 과감하게 나타샤 역에 캐스팅하고, 드미트리 포프킨의 멋진 부수 음악을 깔고, 모든 남자 주연배우들은 상당한 감정적 스트레스를 겪고 있다는 것을 보여주기 위해 간간이 턱 근육을 잔물결처럼 일그러뜨리고, 그리고 윈터가든 극장에서 환하게 밝힌 조명 아래 몰로토프, 밀턴 벌, 듀이 주지사 등이 극장으로 들어오는 유명 인사들(내가 말하는 유명 인사들이란 당연히 오랫동안 톨스토이를 사랑해온 사람들, 즉 더크슨 상원의원, 자자 가보, 게일로드 하우저, 조지 제슬, 리츠 호텔의 찰스 등이지)을 소개하며 세계 첫 상영을 하는 〈전쟁과 평화〉에서 피에르나 안드레아 역을 한다든지 말이다. 근사하게 들리니? 그리고 네가 만일 연극계로 나간다면, 그곳에 대해 환상을 가질 거니? 너는 정말 아름다운 공연을, 예를 들면 그런 〈벚꽃 동산〉을 본 적이 있니? 보았다고 하지 마라. 누구도 본 적이 없다. '인상적'이거나 '괜찮은' 공연은 보았을지 모르나 아름다운 공연은 결코 보지 못했을 것이다. 체호프의 재능에 상응하는, 무대 위의 모든 배우가 뉘앙스 하나하나, 그만의 별난 특징 하나하나를 제대로 살려낸 공연은 단 한 번도 없었다. 나는 네가, 젠장, 걱정이 되는구나, 주이. 나의 비관주의를 용서해라, 그 소리의 울림까지 용서해달라는 건 아니지만. 하지만 나는 네가 어떤 것에서든 얼마나 많은 성과를 요구하는지 알고 있다. 이 자식아. 게다가 나는 네 옆에 앉아서 연극을 보는 지독한 경험도 해봤다. 네가 공연예술에서 거기엔 남아 있지 않은 뭔가를 요구하는 것이 내 눈엔 아주 분명하게 보인다. 부디, 조심하기 바란다.

내가 오늘 이상한 건 인정한다. 나는 신경증 환자처럼 날짜를 꼽으며 살고 있고, 오늘이 꼭 삼 년이 된 날이다. 시모어가 자살한 이래. 내가 시신을 가져오기 위해 플로리다에 내려갔을 때 무슨 일이 있었는지 네게 얘기한 적이 있던가? 나는 비행기에서 다섯 시간 내내 눈물 콧물 흘리며 더럽게 울었다. 가끔씩 커튼을 매만져 통로 건너편 다른 사람들에게 내 모습이 보이지 않도록 하면서. 다행히도 내 옆자리엔 아무도 없었다. 비행기가 착륙하기 약 오 분 전, 나는 뒷자리에서 사람들이 이야기를 하고 있다는 것을 알게 되었다. 한 여자가 자신의 목소리에 보스턴의 백 베이 지역의 부유함을 완전히, 하버드 스퀘어의 지적인 어조를 다분히 담아 말하고 있더구나. "……그리고 다음날 아침, 들어봐요, 여자의 그 아름다운 젊은 몸에서 고름을 일 파인트 빼냈답니다." 들은 이야기 중 기억나는 건 그게 다였지만, 몇 분 후 내가 비행기에서 내리고 뉴욕 버그도프 굿맨 백화점의 검은 옷으로 휘감은 그 '사별한 미망인'이 내게

다가왔을 때 나는 '잘못된 표정'을 짓고 있었다. 씩 웃고 있었던 것이다. 오늘 그때와 똑같은 기분을 이렇다 할 이유 없이 맛보고 있다. 말이 안 된다는 건 알지만, 나는 이곳에서 아주 가까운 어디선가—어쩌면 저 도로 아래 첫번째 집에서—훌륭한 시인이 죽어가고 있음을 분명히 느끼고 있고, 그러면서 또한 여기서 아주 가까운 어디선가 누군가 그녀의 아름다운 젊은 몸에서 웃기는 일 파인트의 고름을 빼내고 있음이 분명하다고 느끼고 있다. 이 비통함과 크나큰 즐거움 사이를 영원토록 왔다갔다할 수는 없다.

지난달, 시터 학장(이 사람의 이름을 말하면 나는 늘 프래니를 떠올리게 된다)이 우아한 미소를 머금고 생가죽 채찍을 든 채 내게 다가왔고, 나는 지금 교수들과 그들의 아내, 그리고 지독하게 심도 깊은 부류의 학부생 몇몇을 대상으로 매주 금요일 선(禪)과 대승불교에 대해 강의하고 있다. 이런 업적이라면 지옥에서 동양철학 학과장 자리를 맡을 수 있으리라 믿는다. 요점은, 내가 지금 일주일에 네 번이 아닌 다섯 번을 학교에 나가고 있고, 또 밤과 주말에는 나만의 일을 하느라 어떤 선택적인 사고를 할 시간이 거의 없다는 것이다. 내가 시간이 조금이라도 있을 때면 너와 프래니 걱정을 하고 있지만 실은 내가 원하는 것만큼 그럴 시간이 그리 많지는 않다는 내 나름의 애처로운 변명이다. 지금 진짜로 네게 하고자 하는 말은, 오늘 내가 수북한 재떨이들을 여기저기 놓고 앉아 네게 편지를 쓰는 것이 베시의 편지와는 거의 아무런 상관이 없다는 거다. 그녀는 매주 너와 프래니에 대해 중요한 정보들을 날려보내지만 나는 그것들에 대해 결코 어떤 행동도 취하지 않는다. 그러니 그녀의 편지 때문은 아닌 것이다. 이 편지를 쓰는 것은 오늘 이곳 슈퍼마켓에서 내가 겪은 어떤 일 때문이다. (새 단락으로 시작하지 않겠다. 줄 바꿔 읽는 수고는 덜어주마.) 나는 정육 코너 앞에 서서 양갈비 토막내는 것을 기다리고 있었다. 젊은 엄마와 어린 딸도 가까이에서 기다리고 있었다. 아이는 네 살 정도였는데, 기다리는 동안 시간을 보내느라 유리 진열장에 등을 기대고선 면도를 하지 않은 내 얼굴을 쳐다보고 있었다. 나는 아이에게 내가 그날 본 제일 예쁜 소녀라고 말해주었다. 아이는 그 말을 알아듣고 고개를 끄덕였지. 아이에게 분명 남자친구가 많겠다고 했더니 아이는 이번에도 고개를 끄덕이더구나. 나는 아이에게 남자친구가 몇 명이냐고 물었다. 아이가 손가락 두 개를 펴 보였다. "두 명!" 내가 말했다. "남자친구가 많구나. 걔네들 이름이 뭐니, 아가?" 아이가 새된 목소리로 말했지. "보비랑 도로시." 그 말을 들은 나는 양갈비 토막들을 집어들고 서둘러 그 자리를 떴다. 바로 이 일 때문에 네게 이 편지를 쓰고 있단다. 박사 학위와 배우 일에 대해 네게 편지를 쓰라는 베시의 독촉 때문이 아니라. 이 일, 그리고 시모어가 자신에게 총을 겨눈 그 호텔방에서 내가 발견한 하이쿠 양식의 시 때문에. 시는 책상 위 메모지에 연필로 쓴 것이었다. "비행기에서 본 어린 소녀/ 인형 머리를 돌려/ 나를 보게 했네." 이 두 가지 일을 머리에 담은 채 나는 슈퍼마켓에서 집으로 차를 몰며 생각했다, 마침내 네게 편지를 쓸 수 있겠다고. S와 내가 왜 그렇게 일찍, 그리고 그렇게 고압적으로 너와 프래니의 교육을 주관했는지도 얘기할 수 있겠다고 말이다. 우리는 한 번도 그것을 네게 설명한 적이 없지만 이젠 우리 중 한 사람이 얘기를 할 때가 된 것 같구나. 그러나 지금 나는 내가 과연 그것을 설명할 수 있을지 확신이 없다. 정육 코너의 그 소녀는 가고 없고, 비행기 안 작은 인형의 공손한 얼굴을 나는 볼 수 없다. 전업 작가라는 것의 오랜 두려움, 그에 따르기 마련인 말들의 일반적인 악취, 그런 것들 때문에 나는 그만 자리에서 일어나고 싶다만, 그럼에도 시도를 한다는 것이 중요하겠지.

문제가 있을 때면 우리 가족의 나이 차이라는 것이 늘 불필요하고 고약한 부담으로 작용했던 것 같다. S와 쌍둥이와 부부, 그리고 나 사이에서야 꼭 그렇지는 않았다만, 너와 프래니, 너희 둘과 S와 나 사이에선 그랬던 것 같다. 너와 프래니

둘 다 글을 읽을 수 있게 되었을 무렵 시모어와 나는 성인이었고, 심지어 시모어는 대학도 훨씬 전에 졸업한 터였다. 그 시점에서 우리는 우리가 좋아하는 고전을 너희에게 들이밀고 싶다거나 하는 열망은 진짜 없었다. 적어도 우리가 쌍둥이나 부부에게 가졌던 것과 같은 열정은 없었다는 말이다. 우리는 타고난 학자가 그냥 둔다고 무지한 채로 남을 리가 없다는 것을 알았고, 마음속으로는 정말 그러고 싶지도 않았지만, 어린 현학자들, 학문적 지식을 뽐내는 아이들이 자라 교수 휴게실의 서번트savant가 된다는 통계에 불안했고, 심지어 두려웠다. 하지만 훨씬 더 중요했던 것은, 시모어가 이미 믿고 있었다는 것이다. (나 역시 그것을 이해하기에 동의하고 있었다.) 교육은 어떤 이름으로 부르든 달콤한 향기가 난다는 것을, 그리고 교육이 지식의 탐구가 아닌, 선禪에서 말하듯이, 비非지식에 대한 탐구로 시작한다면 더욱 달콤해질 수 있다는 것을. 스즈키 박사는 어디에선가 순수한 의식 상태―사토리―에 있다는 것은 "빛이 있으라"는 말을 하기 이전의 신과 함께 있는 것이라 말했다. 시모어와 나는 너와 프래니에게 (우리가 할 수 있는 한 오래) 이 빛을 숨기는 것이, 그리고 더 낮은 곳에 있고, 더 유행하는 빛의 효과―예술, 과학, 고전, 언어―역시 숨기는 것이 나을지 모른다고 생각했다. 적어도 정신이 모든 빛의 근원을 아는 존재 상태를 너희가 인식할 수 있을 때까지는 그래야 한다고. 이러한 존재 상태에 대해 어느 정도, 혹은 모두 알고 있었던 이들인 성자, 아라한, 보살, 지반무크타*에 관해 적어도 우리가 아는 한도 내에서 가능한 많이(우리의 '한계'라는 문제가 생길지도 모르지만) 너희에게 들려준다면 굉장히 건설적인 일일 것이라 생각했다. 그러니까 우리는, 너희가 조지 워싱턴과 그의 벗나무며, 반도半島의 정의나 문장 분석법 같은 것은 말할 것도 없고 심지어 블레이크나 휘트먼, 나아가 호메로스나 셰익스피어에 대해 너무 많이 혹은 어떤 것이든 알기 전에, 예수와 고타마**와 노자와 샹카라와 혜능 선사, 스리라마크리슈나 같은 이들이 누구였는지, 어떤 존재였는지 알았으면 했던 것이다. 어쨌든 그것이 우리의 커다란 구상이었다. 나는 아마도, S와 내가 정기적으로 집에서 세미나를 열던 그 시절을, 특히 그런 형이상학을 공부하던 시간들을 네가 얼마나 지독하게 싫어했는지 알고 있었다는 말을 하려는 것 같다. 나는 그저 언젠가—이왕이면 우리 둘 다 인사불성으로 취했을 때—우리가 그 이야기를 나눌 수 있기를 바랄 뿐이다. (그

---

* 힌두교의 해탈한 자.
** 석가모니의 출가하기 전 이름.

때까지 내가 할 수 있는 말은, 시모어도 나도 오래전 그 시절엔 네가 자라서 배우가 될 거라는 생각은 전혀 하지 못했다는 것뿐이다. 의당 그런 생각을 했어야 했는데 그러지 못했구나. 만일 그런 생각이 들었다면 S가 분명 뭔가 건설적인 일을 하기 위해 노력했으리라 생각한다. 분명히 어딘가에 배우들을 위해 니르바나와 동양의 중요한 사상들에 대해 가르치는 특별강좌가 있을 것이고, 시모어라면 그런 강좌를 찾아낼 수 있었을 것이다.) 이 단락을 끝맺어야 하는데 계속 주절대고 있구나. 너는 다음 내용에 당혹스러워하겠지만 그래도 얘기를 해야겠다. S가 죽은 후 너와 프래니가 어떻게 견뎌내고 있는지 내가 때때로 살펴보고자 마음을 썼던 것은 너도 알 거라고 생각한다. 너는 열여덟 살이었기에 너에 대해선 과도하게 걱정하지 않았다. 내 수업 시간에 가십거리를 좋아하는 애송이에게서 네가 자리를 비우고 나가 한 번에 열 시간씩 명상을 하며 앉아 있곤 한다는 얘기가 너희 대학 기숙사에 퍼져 있다는 말을 듣고 그 때문에 어느 정도 염려를 하긴 했지만 말이다. 그러나 그때 프래니는 열세 살이었다. 그런데도 나는 그냥, 움직일 수가 없었다. 나는 집에 가는 일이 두려웠다. 너희 둘이 눈물을 흘리며, 방 저쪽에 진을 치고 앉아 막스 뮐러의 『동방의 경전』 전집을 한 권씩 내게 던지며 공격하지 않을까 두려웠던 것은 아니다.

(차라리 그런 공격을 받았더라면 내게는 마조히즘의 황홀경이 되었을 것이다.) 나는 너희 둘이 내게 던질지도 모를 질문들이 (비난보다 더) 두려웠다. 나는 아주 잘 기억하고 있다, 장례식 후 일 년이란 세월을 흘려보낸 후에야 뉴욕에 돌아갔던 것을. 그후로는 생일이나 명절에 집에 가는 것이 웬만큼 수월해졌고, 내가 받을 질문이 내 다음 책이 언제 끝나는지, 내가 최근에 스키를 탄 적은 있는지 등에 관한 것이 되리라는 확신도 할 수 있었다. 너희 둘은 지난 몇 년 동안 자주 이곳에 올라와 주말을 보냈고, 우리는 이야기를 하고, 하고, 또 하곤 했음에도 그 이야기만큼은 단 한마디도 하지 않기로 암묵적 합의를 했었다. 내가 그 이야기를 제대로 하고자 마음먹은 것은 오늘이 처음이다. 이 빌어먹을 편지를 쓰면 쓸수록 나는 내 결심에 대한 용기를 잃어가는구나. 그러나 오늘 오후 그 아이가 내게 자기 남자친구들의 이름이 보비와 도로시라고 말해준 바로 그 순간, 맹세컨대 나에게는 완벽하게 전달해줄 수 있는 진실의 작은 비전(양갈비 분야)이 생겨났다. 시모어는 언젠가―생뚱맞은 곳이긴 하지만 시내버스에서―모든 합당한 종교 연구는 반드시 소년과 소녀, 동물과 광물, 밤과 낮, 뜨거움과 차가움 사이의 차이, 그 환상에 불과한 차이를 잊는 방향으로 나아가야 한다고 말했다. 정육점에서 그 말이 불현듯 떠올랐고, 네게

그 얘기를 편지로 쓰기 위해 시속 110킬로미터가 넘는 속도로 차를 몰아 집에 오는 일이 마치 생사를 가르는 문제 같았다. 아, 그곳 슈퍼마켓에서 당장 연필을 들 수만 있었다면 하고 얼마나 바랐는지 모른다. 집으로 가는 길을 믿을 수 없었다. 하지만 결과는 마찬가지였을지도 모르겠다. 네가 우리들 중 누구보다도 완전하게 S를 용서했다고 생각하는 때가 있다. 이 주제에 대해선 언젠가 웨이커가 내게 아주 흥미로운 이야기를 한 적이 있다. 실은 나는 그가 한 말을 여기 그대로 옮기고 있을 뿐이다. 웨이커는 S의 자살에 대해 가슴 아파했던 사람은 네가 유일했고, 그를 진심으로 용서한 사람도 네가 유일했다고 말했다. 우리 나머지는 겉으로는 가슴 아파하지 않았고 속으로는 용서하지 않았다고도 말했지. 그것이 어쩌면 진실보다 더한 진실일지도 모른다. 내가 어찌 알 수 있겠니? 내가 확실히 아는 것은 내게 너에게 행복하게, 신나서 이야기하고 싶은 무언가가 있었다는 것―편지지 한 면에만, 2행 간격으로 써서―그런데 집에 도착하니 그것의 대부분 혹은 모두가 사라졌음을 알았다는 것, 그럼에도 달리 방법이 없어 쓰는 척이라도 해야 한다는 것뿐이다. 네게 박사 학위와 배우의 삶에 대한 설교라니. 얼마나 꼴사납고, 얼마나 웃긴 일이냐. 시모어가 있었다면 얼마나 미소를 짓고 또 지었겠냐. 그리고 분명 내게, 우리 모두에게, 그런 건 걱정하지 말라고 안심시켜주었을 테지.

이쯤 하자. 연기를 해라, 재커리 마틴 글래스, 언제든 어디서든 네가 원하는 대로. 넌 네가 그 일을 꼭 해야 한다고 느끼고 있지 않느냐. 하지만 전력을 다해서 해라. 네가 무대에서 뭔가 아름다운 것을 한다면, 이름 없는 무엇이나 기쁨을 만드는 일을 한다면, 연극적 재간의 요청을 뛰어넘는 무엇을 한다면, S와 나 우리 둘은 턱시도와 인조 보석이 달린 모자를 빌리고 금어초 꽃다발을 들고서 엄숙하게 극장 뒷문으로 갈 것이다. 아무튼, 도움이 거의 안 될지도 모르겠지만, 아무리 떨어져 있더라도 나의 애정과 지원을 믿어주기 바란다.

버디


늘 그렇듯, 완전한 지식에 대한 내 욕구는 터무니없다. 그렇지만 그저 똑똑하게만 비치는 내 모습을 다른 사람은 몰라도 너만은 존중해줬으면 좋겠다. 오래전, 내가 소설가 지망생이며 매우 창백한 청년이었던 시절, 언젠가 내가 새 단편을 큰소리로 S와 부 부에게 읽어준 일이 있다. 읽기를 마치자 부 부가 딱 잘라 (하지만 시모어를 건너다보며) 하는 말이 스토리가 "너무 똑똑하다"였다. S는 머리를 설레설레 흔들고는 나를 향해 웃으며 똑똑함은 나의 영원한 고통이며 나의 의족이라고,

그것으로 사람들의 주의를 끄는 것은 있을 수 있는 최악의 취향이라고 말했다. 절름발이가 또다른 절름발이, 나의 주이에게 말하노니, 우리 서로에게 정중하고 친절하도록 하자꾸나.

큰 사랑을 담아

B.

사 년 된 편지의 마지막 페이지 아래에는 빛바랜 검붉은색 얼룩이 묻어 있었고, 접힌 자리를 따라 두 군데가 찢어져 있었다. 편지를 다 읽은 주이는 조금 주의하며 편지지를 순서대로 정리했다. 그는 물기 없는 두 무릎에 대고 톡톡 치며 종이 높이를 맞췄다. 그가 인상을 찌푸렸다. 그러고는 변덕스럽게 마치 다시는 그 편지를 읽지 않을 것처럼 포장용 대팻밥을 넣듯 봉투에 쑤셔넣었다. 그는 두툼한 봉투를 욕조 옆에 놓고는 그 봉투를 가지고 작은 게임을 하기 시작했다. 보아하니, 손가락 하나로 속이 꽉 찬 봉투를 툭툭 쳐 욕조 가장자리를 따라 앞뒤로 밀면서 봉투를 물로 떨어뜨리지 않고 그 동작을 계속할 수 있는지 시험해보는 모양이었다. 그렇게 오 분은 족히 지난 뒤 그는 봉투를 어설프게 건드렸고, 재빨리 손을 뻗어 봉투를 잡아채야 했다. 그것으로 게임은 끝났다. 물에서 구한 봉투를 손에 쥔 채 그는 물속으로 무릎을 더 낮게, 더 깊이 잠기게 했다. 그는 일이 분 동안 멍하니 욕조 발치 너머 타일 벽을 바라보다가, 비누 받침에 놓인 담배에 시선을 던지고는 그 담배를 집어들고 시험 삼아 두어 번 빨아보았다. 하지만 담배는 꺼져 있었다. 그는 별안간 다시 몸을 세워 앉았고, 갑작스러운 그 동작에 욕조 물이 크게 출렁거렸다. 그는 물기 없는 왼손을 욕조 옆으로 떨어뜨렸다. 타자로 친 대본 하나가 욕실 매트 위에 앞면을 위로 한 채 놓여 있었다. 그는 대본을 들어, 말하자면, 욕조에 승선시켰다. 잠시 대본을 바라보더니 사년 된 편지를 대본 사이에, 스테이플이 가장 단단하게 박힌 자리에 끼워넣었다. 그러고 나서 대본을 수면 위 2.5센티미터 정도 나와 있는, 이제는 젖은 무릎 위에 기대어 올려놓고 페이지를 넘기기 시작했다. 9쪽에 이르자 그는 대본을 잡지처럼 접은 후 읽기 시작했다. 아니, 자세히 연구하기 시작했다.

'릭' 역할에 무른 연필로 진하게 밑줄이 그어져 있었다.


티나(침울하게): 오, 달링, 달링, 달링. 나는 당신에게 별 도움이 되지 않아요, 그렇죠?

릭: 그런 말 하지 마. 다시는 그런 말 하지 말라고, 알겠어?

티나: 그렇지만 사실이잖아요. 난 징크스예요. 끔찍한 징크스. 나만 아니었으면 스콧 킨케이드가 오래전 당신을 부에노스아이레스 사무실에 파견했을 거예요. 내가 그걸 다 망쳐버

렸어요. (창가로 간다) 나는 포도를 망치는 작은 여우 같은 사람이죠. 내가 지독하게 지적인 연극에 나오는 누군가처럼 느껴져요. 웃긴 건, 난 지적이지 않다는 거예요. 난 아무것도 아니에요. 난 그저 나일 뿐이죠. (돌아선다) 오, 릭, 릭, 난 두려워요. 우리에게 무슨 일이 일어난 건가요? 나는 이제 더이상 우리라는 걸 찾을 수 없는 것 같아요. 나는 손을 뻗어보고 또 뻗어보지만 우리는 거기 없는 거예요. 나는 무서워요. 나는 무서움에 떠는 어린아이예요. (창밖을 본다) 나는 이 비가 싫어요. 때때로 빗속에 죽어 있는 내가 보여요.

릭(조용하게): 달링, 그거 『무기여 잘 있거라』에 나오는 구절 아닌가?

티나(돌아선다, 화가 나서): 여기서 나가. 나가라고! 나가지 않으면 이 창문에서 뛰어내리겠어. 내 말 들려?

릭(그녀를 잡으며): 이제 내 말을 들어. 이 아름다운 작은 바보. 이 사랑스럽고, 유치하고, 혼자 드라마를 찍는―

주이의 대본 읽기가 어머니 목소리에 의해 갑작스럽게 중단되었다. 성가시게 집요하지만 표면적으로는 긍정적인 그 목소리가 욕실문 밖에서 그를 부르고 있었다. "주이? 아직도 욕조에 있니?"

"네, 아직 욕조에 있어요. 왜요?"

"나 잠깐만 들어가고 싶은데. 네게 줄 게 있어."

"맙소사, 욕조 안에 있다니까요, 어머니."

"아주 잠깐이면 돼. 샤워 커튼을 치렴."

주이는 읽고 있던 페이지를 흘긋 보고는 눈길을 떼며 대본을 덮고는 욕조 옆에 내려놓았다. "하느님 맙소사." 그가 말했다. "때때로 빗속에 죽어 있는 내가 보인다고." 진홍색에 카나리아 빛 노란색 음자리표와 올림표, 내림표 무늬가 있는 나일론 샤워 커튼이 머리 위 크롬 바의 플라스틱 고리에 매달린 채 욕조 발치 한쪽으로 젖혀져 있었다. 주이가 앞으로 몸을 숙이며 손을 뻗어 커튼을 욕조 끝까지 쳐 자신을 가렸다. "됐어요. 맙소사. 들어올 거면 들어오세요." 그의 목소리에는 배우 특유의 일부러 꾸민 듯한 울림은 없었지만 다소 과도한 활력이 있었다. 본인이 통제하지 않으면 완강하게 '들리는' 소리였다. 예전에 〈지혜로운 어린이〉에 출연할 때도 마이크와 간격을 두라는 조언을 반복적으로 받았다.

문이 열렸고, 글래스 부인이 욕실 안으로 조심스럽게 들어왔다. 통통한 중간 체격에 머리에 헤어네트를 쓰고 있었다. 그녀의 나이는 어떤 상황에서든 가늠하기가 결코 쉽지 않았지만 머리에 헤어네트를 쓰고 있을 때는 더더욱 그러했다. 어디든 그녀가 들어올 땐 대개 조용한 법 없이 말이 앞장섰다. "어떻게 그렇게 오래 욕조에 있을 수 있는지 모르겠다." 그녀는 즉시 문을 닫았다. 마치 자식을 위해 목욕 후 찬바람과 맞서는 길고 긴 전쟁을 벌여온 사람 같았다. "건강에도 안 좋다." 그녀가 말했다. "욕조에 얼마나 오래 있었는지는 아니? 정확하게 사십오—"

"말하지 마요! 그냥 말하지 말라고요, 베시."

"무슨 소리냐, 말하지 말라니?"

"말한 그대로예요. 차라리 모르게 해달라고요. 밖에서 몇 분이 걸리나 재고 있었던 건 아닐 거라는, 젠장, 그 환상만은 내게서 앗아가지—"

"누가 무슨 몇 분을 쟀다는 거냐." 글래스 부인이 말했다. 그녀는 이미 다른 일로 아주 분주한 상태였다. 하얀 종이로 싸고 황금색 반짝이 끈으로 묶은 작은 타원형 박스를 들고 들어왔던 것이다. '호프' 다이아몬드나 코 세척기 부속 정도 크기의 물건이 담겨 있을 것으로 보였다. 글래스 부인은 눈을 가늘게 뜨고 그것을 바라보며 손가락으로 끈을 잡아당겼다. 매듭이 풀리지 않자 그녀는 이를 갖다댔다.

그녀는 평소 집에서 입는 옷을 입고 있었다. 그녀의 아들 버디가 (그는 작가이며, 따라서, 역시 작가인 카프카가 말했듯이, 예의바른 인간은 아니다) 죽음을 예고하는 제복이라 불렀던 옷이다.

주종은 낡은 암청색 일본식 기모노였다. 그녀는 아파트에서 낮에는 거의 예외 없이 그 옷을 입고 지냈다. 주술적으로 보이는 주름들이 많은 그 옷은 지독한 골초에 아마추어 수선공인 그녀의 소지품들을 담아두는 용도로 쓰이기도 했다. 두 개의 큼직한 주머니를 허리 부분에 덧대었고, 그곳엔 대개 담배 두세 갑과 성냥첩 몇 개, 드라이버, 장도리, 아들들 중 누군가의 것이었던 보이스카우트 나이프, 그리고 에나멜 수도꼭지 한두 개, 거기다 온갖 나사, 못, 경첩, 쇠구슬이 든 바퀴 등이 들어 있었다. 이런 것들 때문에 글래스 부인이 그 넓은 아파트 안을 걸어다니면 희미한 쟁그랑 소리가 나곤 했다. 십 년도 넘게 그녀의 두 딸이 자주, 무력하게나마, 이 낡고 낡은 기모노를 버리려 공모를 하곤 했다. (결혼한 딸 부 부는 쓰레기통에 넣기 전에 둔기 같은 것으로 결정적 한 방을 먹여야 한다고 암시하기도 했다.) 그 가운이 원래 얼마나 동양적으로 보이도록 디자인된 것인지는 모르겠으나, 글래스 부인이 그녀의 집에서,* 일정 유형의 관찰자에게 주는 강렬한 인상을 약화하지는 못했다. 글래스 가족은 오래되긴 했지만 세련되지 않다고 분류할 수는 없는, 그런 아파트 건물에 살고 있었다. 이스트 70 몇 번가에 위치한 그 건물에 사는 중년 여성의

---

* 원문은 프랑스어로 chez elle.

3분의 2는 아마 모피 코트를 가지고 있었을 것이고, 그들이 화창한 주중 아침에 건물을 나서면 삼십 분 정도 후에는 로드 앤드 테일러나 삭스, 또는 본윗 텔러 같은 고급 백화점에서 엘리베이터에 타거나 내리고 있을 거라고 적어도 상상은 해도 좋을 것이다. 이렇게 뚜렷이 맨해튼적인 무대에서 글래스 부인은 (명백히 호들갑스러운 관점에서 본다면) 다소 신선한 눈엣가시였다. 그녀는 우선, 마치 한 번도, 단 한 번도 그 건물을 떠난 적이 없는 사람처럼 보였고, 설사 건물 밖으로 나간다고 해도 검은 숄을 두르고 더블린의 오코넬 거리 방향을 찾아갈 것 같은, 그곳에서 어떤 서류 착오로 영국 정부군 블랙 앤드 탠스의 총에 맞아 죽은, 반은 아일랜드인이고 반은 유대인인 그녀의 아들 중 한 아이의 시신을 요구할 것 같은 모습이었다.

주이의 목소리가 갑자기, 그리고 미심쩍은 듯 높아졌다. "어머니? 도대체 거기서 뭐하세요?"

박스 포장을 푼 글래스 부인은 이제 일어나 치약이 든 종이곽 뒷면의 작은 글씨들을 읽고 있었다. "입술에 단추 좀 채우고 있으렴." 그녀가 다소 무심하게 말했다. 그녀는 약장이 있는 쪽으로 갔다. 약장은 세면대 위쪽 벽에 붙박여 있었다. 그녀는 거울 문이 달린 약장을 열고는, 마치 헌신적으로 가꾼 정원을 보는 눈으로, 아니, 가늘게 뜬 노련한 눈길로, 빽빽하게 들어찬 선반들을 살폈다. 그녀 앞에는 지나치게 무성하게 줄에 줄을 지은, 말하자면, 황금빛 약품들의 무리와 실상 이곳에는 덜 어울리는 몇 가지 물건들이 서 있었다. 여러 개의 선반 위에는 요오드, 머큐로크롬, 비타민 캡슐, 치실, 아스피린, 두통약 애너신, 해열제 버퍼린, 살균제 아지롤, 코감기용 연고 머스티롤, 변비약 엑스랙스, 제산제 마그네시아유, 변비약 샐 히패티카, 아스피린 껌인 애스퍼검, 질레트 면도기 두 개, 면도날 교체식인 쉬크 면도기 하나, 면도 크림 튜브 두 개, 포치 난간 위에 잠든 검은색과 흰색이 섞인 뚱뚱한 고양이를 찍은 구겨지고 약간 찢어진 스냅사진, 빗 세 개, 헤어브러시 두 개, 와일드루트 머리 연고 한 병, 피치 비듬제거제 한 병, 라벨이 붙지 않은 작은 글리세린 좌약 상자, 빅스 점비약, 빅스 베이포럽 크림, 카스티야 비누 여섯 개, 1946년 코미디 뮤지컬 〈콜 미 미스터〉 반쪽짜리 보관용 티켓 세 장, 제모 크림 튜브 하나, 클리넥스 한 박스, 조개껍데기 두 개, 닳아 보이는 손톱 다듬는 줄 한 세트, 클렌징크림 두 병, 가위 세 벌, 손톱 줄 하나, (구슬치기꾼들에게, 적어도 1920년대에는 '순수 구슬'이라 알려졌던) 무늬 없는 파란 구슬, 모공 축소 크림, 족집게 한 벌, 시곗줄 없는 여성용 금 손목시계, 중탄산소다 한 상자, 마노가 깨진 여자 기숙학교 졸업 반지, 탈취제 스토페트 한 병, 그 밖에 상상할 수 있는 것이든 없는 것이든 상당히 많은 것이 더 있었다. 글래스 부인은 거침없이 손을 뻗어 제일 아래 칸에서 뭔가를 집더니 휴지통으로 떨어뜨렸고, 그러자 탁 하는 둔탁한 작은 울림이 들렸다. "사람들이 아주 좋다고 칭찬이 자자한 새 치약이 있어서 너 쓰라고 여기 넣으려고." 그녀는 몸도 돌리지 않고 그렇게 말한 후, 말한 대로 치약을 넣었다. "그 이상한 파우더는 쓰지 않았으면 좋겠구나. 그 파우더 때문에 네 치아의 고운 에나멜질이 다 벗겨질 거다. 넌 이가 참 곱잖니. 최소한 그 이를 잘―"

"누가 그래요?" 샤워 커튼 뒤에서 욕조 물이 철렁이는 소리가 들려왔다. "도대체 누가 그래요, 그게 내 이의 에나멜질을 벗길 거라고!"

"내가 그랬다." 글래스 부인은 그녀의 정원과도 같은 약장에 마지막으로 날카로운 눈길을 던졌다. "제발 그냥 이 치약을 쓰렴." 그녀는 모종삽을 쓰듯 손가락을 뻗어선 개봉하지 않은 샐히페티카 상자를 살짝 밀어 그 줄에 있는 다른 상록식물들과 가지런히 맞춘 후 약장 문을 닫았다. 그러고는 찬물 수도꼭지를 틀었다. "도대체 누가 손을 씻고 난 다음 세면대를 닦지 않는 거냐." 그녀가 엄한 목소리로 말했다. "이 집에 애들이 있는 것도 아니고." 그녀는 물을 더 세게 틀어 한 손으로 짧게, 그렇지만 빈틈없이 세면대를 닦았다. "아직 네 여동생과는 얘기를 안 해본 거겠지." 그녀가 이렇게 말하며 샤워 커튼 쪽으로 몸을 돌렸다.

"네, 아직 제 여동생과 얘기를 안 해봤어요. 이제 좀 제발 나가주시는 게 어때요?"

"왜 아직 안 한 거냐?" 글래스 부인이 물었다. 그거 고약하구나, 주이. 아주 고약해. 내가 특별히 부탁하지 않았니, 가서 무엇이든—"

"첫째, 베시, 난 일어난 지 아직 한 시간도 안 됐어요. 둘째, 어젯밤에 두 시간 꼬박 그 아이하고 이야기를 했어요. 그러니 솔직히 오늘은 우리 중 누구하고도 얘기하고 싶지 않을 거라고요. 셋째, 지금 이 욕실에서 나가지 않으면 난 이 빌어먹을 흉측한 커튼에 불을 질러버릴 거예요. 진짜로요, 베시."

이 세 가지 분명한 요점이 제시되는 도중 어느 순간엔가 글래스 부인은 듣기를 멈추고 자리에 앉았다. "어떨 땐 전화도 놓지 않고 사는 버디를 죽여버리고 싶은 심정이다." 그녀가 말했다. "정말 그럴 필요 없잖니. 어떻게 다 큰 성인 남자가 그러고 살 수 있어? 전화도 없이, 아무것도 없이. 그 아이 사생활을 침해하고 싶어하는 사람은 없어. 사생활을 지키는 게 그애가 원하는 것이라면 말야. 하지만 그렇다고 꼭 그렇게 은자처럼 살아야 하는 건지 모르겠구나." 그녀는 화가 난 듯이 몸을 흔들고 다리를 꼬았다. "게다가 맙소사, 안전하지도 않잖니, 맙소사! 혹시 다리라도 하나 부러지거나 그런 일이 있다고 해봐라. 그 깊은 숲속에서 말이다. 난 그게 늘 걱정이다."

"걱정이라고요? 뭘 걱정하는 건데요? 형 다리가 부러지는 거요. 아니면 어머니가 놓으라는데도 형이 전화를 안 놓는 거요?"

"둘 다 걱정이다. 모르나본데."

"음…… 하지 마요. 시간 낭비 말라고요. 너무 바보 같아요, 베시. 왜 그렇게 바보 같아요? 버디가 어떤지 잘 알잖아요. 형은 설사 30킬로미터 들어간 숲속에 있고, 두 다리가 다 부러지고 등에 망할 화살이 꽂혀도, 기어서라도 기어이 자기 동굴로 들어가 자기가 없는 동안 누가 숨어들어와 자기 장화를 신어보려 한 건 아닌지 확인할 사람이라고요." 시끄럽고, 악귀 소리 같긴 하지만, 짧고 기분 좋은 웃음소리가 커튼 뒤에서 들려왔다. "내 말을 믿어요. 형은 그놈의 사생활 보호에 너무 신경을 쓰기 때문에 어느 숲에서도 죽지 못할 거예요."

"누가 죽을까봐 걱정이라니." 글래스 부인이 말했다. 그녀는 쓸데없이 헤어네트를 조금 매만졌다. "나는 아침 내내 그 아이네 아래편 집에 사는 사람들과 전화 통화를 하려고 애썼다. 그 사람들은 전화도 받지 않더구나. 그 아이에게 연락이 안 돼서 화가 난다. 내가 얼마나 많이 그 아이에게 사정했었니, 시모어와 함께 쓰던 옛날 방에 있는 그 미친 전화기 좀 떼어 가라고. 이건 정상이 아니야. 정말 무슨 일이 생겨서 전화가 필요하게 되면, 아, 정말 화가 난다. 어젯밤에도 두 번, 네 번 정도 오늘—"

"도대체 뭐가 그렇게 '화가 난다'는 거예요? 거기다, 왜 형네 집 아래쪽 길에 사는 낯선 사람들이 우리 전화를 기다려야 해요?"

"우리 전화를 기다리고 있어야 한다는 말 같은 거 한 적 없다, 주이. 시건방지게 좀 굴지 말아주겠니. 모르나본데 나는 그 아이가 굉장히 걱정스럽다. 그리고 나는 버디가 이런 걸 전부 들어야 한다고 생각한다. 모르나본데, 이런 상황에 내가 그 아이에게 연락을 취하지 않으면 그 아이가 결코 나를 용서하지 않을 거라는 게 내 생각이다."

"알았어요, 그럼! 형 이웃 사람들 귀찮게 하지 말고 차라리 형 학교에 전화를 하지그래요? 어쨌든 지금 이 시간엔 동굴에 없을 거고, 어머니도 그건 알잖아요."

"목소리 좀 낮추면 좋겠구나. 여기 귀먹은 사람 없다. 모르나본데, 학교로도 이미 전화를 해봤다. 그래봐야 절대 아무 소용이 없다는 건 경험으로 잘 알고 있다. 그 사람들은 그냥 그 아이 책상에 메모지를 남겨둘 거고, 그 아인 자기 연구실 근처에도 가지 않을 테니." 글래스 부인이 앉은 채로 갑자기 몸을 앞으로 숙여 빨래 바구니 뚜껑에서 뭔가를 집어들었다. "거기에 워시래그 있니?"

"'워시클로스'가 맞는 말이에요, '워시래그'가 아니라.* 그리고 내가 원하는 건요, 제기랄, 베시, 이 욕실에 혼자 남는 거예요. 그게 내 소박한 소원이라고요. 내가 지나가는 뚱뚱한 아일랜드 여자들마다 다 여기 들어오게 하고 싶었으면 그렇다고 말을 했을 거예요. 이제, 제발요. 나가요."

"주이." 글래스 부인이 끈질기게 말했다. "난 지금 내 손에 깨끗한 워시래그를 들고 있다. 이거 필요하니, 안 필요하니? 그냥 네 아니요로 대답하렴."

"오 마이 갓! 네. 네. 네. 이 세상 무엇보다 그게 필요해요. 이리 던져요."

"나는 던지지 않고 네 손에 건넬 거다. 이 집 식구들은 늘 뭐든 다 던진다니까." 글래스 부인은 자리에서 일어나 세 걸음을 앞으로 가 샤워 커튼 옆으로 갔고, 손 하나가 불쑥 튀어나와 목욕 수건을 가져가기를 기다렸다.

"무진장 고맙네요. 이제 제발 여기서 나가줘요. 벌써 한 5킬로는 빠진 것 같아요."

"별로 놀랄 일도 아니지! 얼굴이 퍼레지도록 욕조 안에 들어앉아 있으니, 그러다 너, 이게 뭐냐?" 글래스 부인은 대단한 호기심

---

* 목욕 수건을 뜻하는 washrag와 washcloth는 둘 다 흔히 사용되는 단어다.

을 보이며 몸을 숙였고 그녀가 욕실에 들어오기 전 주이가 읽던 대본을 집어들었다. "르세이지 씨가 보내온 새 대본이니?" 그녀가 물었다. "바닥에 있는 거?" 그녀는 대답을 듣지 못했다. 마치 이브가 카인에게 저기 빗속에 놓인 것이 그의 멋진 새 괭이가 아니냐고 묻기라도 한 것 같았다. "참 좋은 자리에다 대본을 놓았네." 그녀는 대본을 창문 쪽으로 들고가 라디에이터 위에 조심스럽게 내려놓았다. 그녀는 대본을 내려다보았다. 젖었는지 살펴보는 것 같았다. 창문의 블라인드는 내려져 있었지만—주이는 머리 위 천장에 달린 전등 세 개짜리 조명으로 욕조 안에서 글을 읽었다—가는 아침 햇살이 블라인드 아래로 새어들어와 대본 표지를 비추었다. 글래스 부인이 제목을 잘 보기 위해 머리를 한쪽으로 기울이면서 기모노 주머니에서 특대 사이즈 담뱃갑을 꺼냈다. "마음은 가을의 방랑자." 그녀가 소리내어 읽으며 흥미로워했다. "특이한 제목이군."

샤워 커튼 뒤에서 들린 대답은 약간 늦었지만 재미있어하는 어조였다. "어떻다고요? 제목이 어떤 것 같다고요?"

글래스 부인은 이미 방어 자세를 취하고 있었다. 그녀는 뒤로 물러나 다시 자리에 앉은 후 손에 든 담배에 불을 붙였다. "특이하다고 했다. 아름답다거나 뭐 그렇다고 하지는 않았다. 그러니—"

"아하, 저런. 아침에 아주 일찍 일어나야겠네요, 정말 세련된

걸 뭐라도 보려면, 베시 어머니. 자기 마음이 어떤 상태인지 알아요, 베시? 자기 마음이 어떤지 듣고 싶어요? 베시 어머니 마음은 가을철 차고예요. 어때요, 흥미를 끄는 제목인가요, 네? 맙소사, 많은 사람들은, 잘 알지도 못하는 많은 사람들은 시모어와 버디가 이 집안 유일의 빌어먹을 문학가라고 생각하죠. 근데, 내 생각엔 말이죠, 내가 잠시 앉아서 그 민감한 문장과 차고들을 생각하면 말이죠, 나는 내 인생의 모든 날들을 다 버리고—"

"알았다. 알았다." 글래스 부인이 말했다. 순간 그녀의 눈이 반짝, 했다. 반짝 이상은 아닌, 반짝이었다. 그녀의 텔레비전 드라마 제목에 대한 취향이 어떻든, 혹은 일반적인 미적 관점이 어떻든, 유일하게 잘생긴 막내아들이 사람을 괴롭히는 방식에서 그녀가 전문가 같은 기쁨을 느꼈다는 것을, 비록 뻐딱한 기쁨이라 해도 기쁨의 빛이 그녀 눈을 스치고 지나갔음을 알 수 있었다. 아주 잠깐 동안이었지만 그 기쁨이 전면적인 피곤함과 욕실에 들어온 이후 그녀의 얼굴에 분명하게 줄곧 드리워져 있던 걱정을 잠시 잊게 했다. 하지만 그뿐, 그녀는 거의 즉시 다시 방어태세로 돌아갔다. "특이한 제목이 뭐가 문제라는 거냐? 아주 특이한 제목 맞아. 너! 너는 어떤 것도 특이하거나 아름답다고 생각하지 않아! 나는 단 한 번도 들은 적이 없다, 네가—"

"뭘요? 누가 뭘 안 한다고요? 정확하게 내가 뭘 아름답지 않다고 한다는 거예요?" 샤워 커튼 뒤에서 작게 물이 출렁이는 소리가 들려왔지만 악동 알락돌고래가 갑자기 장난치기 시작하는 것 같은 소리였다. "들어봐요. 난 어머니가 내 인종이나 신념, 종교에 대해 뭐라고 하든 신경쓰지 않아요, 뚱보 아줌마. 하지만 내가 아름다움에 둔감하다고는 말하지 마요. 그건 내 아킬레스건이라고요. 그러니 절대 잊지 마요. 내겐 모든 것이 다 아름다워요. 분홍빛 노을을 보면 세상에, 난 약해져요. 어떤 것이든 아름답다고요. 〈피터 팬〉. 〈피터 팬〉 공연에서 커튼이 올라가기도 전에 난 벌써 눈물바다예요. 그러니 뭣도 모르면서 말하지 마요, 내가—"

"오, 닥쳐라." 글래스 부인이 무심하게 말했다. 그녀가 크게 한숨을 내쉬었다. 그리고 나서 신경질적인 표정으로 담배를 깊이 빨아들이고는 코로 연기를 내뿜으며 말했다. 아니, 말을 터뜨렸다. "아, 저 아이를 어떻게 해야 할지 알 수 있다면 좋으련만!" 그녀가 숨을 크게 들이마셨다. "이젠 완전히 한계에 부딪혔어." 그녀가 샤워 커튼을 향해 엑스레이 같은 시선을 던졌다. "너희들 누구도 아무런 도움이 되지 않아. 아무도! 너희 아버지는 이런 일에 대해선 아예 얘기하려 들지도 않는다. 너도 그건 알잖니! 물론 당연히 너희 아버지도 걱정은 하지. 얼굴을 보면 알 수 있어. 그러면서도 그 사람은 어떤 문제와도 대면하려 하지 않아." 글래스 부인의 입이 굳어졌다. "내가 너희 아버지를 안 이후로 그 어떤 것과도 맞서는 걸 본 적이 없다. 무슨 이상하거나 불쾌한 일이 생기면, 라디오를 틀고 어떤 멍청이가 노래를 부르기 시작하면 그 일들이 그냥 다 사라져버릴 거라 생각하지."

커튼 뒤에서 커다란 폭소가 짧게 터져나왔다. 그의 평소 시끄러운 웃음소리와 거의 구분되지 않았지만 그래도 차이는 있었다.

"글쎄, 너희 아버지가 그렇다니까!" 글래스 부인이 웃음기 없이 그 말을 고집했다. 그녀가 몸을 앞으로 기울였다. "내 솔직한 생각을 듣고 싶니?" 그녀가 물었다. "듣고 싶어?"

"베시. 맙소사. 어차피 말할 거면서, 내가 듣고 싶든 아니든 무슨 차이가—"

"내 솔직한 생각은, 지금 이건 진심으로 하는 말이다. 내 솔직한 생각은 네 아버지가 계속 너희 모두의 목소리를 다시 라디오에서 듣고 싶어한다는 거다. 그냥 하는 말이 아니고." 글래스 부인이 다시 한번 깊게 숨을 들이쉬었다. "네 아버지가 라디오를 틀 때면, 정말 진심으로 언제나 〈지혜로운 어린이〉에 채널을 맞추고 너희 모두 한 사람 한 사람 차례로 나와 다시 한번 문제를 맞히기를 기대하는 것처럼 보여." 그녀가 입술을 깨물며 말을 중단했다. 무의식적이긴 했으나 다음 말을 더 강조하기 위해서였다. "너희들 모두 다 말이다." 그녀는 그렇게 말하고는 문득 자세를 조금 고쳐 똑바로 앉았다. "시모어와 월트까지 다." 그녀는 담배를 한 번 빠르게, 그렇지만 양껏 빨았다. "네 아버지는 완전히 과거에 살고 있다. 완전히. 심지어 텔레비전도 거의 보지 않는다. 네가 나올 때만 예외지. 웃지 마라, 주이. 웃을 이야기가 아니다."

"아니 도대체 누가 웃는다고 그래요?"

"이건 사실이다! 프래니에게 무슨 문제가 있는지 네 아버지는 전혀 이해하지 못하고 있어. 전혀! 어젯밤 열한시 뉴스가 끝나고 나서 네 아버지가 내게 뭐랬는지 아니? 프래니가 탄제린을 좋아할 것 같냐고 묻더구나! 그 아인 그 시간까지 거기 누워 누가 겁이라도 준 것처럼 눈이 퉁퉁 붓도록 울며 뭔지도 모를 소리를 중얼거리고 있는데 네 아버지란 사람은 그 아이가 탄제린을 좋아할지 궁금해하다니. 아주 죽이고 싶더라. 다음에 또 그러면—" 글래스 부인이 말을 끊었다. 그녀는 샤워 커튼을 노려보았다. "뭐가 그렇게 웃기니?" 그녀가 물었다.

"아무것도 안 웃겨요. 안 웃겨요, 아무것도 안 웃겨요. 탄제린 얘기, 좋네요. 알았어요, 또 어머니한테 도움이 되지 않는 게 누군가요? 나. 레스. 버디. 또 누구요? 속을 털어놔요, 베시. 참지 말고. 우리집 식구들 문제가 바로 그거잖아요, 너무 입을 꾹 다물고 있는 거."

"참 재미있구나, 응." 글래스 부인이 말했다. 그녀는 느릿느릿

헤어네트 고무줄 아래로 삐져나온 머리카락 한 가닥을 밀어넣었다. "아, 단 몇 분이라도 버디와 그 망할 전화기로 통화를 할 수 있으면 좋으련만. 이 모든 웃기는 상황을 어떻게 해야 할지 알 만한 사람은 버디뿐인데." 그녀는 생각에 잠겼고 몹시 화가 나 보였다. "꼭 엎친 데 덮친다니까." 그녀가 왼손을 우묵하게 쥐고 거기에 담뱃재를 떨었다. "부 부는 10일까지는 돌아오지 않을 거다. 웨이커에겐 어떻게 연락하면 되는지 알고 있지만 그애에게 이 얘기를 하기는 겁이 난다. 내 평생 이런 집안을 본 적이 없다. 정말이다. 너희는 모두 아주 지적인 사람들일 텐데, 너희들 모두, 하지만 막상 일이 닥치면 누구 하나 도움이 안 돼. 누구 하나. 난 이게 아주 신물이—"

"젠장, 무슨 일이요? 언제 무슨 일이 있었는데요? 도대체 우리가 어떻게 하기를 바라요, 베시? 저기 들어가서 프래니의 삶을 대신 살아주라고요?"

"그만, 그만 해! 누구보고 저 아이 대신 저 아이 인생을 살아주라는 얘기가 아니잖니. 난 그냥 아무라도 저 거실로 가서 도대체 무슨 일인지 알아봤으면 하는 거다. 그게 내가 원하는 거야. 저 아이가 언제 학교로 돌아가 학업을 마칠 생각인지 그걸 알고 싶은 거라고. 저 아이가 언제쯤 위에다 영양가 있는 뭔가를 집어넣을 생각인지도 알고 싶다. 토요일 밤에 집에 온 후로 사실상 아무엇도 먹지 않았어, 아무것도! 불과 삼십 분 전에 닭고기 수프 한 그릇을 달래서 먹이려 했다. 딱 두 모금 먹더니 그걸로 끝이더구나. 어제는 내가 먹인 걸 다 토했고, 다." 글래스 부인의 목소리는 이를테면 재장전할 틈만큼만 멈추었다 곧 이어졌다. "나중에 치즈버거나 먹겠다고 하더구나. 치즈버거라니? 짐작건대 저 아인 지금까지 한 학기 내내 치즈버거와 콜라로 산 게 분명해. 요즘 대학에선 여학생들에게 그런 걸 먹이니? 분명한 것 한 가지, 난 저 아이처럼 약해진 여자애에게 먹이진 않을 거라는 거다. 기껏 그런―"

"굉장하시네요! 닭고기 수프를 만들거나 아무것도 안 먹이거나. 그거 정말 단호한 태도군요. 저 아이가 신경쇠약증을 겪기로 마음을 먹었으면, 우리가 할 수 있는 최소한의 일은 저 아이도 마음이 편치는 않다는 걸 알아주는 거예요."

"그렇게 시건방지게 굴지 말라니까. 아, 네 입은 정말! 모르나본데, 난 저 아이가 자기 몸속에 넣는 그런 종류의 음식과 이 모든 웃기는 상황이 아무 상관이 없다고 보지 않는다. 아주 어린아이였을 때도 저 아인 채소나 뭔가 몸에 좋은 건 억지로 야단을 쳐야 간신히 손이라도 대곤 했다. 끊임없이 계속 그렇게 자기 몸을 무한정 학대할 수는 없는 법이다. 네가 어떻게 생각하든."

"절대적으로 옳은 말씀입니다. 절대적으로 옳은 말씀이에요.

어머니가 문제의 핵심으로 곧장 뛰어드는 걸 보니 정말 믿기 어려울 정도예요. 온몸에 소름이 확 돋네요…… 맙소사, 제게 영감을 주고, 저를 흥분시키네요, 베시. 지금 뭘 하셨는지 알아요? 뭘 하신 건지 깨달으셨어요? 어머니는 이 빌어먹을 문제에 신선하고 새로운 성서적 관점을 부여했어요. 대학 시절 예수가 십자가에 못박히는 것에 대한 페이퍼를 네 개, 아니 다섯 개나 썼고, 그게 하나같이 뭔가 모자란 것 같아 반쯤 미칠 것 같았는데, 아, 이제야 알겠네요. 이제야 명확해졌어요. 이제 완전히 다른 시각에서 그리스도가 보여요. 그의 건전치 못한 광신. 선량하고 분별력 있고 보수적이고 세금도 잘 내는 바리새인들에 대한 그의 무례함. 야, 이거 아주 흥미로운데요! 어머니는 단순하고 직설적이고 편견 가득한 방식으로, 신약성경 전체에서 빠진 요점을 말했어요. 부적절한 식습관. 그리스도가 치즈버거와 콜라를 먹고 사셨도다. 어쩌면 민중들에게도―"

"이제 그만 좀 해라." 글래스 부인이 말을 끊었다. 그 목소리는 조용했지만 위태롭게 들렸다. "아, 정말이지 네 입에 기저귀를 채우고 싶구나!"

"야, 이런. 난 그저 예의바른 욕실 대화를 하려는 것뿐인데."

"너 아주 웃기는구나. 아주 웃겨! 근데 어쩌냐, 나는 마침 내가 그리스도를 생각하는 것과 똑같은 방식으로 네 여동생을 보지

114

않는데. 내가 별난 건지도 모르지만 난 마침 안 그렇구나. 지치고 신경과민에 종교 서적 따위나 읽어대는 어린 여대생과 그리스도를 같은 선상에 놓고 보거나 하진 않아! 너도 분명 나만큼 네 여동생을 잘 알고 있잖니. 아니 잘 알아야 하지. 그 아인 지독하게 감수성이 예민하고 늘 그래왔어, 너도 그걸 아주 잘 알고 있고!"

욕실이 잠시 기이하게 조용했다.

"어머니? 거기 앉아 있어요? 난 어머니가 거기 앉아 담배 다섯 대를 한꺼번에 피우고 있다는 아주 끔찍한 느낌이 들어요. 그런 거예요?" 그는 기다렸다. 하지만 글래스 부인은 대답하는 편을 선택하지 않았다. "거기 앉아 있지 않았으면 좋겠어요, 베시. 난 이 빌어먹을 욕조에서 나가고 싶다고요…… 베시? 내 말 듣고 있어요?"

"듣고 있다, 듣고 있어." 글래스 부인이 말했다. 새로운 걱정의 물결이 그녀의 얼굴에 밀려들었다. 그녀가 가만있지 못하고 등을 똑바로 세웠다. "그 아인 그 미친 고양이 블룸버그를 끼고 소파에 누워 있다." 그녀가 말했다. "전혀 건강하지 못한 행동이야." 그녀가 크게 한숨을 쉬었다. 몇 분째 우묵하게 쥔 왼손에 담뱃재를 들고 있던 그녀가 일어나지 않은 채 몸을 앞으로 숙여 휴지통에 재를 비웠다. "내가 어찌해야 할지를 모르겠다." 그녀가 말했다. "정말 모르겠어. 그뿐이다. 이 집은 완전히 뒤죽박죽이야. 페인트공들이 그 아이 방을 거의 다 칠했고 점심식사 후 바로 거실을 칠하려 할 텐데. 깨워야 할지 어쩔지도 모르겠다. 거의 잠을 안 잤거든. 내가 아주 미치겠다. 내가 이 아파트에 마음놓고 페인트공을 들여본 게 언제 적 일인지 아니? 거의 이십—"

"페인트공! 아하! 이제야 생각났네. 페인트공들에 대해선 다 잊어버리고 있었어. 저기요, 그 사람들 왜 여긴 안 데리고 들어오셨어요? 자리도 넉넉한데. 그 사람들이 저를 무슨 놈의 주인이 그러냐고 할 것 아녜요? 욕실로 청하지도 않고 말이에요, 내가 여기—"

"잠깐만 조용히 해라. 생각 좀 하게."

마치 그 말에 순종이라도 하는 것처럼 주이는 갑자기 목욕 수건을 사용하기 시작했다. 얼마 되지 않는 그 짧은 동안, 수건을 문지르는 희미한 소리만이 욕실을 채우고 있었다. 샤워 커튼에서 3미터 정도 떨어져 앉은 글래스 부인은 타일 바닥 너머 욕조 옆에 깔린 파란색 매트를 바라보았다. 담배는 마지막 1센티미터 정도까지 타들어가 있었다. 그녀는 오른손 손가락 두 개 끝 사이에 담배를 끼고 있었다. 정말이지 그녀가 담배를 들고 있는 방식은 보이지 않는 더블린 숄이 그녀의 어깨를 덮고 있는 것 같던, 처음의 강렬한 (그리고 아직도 유지되고 있는) 인상을 일종의 문학적 지옥으로 날려버렸다. 그녀의 손가락은 유달리 길고 균형

잡혔을 뿐 아니라―아주 일반적으로 말하면, 아무도 통통한 중간 체격 여성의 손가락이 그럴 거라고는 예상하지 않는 손가락이었다―그 손가락들엔 이를테면 귀족적으로 보이는 떨림이 있었다. 퇴위한 발칸의 여왕이나 총애받다 물러난 애첩에게 있을 법한 그런 우아한 떨림이었다. 검은색 더블린 숄 모티프와 상충되는 것은 이뿐이 아니었다. 베시 글래스의 다리는 어떤 기준으로 보아도 아름다워 보는 사람마다 놀라고 감탄하곤 했다. 한때 상당히 폭넓은 대중의 사랑을 받았던 미인의, 보드빌 배우이자 댄서, 그것도 아주 가벼운 댄서의 다리였다. 그 다리는 지금 꼬은 상태였고, 그녀는 앉은 채 여전히 매트를 바라보고 있었다. 왼쪽 다리는 오른쪽 다리 위에 놓여 있었고 낡은 흰색 테리클로스 슬리퍼가 뻗어 있는 발에서 금방이라도 아래로 떨어질 것만 같았다. 두 발은 유달리 작았고, 발목은 여전히 가늘었으며, 어쩌면 가장 주목할 만한 것은 종아리가 여전히 탄탄하고 알이라곤 배본 적이 없어 보인다는 것이었다.

평소보다 훨씬 더 깊은 한숨이―거의 자체 생명력이 있는 것처럼―갑자기 글래스 부인 입에서 흘러나왔다. 그녀는 자리에서 일어나 담배를 들고 세면대로 가 담배 위에 찬물을 틀었고, 그리고 나서 불이 꺼진 담배꽁초를 휴지통에 떨어뜨린 후 다시 자리에 앉았다. 그녀가 스스로 걸었던 자기성찰의 마법은 마치 그녀가 자리에서 전혀 움직이지 않았던 것처럼 풀리지 않은 채 그대로 유지되고 있었다.

"난 여기서 삼 초 후에 나갈 거예요, 베시. 이건 진짜 경고예요. 사람은 적당히 있다 일어나야 욕을 안 먹는 법이라고요."

다시 파란색 매트를 바라보기 시작했던 글래스 부인이 멍하게 이 '진짜 경고'에 고개를 끄덕였다. 그런데 바로 그 순간, 흘긋보다는 좀더 오래, 주이가 그녀의 얼굴을, 특히 그녀의 눈을 보았다면, 그는 두 사람 사이에 오갔던 대화에서 자신이 한 말 대부분을 철회하거나 재구성하거나 변형해 그것을 누그러뜨리고 부드럽게 하고 싶다는 충동을, 비록 그냥 스쳐지나가는 충동일지라도, 강하게 느꼈을지도 모른다. 그런데 또 한편 생각하면, 그는 그런 충동을 느끼지 않았을지도 모른다. 1955년에는 글래스 부인의 얼굴을, 특히 그녀의 그 커다란 푸른 눈을 전적으로 그럴듯하게 읽어내기란 아주 까다로운 일이었기 때문이다. 한때, 몇 년 전만 해도 그녀는 눈만으로도 그녀의 아들 둘이 죽었다는 소식을, (사람들에게든 아니면 욕실 매트에게든) 알릴 수 있었다. 한 아들(그녀가 가장 사랑했고 내면의 눈금이 가장 복잡했고 가장 친절했던 아들)은 자살했고, 또다른 아들(유일하게 진정으로 밝고 유쾌했던 아들)은 2차대전에서 전사했다는 소식을, 그 눈만으로도, 그녀의 남편도, 남아 있는 성인이 된 자식들도, 받아들이는 일은 고사하고 마주 응시하는 일도 견딜 수 없었던 그런 사실들을 유려하게, 그리고 겉보기에는 열정적으로 자세히 설명하고 알릴 수 있었다. 하지만 1955년 지금, 켈트족 특유의 이 끔찍한 장비는, 주로 현관에서, 새로 온 배달 소년이 저녁 시간에 맞춰 양고기 다리를 가져오지 못했다거나, 어디 멀리 있는 할리우드 신인 여배우의 결혼생활이 파탄 직전이라는 소식을 전하는 게 고작이었다.

그녀가 문득 특대 사이즈 담배 한 대에 새로 불을 붙이더니 길게 빨아들이고는 연기를 내뿜으며 자리에서 일어났다. "잠시 후에 돌아오마." 그녀가 말했다. 그 말은 순진하게도 약속처럼 들렸다. "나올 때 제발 욕실 매트에 발을 닦아라. 그러라고 거기 있는 거다." 그러고는 욕실을 나가 문을 꼭 닫았다.

그것은 마치, 이를테면, 월든 호수의 임시 습독wet dock에 여러 날 정박해 있던 퀸메리호가, 입항할 때만큼이나 갑작스럽고 고약하게 출항해버린 것 같았다. 샤워 커튼 뒤에서 주이는 잠시 눈을 감았다. 그 항적에 그의 작은 배가 위태롭게 기우뚱거리기라도 하는 것처럼. 그러고 나서 커튼을 젖히고 닫힌 문을 가만히 바라보았다. 무거운 응시였고, 안도감은 그다지 실려 있지 않았다. 그것은 크게 역설적인 의미 없이, 다른 무엇보다도, 사생활을 사랑하는 사람의 응시였다. 자신의 사생활이 일단 침해당하면, 침입자가 그냥 자리에서 일어나 하나 둘 셋 그렇게 사라져도, 그것으로 됐다고 인정하지 못하는.

　오 분이 채 지나지 않아 주이는 젖은 머리를 빗고 맨발로 세면대 앞에 섰다. 진회색 샤크스킨 슬랙스를 입고 맨어깨에 수건을 두른 모습이었다. 면도 전 의식이 이미 치러지고 있었다. 창문 블라인드는 반쯤 올려두었고, 욕실 문도 조금 열어놓아 뜨거운 김이 빠져나가며 거울이 맑아지고 있었다. 불붙여 한 모금 빤 담배 한 대가 약장 거울 아래 반투명 유리 선반 위에, 손이 닿기 쉽게 놓여 있었다. 이때 주이가 면도용 브러시 끝에 면도 크림 짜는 것을 마쳤다. 그는 면도 크림 튜브를, 뚜껑도 닫지 않고, 에나멜 세면대 벽면 어디에 치워놓았다. 손바닥으로 약장 거울 표면을 벅벅 문질러 김이 서린 것을 대강 닦아냈다. 그러고 나서 얼굴에 면도 크림을 바르기 시작했다. 그가 면도 크림을 바르는 방식은, 그의 실제 면도 방식과는 내용적으로 일치했지만, 상당히 색달랐다. 즉, 그는 면도 크림을 바르는 동안 거울을 들여다보고 있긴 했으나, 브러시가 어디로 움직이는지는 보지 않고 대신 자신의 눈을 똑바로 들여다보고 있었다. 마치 그 두 눈이 중립 지대인 것처럼, 그가 일고여덟 살 때부터 나르시시즘에 대항해 자신과 벌여온 사적인 전쟁의 무인 지대인 듯이. 스물다섯 살이 된 지금, 이 작은 전략은 타석에 들어선 베테랑 타자가, 그럴 필요가 있든 없든, 방망이로 운동화 바닥의 스파이크를 툭툭 치는 것처럼 거의 반사적인 행동일 것이다. 그렇긴 하지만, 몇 분 전 머리를 빗을 땐 거울의 도움은 지극히 최소한으로 받았고, 그전에 몸의 물기를 닦을 때도 전신 거울 앞에 서 있긴 했지만 거울은 거의 들여다보지 않았다.

그가 얼굴에 면도 크림을 막 다 바른 순간 그의 어머니가 갑자기 거울 속에 나타났다. 그녀는 그에게서 몇십 센티미터 떨어져, 한 손으로 손잡이를 잡은 채 문가에 서 있었다. 다시 한번 욕실로 완전히 들어올 것인지 겉으로는 망설임을 연출하는 그림이었다.

"와! 이거 이렇게 찾아주시니 기뻐서 몸 둘 바를 모르겠습니다!" 주이가 거울을 향해 말했다. "들어오세요, 들어와!" 그가 웃음을 터뜨리며, 아니 포효하듯 외치며 약장 문을 열고 면도기를 꺼냈다.

글래스 부인이 생각에 잠긴 채 앞으로 걸음을 옮겼다. "주이……" 그녀가 말했다. "생각을 해봤다." 그녀가 평소에 앉는 자리는 주이의 왼쪽에 있었다. 그녀가 몸을 숙이며 자리를 잡으려 했다.

"앉지 마세요! 먼저 어머니 모습 좀 제대로 보자고요." 주이가 말했다. 욕조에서 나와 바지를 입고 머리를 빗으면서 기분이 풀린 모양이었다. "우리 이 작은 예배당에 손님 방문은 자주 있는 일이 아니라, 손님이 오면 우리는 최대한―"

"잠깐만 조용히 하렴." 글래스 부인이 단호하게 말하며 자리에 앉았다. 그녀가 다리를 꼬았다. "생각을 해봤다. 웨이커에게 연락을 취하는 게 도움이 될 거라고 생각하니? 나는 사실 그렇게 생각하지 않지만, 네 생각이 궁금하구나. 내 의견으론 저 아이에게 필요한 건 정신과 의사지 사제나 그런 것은 아니다만, 내가 틀릴 수도 있잖니."

"오, 아뇨. 아뇨, 아니에요. 틀리지 않아요. 베시는 절대 틀리지 않아요. 사실이라며 말하는 것들이 늘 진실이 아니거나 과장되긴 하지만 결코 틀리진 않죠. 그럼요, 아니죠." 상당히 밝은 모습으로, 주이가 면도기를 적셔 면도를 하기 시작했다.

"주이, 내가 묻고 있잖니. 제발 그 허튼소리는 집어치워라. 내가 웨이커에게 연락을 해야 한다고 생각하니, 아니니? 핀초 주교인가 이름이 뭐더라, 그 주교에게 연락해보면 될 거다. 만일 그 애가 아직도 망할 놈의 배를 타고 다니는 중이라면 주교가 전보라도 보낼 수 있는 곳을 알려줄 거다." 글래스 부인이 손을 뻗어 금속으로 된 휴지통을 가까이 끌어당기고는, 불을 붙여 가지고 들어온 담배의 재떨이로 썼다. "프래니에게 그애와 전화로 얘기를 해보고 싶으냐고 물었다." 그녀가 말했다. "만약 내가 그애와 연락이 닿는다면 말이다."

주이가 잠시 면도기를 헹궜다. "뭐래요?" 그가 물었다.

글래스 부인이 앉은 자리를 오른쪽으로 옮기는 듯 마는 듯 움직였다. "아무하고도 이야기하고 싶지 않다고 하는구나."

"아. 우리가 그렇게 어리석은 사람들은 아니죠, 그렇지 않나요? 우린 그애의 그 솔직한 대답을 곧이곧대로 받아들이지 않을 거예요, 그렇죠?"

"모르나본데, 난 오늘 그 아이가 하는 어떤 대답도 받아들이지 않을 거다." 글래스 부인이 비꼬듯 말했다. 그녀가 면도 크림을 바른 옆얼굴을 향해 말했다. "젊은 여자애가 마흔여덟 시간이나 울고 중얼대며 누워 있으면 대답 따위는 기대하지 않게 되는 법이다."

주이는 아무 대꾸 없이 면도를 계속했다.

"내 질문에 대답을 해다오. 내가 웨이커에게 연락을 해야 한다고 생각하니, 아니니? 난 두렵다, 솔직히. 사제이고 아니고를 떠나서 감정적인 아이잖니. 만일 웨이커에게 비가 올 것 같다고 말하면 그 아이 눈엔 벌써 눈물이 차오르니까."

주이는 그 말에 재미있어하는 표정을 거울에 비친 자신의 두 눈에 지어 보였다. "아직 희망이 있군요, 베시." 그가 말했다.

"음, 내가 버디와 통화를 할 수 없다면, 그리고 너조차 도움을 주지 않겠다면, 난 무언가 다른 수를 쓸 수밖에 없다." 글래스 부인이 말했다. 그녀는 상당히 불안해하는 모습으로 앉아 오랫동안 담배를 피웠다. 그러다가 말했다. "이 일이 순전히 가톨릭과 관련 있거나 그런 종류라면 내가 직접 그 아일 도울 수 있을지도 모르지. 내가 모든 걸 다 잊어버린 건 아니니까. 하지만 너희 중 누구도 가톨릭교도로 자라지 않았으니, 나는 정말 어찌—"

주이가 그녀의 말을 끊었다. "잘못 알고 있어요." 그가 그녀를 향해 면도 크림이 남아 있는 얼굴을 돌리며 말했다. "잘못 알고 있고, 그것도 크게 잘못 알고 있어요. 어젯밤에 얘기했잖아요. 프래니의 문제는 교파와는 전혀 무관하다고." 그러고는 면도기를 적셔 면도를 계속했다. "제발 내 말을 믿으세요."

글래스 부인은 그가 무슨 말을 더 하기라도 할 것처럼 그의 옆얼굴을 줄곧 끈질기게 쳐다보았지만 그는 아무 말도 하지 않았다. 한참 후 그녀가 한숨을 쉬며 말했다. "저 끔찍한 블룸버그와 그애를 소파에서 떼어낼 수만 있어도 당분간은 하다못해 안심이라도 될 게다. 위생적이지도 않고." 그녀가 담배를 한 모금 빨았다. "그리고 저 페인트공들도 어떻게 해야 할지 모르겠구나. 지금쯤 그 아이 방을 다 끝냈을 테니 거실로 들어가려고 안달복달을 할 텐데."

"그거 알아요? 이 집안에서 문제없는 사람은 나 하나라는 거."

주이가 말했다. "근데 왜 그런지 알아요? 왜냐하면 난 우울하거나 어쩔 줄 모를 때면 말이죠, 몇 사람을 욕실로 초대하거든요. 그런 다음 함께 문제를 해결하죠, 그럼 되는 거예요."

글래스 부인은 주이의 문제 해결 방식 얘기에 순간 기분 전환이 될 듯도 보였지만, 이날은 모든 형태의 즐거움을 억누르고 있었다. 그녀는 잠시 그를 응시했다. 그리고 서서히 그녀의 눈에 지략과 술수가 담긴, 그리고 조금은 절망적이기도 한 새로운 표정이 떠올랐다. "그거 아니? 나는 네가 생각하는 것처럼 그렇게 어리석지 않다는 거." 그녀가 말했다. "너희는 모두 너무 비밀스러워, 너희들 모두. 굳이 말을 하자면, 난 말이다, 이 모든 일의 배경이 뭔지 네가 생각하는 것보다 훨씬 더 많이 알고 있다." 자신의 말을 강조하기 위해 그녀는 입술을 꾹 다문 채 기모노 자락에서 있지도 않은 담뱃재를 털어냈다. "모르나본데, 나는 어제 저 아이가 들고 온 집안을 다니던 그 작은 책이 이 모든 일의 모든 근원이라는 것을 알고 있다."

주이가 몸을 돌려 그녀에게 시선을 던졌다. 그가 씩 웃었다. "어떻게 아셨어요?"

"내가 어떻게 아는지는 신경쓰지 마라." 글래스 부인이 말했다. "네가 꼭 알고 싶다면, 레인이 여러 번 전화해서 알았다. 프래니 걱정을 끔찍하게 하고 있더구나."

주이가 면도기를 헹궜다. "레인은 또 누구예요?" 딱 봐도 그것은, 간혹 자기가 어떤 사람들의 성이 아닌 이름을 안다는 것을 인정하지 않으려고 하는, 아직 대단히 어린 남자의 태도였다.

"누군지는 너도 잘 알잖니." 글래스 부인이 강조하며 말했다. "레인 쿠텔. 프래니 애인, 사귄 지는 일 년밖에 안 됐지만 내가 아는 것만 해도 넌 대여섯 번은 그를 만났다. 그러니 모르는 척하지 마라."

주이가 진심에서 우러나는 웃음을 크게 터뜨렸다. 마치 가식이 폭로된 것을 보는 일이 아주 즐겁다는 듯. 자기 자신의 가식까지 포함해서. 그는 여전히 재미있어하며 면도를 계속했다. "프래니의 '남자친구'예요." 그가 말했다. "애인이 아니라. 왜 그렇게 구식이에요, 베시? 왜 그런 거예요? 네?"

"내가 구식이든 말든 신경쓰지 마라. 프래니가 집에 온 후 레인이 대여섯 번 전화를 했고, 오늘 아침만 해도 너는 일어나기도 전인데 두 번이나 전화를 했다는 건 어떻게 생각하니? 아주 다정한 애야. 프래니를 끔찍하게 생각하고 걱정하고 있어."

"우리가 아는 누구누구와는 달리 말이죠? 글쎄요, 환상을 깨뜨리긴 싫지만 그 친구하고 한 시간씩 같이 앉아 있어봐서 알아요. 전혀 다정한 인간이 아니에요. 번지르르하지만 가짜라고요. 그건 그렇고, 누군가 내 면도기로 겨드랑이나 빌어먹을 다리털을 깎았나보네. 아니면 면도기를 떨어뜨렸거나. 윗부분이 완전히—"

"아무도 네 면도기를 만지지 않았다. 왜 그가 번지르르하지만 가짜라고 생각하는 거니?"

"왜냐고요? 그게 사실이니까요, 그게 다예요. 아마도 그래서 일이 잘 풀렸겠죠. 한 가지는 얘기할 수 있어요. 만일 그가 프래니를 걱정하고 있다면, 단언컨대 아주 형편없는 이유들 때문이에요. 아마도 걱정했겠죠, 그 빌어먹을 풋볼 경기가 끝나기도 전에 경기장을 나오는 게 싫었을 테니까. 걱정했겠죠, 아마 싫은 내색을 했을 테고, 프래니가 그런 기색을 눈치채지 못할 만큼 둔하지 않다는 걸 알 테니까. 그 새끼가 프래니를 택시에 태우고 기차에 태우며, 전반전이 끝나기 전에 경기장으로 돌아갈 수 있을까 전전긍긍하는 모습이 눈에 선해요."

"아, 너하고는 얘기가 안 통하는구나! 도무지 통하지가 않아. 내가 왜 너와 얘기하려 애쓰는지 모르겠다. 너도 버디와 똑같아. 모든 사람들이 항상 어떤 삐딱한 이유가 있어서 어떤 행동을 한다고 생각하지. 고약하고 이기적인 이유 없이도 누군가에게 전화를 할 수 있다는 생각은 하지 못하는구나."

"바로 그거예요. 열에 아홉은 그런 이유가 있다고요. 이 레인이라는 놈이 예외가 아닌 건 확실해요. 한번은 밤에 프래니가 외출 준비를 하는 동안 그놈하고 염병, 이십 분이나 얘기를 했어요. 다시 말하지만 아무것도 아닌 녀석이에요." 그는 면도기를 움직이던 손길을 멈추고는 생각을 되짚었다. "그 인간이 나한테 뭐라고 했더라? 뭔가 아주 수작을 부리는 말이었는데. 뭐였지?…… 아, 그래, 그래. 자기가 어렸을 때 매주 라디오에서 프래니와 내가 나오는 걸 들었다나. 그러면서 그 새끼가 어땠는지 알아요? 나를 높이느라 프래니를 낮추더라고요. 진짜 그럴 이유가 전혀 없었어요. 내 환심을 사고, 그 잘난 아이비리그 머리를 과시하려는 것 말고는." 주이가 혀를 내밀며 약하게 수위를 낮춘 야유를 보냈다. "쳇." 그러고는 다시 면도를 이어갔다. "대학교 문예지 편집이나 하는 아이비리그 남자애들이 다 그렇지 뭐, 쳇. 정직한 협잡꾼이 더 낫겠네."

글래스 부인이 그의 옆모습을 향해 시선을 돌리더니 오랫동안, 이상하게도 너그러운 표정으로 쳐다보았다. "그애는 아직 대학 졸업도 안 한 어린아이다. 게다가 넌 사람들을 불안하게 만들곤 하지." 그녀로선 가장 차분한 어조였다. "넌 마음에 들어하거나 싫어하거나, 둘 중 하나다. 마음에 들면 혼자 계속 얘기를 하고 그러면 아무도 단 한 마디도 끼어들 수 없어. 마음에 들지 않으면―대부분의 경우가 그렇지―마치 죽음 그 자체처럼 앉아서 상대방이 이야기를 하다 스스로 제 무덤을 파게 하지. 난 네가 그러는 걸 많이 봐왔다."

주이가 완전히 몸을 돌려 그의 어머니를 바라보았다. 그것은, 예전 어느 때든 어느 해든, 그의 모든 형제자매가 (특히 형들이) 몸을 돌려 그녀를 바라봤던 것과 정확히 같은 방식이었다. 그 시선에는, 어찌해볼 도리 없는 편견, 상투어, 진부한 표현들의 집적을 꿰뚫고 가끔씩 피어오르는 진실(단편적이든 아니든)에 대한 객관적인 감탄뿐만 있는 게 아니었다. 존경과 애정, 게다가 감사함까지 나타나 있었다. 그리고 이상하다고 해야 할지 말지, 글래스 부인은 이렇게 '헌사'가 바쳐질 때면, 언제나 그 헌사를 당연시하며 아름다운 태도로 받아들였다. 그녀는 자기에게 그런 시선을 보내는 아들이나 딸에게 우아하고 겸손한 시선으로 답했다. 지금도 그녀는 그 우아하고 겸손한 표정을 주이에게 지어 보이고 있었다. "너는 늘 그런 식이다." 그녀 목소리에 비난은 담겨 있지 않았다. "너도 그렇고 버디도 그렇고 좋아하지 않는 사람에게 이야기하는 법을 모르지." 그녀는 잠시 생각에 잠겼다. "아니, 사랑하지 않는 사람에게, 가 맞겠구나." 주이는 면도를 멈춘 채, 그렇게 서서 그녀를 바라보고 있었다. "그러면 안 돼." 그녀가 무겁게, 슬프게 말했다. "너는 네 나이 때 버디 모습과 너무도 많이 닮아가고 있다. 너희 아버지도 그걸 알아차리더라. 너는 누굴 만나서 이 분 안에 마음에 들지 않으면 그 사람과는 영원히 끝이지." 글래스 부인은 타일 바닥 저편에 놓인 파란색 욕실 매트를 멍하니 건너보았다. 주이는 그녀의 분위기를 깨뜨리지 않기 위해 가능한 한 가만히 서 있었다. "좋고 싫은 게 그렇게 확실해선 세상을 살아갈 수 없단다." 글래스 부인이 욕실 매트에 대고 그렇게 말하곤 다시 주이를 향해 고개를 돌리더니 오래도록 쳐다보았다. 설교하려는 의도는 거의 담겨 있지 않은 시선이었다. "네가 어떻게 생각을 하든 그렇다."

주이가 그녀의 시선을 마주 응시하더니 미소를 짓고는 고개를 돌려 거울 속 턱수염을 살폈다. 글래스 부인은 그런 그를 지켜보다 한숨을 내쉬었다. 그녀는 몸을 숙여 금속 휴지통 안쪽에 담배를 비벼 껐다. 그러고 거의 즉시 새 담배에 불을 붙이고는, 할 수 있는 한 날카롭게 말했다. "어쨌든, 네 동생은 레인이 멋진 애라고 그러더구나."

"그건 섹스 얘기예요." 주이가 말했다. "아, 그 목소리, 난 알죠. 아, 목소리를 들으면 안다구요!" 얼굴과 목에 마지막 한 점 남은 면도 크림의 흔적 위로 면도기가 지나갔다. 그는 평가하듯 한 손으로 목을 더듬어보고는 브러시를 들어 얼굴의 주요 부분들에 다시 면도 크림을 바르기 시작했다. "좋아요, 레인이 전화로 뭐래요?" 그가 물었다. "레인은 프래니 문제가 뭐라는 건데요?"

글래스 부인이 열의를 보이며 약간 몸을 앞으로 기울이며 말했다. "음, 레인 말로는, 이게 전부, 그애가 내내 들고 다니는 그 작은 책과 관련이 있다는구나. 너도 알지. 그 아이가 어제 하루종일 계속 읽고 있던, 어딜 가나 들고 다니던 그 작은 책—"

"알아요, 그 작은 책. 계속하세요."

"그러니까, 그앤, 레인 말로는 그게 끔찍하게 종교적인 책이라는구나, 광신적이라고 할 정도로. 대학 도서관에서 빌린 책인데 이제 저 아이 생각은 자기가—" 글래스 부인이 말을 멈췄다. 주이가 다소 위협적으로 빠르게 몸을 돌려 그녀를 바라보았던 것이다. "왜 그러니?" 그녀가 물었다.

"프래니가 그걸 어디서 빌렸다고 말했다고요?"

"도서관에서. 학교 도서관. 왜?"

주이가 고개를 흔든 후 다시 세면대로 돌아섰다. 그가 브러시를 내려놓고 약장 문을 열었다.

"왜 그러니?" 글래스 부인이 물었다. "그게 무슨 문제라도 되는 거니? 왜 그런 표정이지?"

주이는 대답 없이 새 면도날 포장 하나를 뜯었다. 그러고 나서 면도기를 분해하며 말했다. "참 바보 같군요, 베시." 그가 면도기에서 날을 분리했다.

"내가 왜 바보 같다는 거냐? 그리고 너 어제도 새 면도날을 끼웠다."

주이가 표정 없는 얼굴로 새 면도날을 면도기에 끼운 후 두번째 면도를 시작했다.

"묻고 있잖니. 왜 내가 바보 같다는 거냐? 저 아이가 그 책을 학교 도서관에서 빌린 게 아니라는 거냐, 그럼?"

"네, 도서관에서 빌리지 않았어요, 베시." 주이가 면도를 하며 말했다. "그 작은 책은 『순례자가 그의 길을 계속 가다』라는 책이고, 『순례자의 길』이라고 저 아이가 역시나 들고 돌아다니는 다른 작은 책의 연작이에요. 그 책 두 권 다 시모어와 버디가 쓰던 방에 있던 거예요. 그 책들은 아주 오래전부터 시모어의 책상 위에 놓여 있었어요. 빌어먹을."

"그렇다고 욕을 할 필요는 없다! 저 아이가 그 책들을 자기 학교 도서관에서 빌렸을지도 모른다고 생각하는 게 그렇게 끔찍한—"

"네! 끔찍해요. 그 책 두 권 다 시모어의 그 염병할 책상 위에 몇 년이고 놓여 있었다는 게 끔찍해요. 아주 우울하다고요." 글래스 부인이 예상치 못하게도, 전의라곤 찾아볼 수 없는 목소리로 말했다. "나는 어쩔 수 없는 경우가 아니면 그 방에 들어가지 않는다. 너도 알잖니. 나는 시모어의 옛— 그 아이 물건들을 보지 않는다."

주이가 재빨리 말했다. "맞아요, 죄송해요." 그녀를 돌아보지 않은 채 그는 두번째 면도가 채 끝나지 않았음에도 어깨에서 수건을 당겨 얼굴에 남은 면도 크림을 닦았다. "당분간 이 얘기는 하지 말자고요." 그는 수건을 라디에이터 위에 던졌고, 수건은 '릭-티나' 대본의 겉장 위에 떨어졌다. 그는 면도기 나사를 풀어 차가운 물 아래 갖다댔다.

그의 사과는 진심이었고 글래스 부인도 그걸 알았지만, 매우 드문 사과였던지라 그녀로선 그것을 이용하지 않을 수 없었다. "너는 다정하지가 않아." 그녀는 주이가 면도기 헹구는 것을 보며 말했다. "다정한 구석이라곤 전혀 없어. 그 정도 나이를 먹었으면 못되게 굴고 싶더라도 최소한의 다정함 같은 것은 보여주려 해야 하지 않겠니. 버디는 적어도, 아무리 기분이―" 순간, 그녀가 숨을 들이쉬며 크게 움찔했다. 주이의 면도기가 새 면도날까지 함께 탕 하고 금속 휴지통 안으로 떨어졌기 때문이었다.

거의 분명히 주이가 의도적으로 면도기를 휴지통에 던진 것은 아니었고, 그저 왼손을 너무 갑자기 세게 내리는 바람에 면도기가 손에서 빠져나간 것뿐이었다. 어떤 경우든 손목으로 세면대 옆면을 쳐 다칠 의도가 아니었다는 건 분명했다. "버디, 버디, 버디." 그가 말했다. "시모어, 시모어, 시모어." 그는 어머니를 향해 돌아섰다. 그녀는 면도기 떨어지는 소리에 화들짝 놀라 움찔하

긴 했지만 진짜 겁을 먹은 건 아니었다. "그 이름들에 아주 진절머리가 나서 내 목이라도 그을 것 같아요." 그의 얼굴은 창백했지만 표정은 거의 없었다. "이놈의 빌어먹을 집구석에선 유령의 냄새가 나요. 다 죽은 유령이 돌아다니는 거야 상관없지만 반쯤 죽은 유령이 돌아다니는 꼴은 지옥처럼 끔찍하고 싫다고요. 제발 버디가 마음을 정했으면 좋겠어요. 버디는 시모어가 한 건 죄다 따라 해요, 따라 하려 애쓰거나. 그런데 도대체 왜 자살은 안 하는 거야, 빨리 해치우고 말지?"

글래스 부인이 눈을 깜박였다. 딱 한 번. 주이는 즉시 그녀의 얼굴에서 고개를 돌렸다. 그가 몸을 숙여 휴지통에서 면도기를 꺼냈다. "우린 괴물이에요, 우리 둘, 프래니와 나." 그가 몸을 일으키며 말했다. "나는 스물다섯 살 괴물이고 프래니는 스무 살 괴물. 그리고 이건 그 두 인간 책임이에요." 그는 면도기를 세면대 가장자리에 놓았지만 면도기가 미끄러지며 시끄럽게 세면대 안쪽으로 떨어졌다. 그는 재빨리 면도기를 꺼냈고, 이번에는 손으로 단단히 잡았다. "괴물 증상이 프래니의 경우 나보다 좀 늦게 나타났을 뿐이고요. 하지만 저 아이도 괴물이란 거, 그거 잊지 마세요. 맹세코, 난 눈 하나 깜짝하지 않고 그 두 인간을 죽일 수 있어요. 위대한 스승들. 위대한 해방자들. 맙소사. 난 누군가와 함께 앉아 점심을 먹어도 제대로 된 대화를 나눌 수가 없어요. 내

쪽에서 이야기가 이어지지 않는다고요. 내가 너무 지루해지든가, 아니면 지랄맞게 설교조가 되어 상대방 녀석이 생각이 조금이라도 있는 인간이라면 의자로 내 머리를 부수고 싶은 지경이 된다고요." 그가 갑자기 약장 문을 열었다. 그 문을 왜 열었는지 잊어버린 사람처럼 다소 공허하게 약장 안을 몇 초 들여다보던 그가 물기도 마르지 않은 면도기를 선반 위 제자리에 놓았다.

글래스 부인은 움직임 없이 그대로 앉아 그를 지켜보았다. 담배가 손가락 사이에서 꺼져가고 있었다. 그녀는 그가 면도 크림 튜브의 뚜껑을 닫는 것을 지켜보았다. 그는 홈을 맞추는 데 약간 애를 먹었다.

"아무도 관심 없겠지만, 난 지금도 빌어먹을 식사 시간에 낮은 목소리로 '사홍서원'을 먼저 외우지 않으면 앉지도 못해요. 프래니도 분명 그럴 거예요, 뻔해요. 그 두 인간이 그런 식으로 우릴 훈련했다고요, 그런 빌어먹을—"

"사홍 뭐?" 말을 끊는 글래스 부인의 태도가 조심스러웠다.

주이가 두 손으로 세면대 양쪽을 잡고는 가슴을 조금 앞으로 기울이며 시선을 에나멜 세면대 벽면으로 향했다. 호리호리한 몸에도 불구하고 그 순간 당장이라도 세면대를 아래로 밀어 바닥을 뚫고 내릴 수 있을 것 같았다. "사홍서원." 그가 말하며 적의를 품은 채 눈을 감았다. "중생이 아무리 무수할지라도 그들을 구제

할 것을 서원합니다. 번뇌가 아무리 솟을지라도 번뇌를 끊을 것을 서원합니다. 법문이 아무리 무한할지라도 법문을 모두 깨우칠 것을 서원합니다. 불도가 아무리 높을지라도 불도를 다 이룰 것을 서원합니다. 다 외우네. 야, 파이팅. 저도 할 수 있어요. 저도 팀에 넣어주세요, 코치님." 그의 눈은 여전히 감겨 있었다. "맙소사, 난 열 살 때부터 줄곧 매일 세 끼 식사 때마다 낮은 목소리로 이걸 중얼거렸다고요. 이걸 읊지 않으면 먹을 수 없었어요. 르세이지와 점심을 먹을 때 한 번 외워보지 않으려고 시도한 적이 있어요. 그러다 망할 무명조개에 목이 막혀 토할 뻔했죠." 그가 눈을 뜨고 얼굴을 찌푸렸지만 그 특이한 자세는 유지했다. "이제 여기서 나가는 게 어때요, 베시?" 그가 말했다. "정말로요. 제발 혼자서 평화롭게 이 빌어먹을 목욕재계를 마치게 해달라고요." 그는 다시 눈을 감았고, 다시 세면대를 밀어 바닥을 뚫으려는 태세였다. 머리를 아주 조금 숙이고 있었을 뿐인데, 상당히 핏기가 가신 얼굴이었다.

"난 네가 결혼을 했으면 좋겠구나." 글래스 부인이 불쑥 아쉬운 듯 말했다.

글래스 가족은 모두—주이는 더더욱—글래스 부인이 내리는 이런 종류의 난데없는 결론에 익숙했다. 그녀의 난데없음은 특히 이렇게 울컥 감정적으로 화를 내고 있는 한가운데서 최고로,

가장 절묘하게 꽃을 피웠다. 그러나 이번에는 주이가 상당히 방심하고 있었다. 폭발하는 것 같은 소리가, 터져나오는 웃음, 혹은 웃음과 정반대인 소리가, 대부분 그의 코를 통해서 터져나왔다. 글래스 부인은 재빨리 그리고 초조하게 몸을 앞으로 숙이며 상황을 살폈다. 그것은 웃음 쪽에 가깝다 할 수 있었고, 그러자 그녀는 안도하며 다시 몸을 뒤로 하고 앉았다. "글쎄, 난 그랬으면 좋겠다." 그녀가 주장을 굽히지 않았다. "안 할 이유라도 있니?"

주이가 자세를 누그러뜨리며 바지 뒷주머니에서 리넨 손수건을 꺼내 펴더니 손수건에 대고 코를 한 번, 두 번, 세 번 풀었다. 그가 손수건을 치우며 말했다. "난 기차 타는 걸 너무 좋아해서요. 결혼하면 기차에서 절대 창가 자리에 못 앉거든요."

"그건 이유가 못 돼!"

"완벽한 이유예요. 나가세요, 베시. 혼자 조용히 있게 해줘요. 나가서 멋지게 엘리베이터라도 한번 타지그래요? 그리고 그 망할 담배 끄지 않으면 손가락 데겠어요."

글래스 부인이 다시 휴지통 안쪽에 대고 담배를 껐다. 그러고 나서 그녀는 잠시 조용히 앉아 있었고 담배와 성냥에는 손을 대지 않았다. 그녀는 주이가 빗질을 하며 가르마를 다시 타는 것을 지켜보았다. "머리 좀 잘라야겠구나." 그녀가 말했다. "미친 형가

리인이 수영장에서 막 나온 것처럼 보인다."

주이가 눈에 띄게 미소를 짓고는 잠시 동안 계속 머리를 빗다가 갑자기 몸을 돌렸다. 그는 어머니를 향해 빗을 잠시 흔들어댔다. "한 가지 더. 잊어버리기 전에 내 말 잘 들어요, 베시." 그가 말했다. "어젯밤처럼, 그러니까 프래니 때문에 그 빌어먹을 필리 번스의 정신분석가에게 전화하고 싶은 마음이 또 생기면, 그전에 생각이란 걸 한번 해봐요. 내 부탁은 그게 다예요. 그 분석이라는 게 시모어에게 어떤 결과를 가져왔는지 생각을 한번 해보라고요." 그는 자신의 말을 강조하기 위해 잠시 말을 멈췄다. "들었어요? 그렇게 할 거죠?"

글래스 부인은 곧 불필요하게 헤어네트를 매만지고는 담배와 성냥을 꺼냈지만 한동안 손에 들고 있기만 했다. "모르나본데," 그녀가 말했다. "나는 필리 번스의 정신분석가에게 전화하겠다고 말하지 않았고, 생각중이라고 했다. 그리고 우선, 그 사람은 그냥 평범한 정신분석가가 아니다. 그는 매우 독실한 가톨릭교도 정신분석가이고, 그냥 이렇게 앉아서 저 아이를 보고만 있는 것보다 그쪽이 훨씬 나을지 모른다고—"

"베시, 이건 경고예요, 젠장. 난 그가 매우 독실한 불교도 수의사라고 해도 상관 안 해요. 만일 그에게 전화를—"

"그렇게 빈정댈 필요 없다. 난 필리 번스가 아주 어린 소년이었을 때부터 그를 알아왔다. 네 아버지와 나는 그의 부모와 오랜 세월 같은 쇼에서 공연했고. 이건 정말 사실인데, 정신분석가를 만나면서 그 아이는 완전히 새로운, 아주 사랑스러운 아이로 다시 태어났다. 나는 얘기도 해봤다, 그의—"

주이가 빗을 약장에 집어던지고는 성질 급하게 약장 문을 쾅 닫았다. "아주 지독한 바보군요, 베시." 그가 말했다. "필리 번스. 필리 번스는 오랜 세월 베개 밑에 묵주와 〈버라이어티〉를 놓고 자는 마흔 넘은 불쌍한 땀 뻘뻘 발기불능 인간이라고요. 우리가 이야기하는 둘은 밤과 낮만큼 다르다고요. 자, 내 말 들어요, 베시." 주이가 어머니를 향해 완전히 돌아선 다음, 지지를 위해서 인 듯 한쪽 손바닥으로 에나멜 벽을 짚고 그녀를 주의깊게 바라 보았다. "내 말 듣고 있어요?"

글래스 부인은 새 담배에 불을 붙인 후에야 주의를 기울였다. 그러고 나서 담배 연기를 내뿜고는 무릎에서 있지도 않은 담뱃 재를 털어내며 암울하게 말했다. "듣고 있다."

"좋아요. 난 지금 아주 진지해요. 만일 어머니가, 내 말 잘 들어요. 만일 어머니가 시모어를 생각할 수 없거나, 생각하지 않을 거면, 곧장 가서 그런 무지한 정신분석가를 불러들이세요. 그렇게 하시라고요. 텔레비전의 즐거움이나 매주 수요일의 〈라이프〉 잡지, 유럽 여행, 수소폭탄, 대통령 선거, 〈타임스〉 1면, 웨스트

포트와 오이스터 베이 학부모협회가 할 일들. 그리고 또 뭐야, 그놈의 영광스러운 평범한 일상들. 그런 것들에 사람들을 적응시키는 노련한 분석가를 불러들이라고요. 그러기만 해봐요, 그럼 맹세코 일 년도 채 못 가서 프래니는 정신병동에 들어가거나 손에 불타는 십자가를 쥐고 떠돌다 어느 염병할 사막으로 들어가게 될 거예요."

글래스 부인이 있지도 않은 담뱃재를 또 떨어냈다. "알았다, 알았어. 그렇게 화를 낼 필요는 없다." 그녀가 말했다. "맙소사. 누가 사람을 불렀다고 그러는 거냐."

주이가 약장 문을 벌컥 열어젖히고는 안을 뚫어지게 보더니 손톱 줄을 꺼내고 문을 닫았다. 그는 유리 선반 가장자리에 놓아두었던 담배를 집어들고 한 모금 빨았지만 담배는 불이 꺼져 있었다. 그의 어머니가 말했다. "여기." 그리고 그에게 특대 사이즈 담뱃갑과 성냥첩을 건넸다.

주이는 담배 한 대를 꺼내 입에 물고 성냥을 긋기까지 했지만 생각의 무게에 억눌려 담배에 불을 붙이는 것을 행동으로 옮기지 못한 채 성냥불을 불어 끄고는 입에서 담배를 뺐다. 그가 짜증스럽게 머리를 가로저었다. "혹 모르죠." 그가 말했다. "프래니에게 맞는 정신분석가가 시내 어딘가에 숨어 있을지도. 나도 어젯밤 그런 생각을 하긴 했어요." 그가 가볍게 얼굴을 찌푸렸다. "하지만 내가 아는 사람 중엔 전혀 없어요. 프래니에게 도움이 되려면 아주 특별한 타입의 정신분석가여야 해요. 뭐랄까, 애초에 정신분석 공부를 하겠다는 영감을 받은 것이 신의 은총이었다고 믿는 사람이어야 해요. 면허를 받아 개업을 하기 전에 망할 트럭에 깔려 죽지 않은 것도 다 신의 은총이었다고 믿어야 하고요. 타고난 지적 능력 덕분에 빌어먹을 환자들을 조금이라도 도울 수 있는 것 역시 신의 은총 때문이라고 믿어야 해요. 내가 아는 사람 중 그런 사고를 가진 좋은 분석가는 전혀 없어요. 하지만 그런 종류의 정신분석가만이 프래니에게 조금이라도 도움이 될 수 있어요. 지독하게 프로이트 학설을 따르는 사람이나, 지나치게 절충적이거나, 그냥 지나치게 너무 평범한 사람일 경우, 자신의 통찰력이나 지적 능력에 대해 어떤 광적이고 신비로운 감사함이 없는 사람일 경우, 그 아인 그런 분석을 통해 시모어보다 훨씬 나쁜 상태가 될 거예요. 그 생각을 하면 미칠 것처럼 걱정이 됐어요. 그러니 제발 닥치고 그 문제는 그만 얘기하자고요." 그는 천천히 담배에 불을 붙였다. 그러고 나서 연기를 내뿜으며 그 담배를 이미 불이 꺼진 이전 담배가 있는 유리 선반에 놓고는 조금 전보다 좀 여유로운 자세를 취했다. 그는 손톱 줄로 손톱을 갈기 시작했는데, 거긴 이미 완벽하게 깔끔했다. "어머니가 나한테 허튼소리를 하지 않는다면," 그가 잠시 말을 멎었다가 말했다. "프래니한테 있는 작은 책 두 권에 대해 얘기해드리죠. 관심이 있어요, 없어요? 관심이 없다면 나도 굳이―"

"그래, 관심 있다! 당연히 관심이 있지! 넌 도대체 나를―"

"알았어요, 그럼 잠깐 동안이라도 허튼소리 하지 마요." 주이는 그렇게 말하고는 등허리 부분을 세면대 가장자리에 기댔다. 그는 손톱 줄로 계속 손톱을 다듬었다. "두 책 모두 러시아 농부에 관한 거예요, 19세기 말 이야기죠." 그의 목소리는 확고히 무감정했고, 다소 서술적인 어조였다. "그는 매우 소박하고 아주 정이 많은 사람으로 한 팔이 쇠약해져 여위어 있었어요. 물론 그랬으니까 프래니의 그 빌어먹을 동물보호협회 같은 마음에 들었던 거지요." 그는 몸을 휙 돌려 반투명 유리 선반에서 담배를 집어 한 모금 빤 다음 다시 손톱을 다듬기 시작했다. "시작 부분에서 농부가 얘기를 들려줘요. 자기에게도 아내와 농장이 있었다고. 하지만 미치광이 형이 있어 농장을 불태웠고, 그러고 나서 나중에 아내도 죽었던 것 같아요. 어쨌든, 그는 순례를 시작해요. 그에겐 문제가 하나 있어요. 그는 평생 성서를 읽고 살았는데, 데살로니가전서에서 '쉬지 말고 기도하라'고 한 것이 무슨 뜻인지 알고 싶다는 거였어요. 그 한 줄이 계속 그를 따라다녔던 거죠." 주이가 다시 담배에 손을 뻗어 한 모금 빨고 말했다. "디모데전서에도 비슷한 구절이 있어요. '그러므로 각처에서 남자들이 기도하길 원하노라.' 그런데 사실 그리스도도 '항상 기도하고 낙심하지 말라' 했지요." 주이는 한동안 아무 말 없이 손톱을 다듬었고, 그의 얼굴은 매우 침울한 표정이었다. "그래서, 어쨌든, 그는 스승을 찾기 위해 순례의 길을 떠나요." 그가 말했다. "어떻게, 그리고 왜, 쉼 없이 기도하는지 가르쳐줄 사람을 찾으려는 거죠. 그는 이 사제와 이야기를 하고 저 사제와 이야기를 하며, 이 교회 이 사원에서 저 교회 저 사원으로 걷고, 걷고, 또 걸어요. 그러다 마침내 그는 한 소박한 노수도승을 만나게 되는데 그 수도승은 방법을 알고 있었어요. 수도승은 신이 항상 받아주는, 신이 '바라는' 하나의 기도가 예수기도문이라고 말해요. '주 예수 그리스도여, 제게 자비를 베푸소서.' 실제로는 '주 예수 그리스도여, 이 불쌍한 죄인인 제게 자비를 베푸소서'가 기도문 전문이지만, 순례서 두 권 중 어디에서도, 전문가들 중 누구도, 신께 감사하게도, 그 불쌍한 죄인 부분은 전혀 강조하지 않아요. 어쨌든 그 노수도승은 농부에게 쉬지 않고 이 기도문을 외우면 어떤 일이 일어나는지 설명해요. 그는 농부에게 몇 번 연습을 시킨 후 농부를 집으로 보내요. 그러고 나서—긴 이야기지만 간단히 말하자면—얼마 후 순례자는 기도에 아주 능숙해지고 완전히 숙달되죠. 그는 자신의 새로운 영적 삶에 몹시 기뻐하며 러시아 전역으로 도보여행을 떠나게 돼요. 울창한 숲을 통과하고, 도시와 마을을 지나며, 그는 걸어가는 길 내내 기도문을 외웠고, 만나게 되는 모든 사람에게 기도문 외우는 법을 말해주죠." 주이가 퉁명스러운 태도로 고개를 들어 어머니를 바라보았다. "얘기 듣고 있어요? 늙은 뚱뚱이 드루이드* 아줌마?" 그가 물었다. "아니면 그냥 내 잘생긴 얼굴이나 빤히 보고 있는 거예요?"

글래스 부인이 발끈하며 말했다. "당연히 듣고 있지!"

"좋아요. 난 적극적으로 듣지 않는 사람은 싫거든요." 주이가 크게 껄껄 웃더니 담배를 한 모금 빨았다. 그는 손가락 사이에 담배를 끼운 채 계속 손톱을 다듬었다. "그 작은 책 두 권 중 첫 번째 책은 『순례자의 길』이에요." 그가 말했다. "그 순례자가 길에서 겪은 모험이 이야기의 주를 이루죠. 누구를 만났는지, 그들에게 무슨 말을 했는지, 그들이 그에게 무슨 말을 했는지 등등. 그런데 그는 빌어먹게 착한 사람들을 만나요. 후편인 『순례자가 그의 길을 계속 가다』는 대체로 예수기도문에 대한 설명을 대화 형식으로 풀어나간 글이에요. 순례자, 교수, 수도승, 그리고 일종의 은자가 모두 만나 이런저런 논의들을 하죠. 딱히 다른 얘긴 없고 사실상 그게 다예요." 주이가 아주 잠깐 그의 어머니에게 시선을 던지고는 손톱 줄을 왼손으로 바꿔 쥐었다. "이 작은 책

* 고대 켈트족의 종교인 드루이드교의 성직자.

두 권 모두 목적은, 흥미가 있을지 모르겠지만, 모든 사람들로 하여금 쉼 없이 예수기도문을 외우는 일의 필요성과 이점들을 깨닫게 하는 거예요. 처음에는 자격 있는 스승—일종의 가톨릭 구루—의 지도 아래에서 하다가, 어느 정도 숙달이 되고 나면, 혼자 계속 이어나가면 돼요. 여기서 가장 중요한 것은, 이 기도가 독실한 인간들과 가슴을 치며 내 탓을 외치는 사람들만을 위한 것은 아니라는 거예요. 빌어먹을 자선 헌금함에서 돈을 훔치느라 정신이 없는 사람이어도 돼요. 하지만 도둑질을 하는 동안에도 기도문을 외워야 해요. 깨우침은 그 기도와 함께 오는 것이지 기도 전에는 오지 않으니까." 주이가 얼굴을 찌푸렸다. 학구적으로. "핵심은, 실은, 머잖아, 완전히 저절로, 기도가 입술과 머리에서 가슴의 한가운데로 옮겨가고 심장 박동에 맞춰져 자동으로 작동하는 기능이 된다는 거예요. 그리고 시간이 지나 일단 기도가 심장에서 자동으로 되면, 그 사람은 소위 사물의 실제 속으로 들어가게 된다고 하고요. 이 주제는 이 책 두 권 중 어디에도 나오지 않지만, 동양식 용어로 하자면 사람의 신체에는 차크라라고 불리는 일곱 개의 신비한 중심점이 있고, 그중 심장과 가장 가깝게 연결된 것을 아나하타라고 불러요. 아나하타는 지독하게 예민하고 강력한데, 활성화되면 이번엔 이것이 다른 중심점을, 눈썹 사이 아즈나라고 불리는 것—실제론 솔방울샘 또는 솔방울샘 주변의 기운을 뜻해요—을 활성화하죠. 그러면, 맞아요, 신비주의자들이 '제3의 눈'이라 부르는 게 열려요. 젠장, 새로운 건 아무것도 없어요. 이 기도가 그 순례자 무리에서 시작된 건 아니라고요. 인도에는 몇 세기에 걸쳐 내려오는 것인지 알 수 없지만 자팜이라는 기도가 있어요. 자팜은 신에 대해 인간이 붙인 이름들을, 혹은 기술적으로 말하자면 신이 육화된 것, 신의 아바타의 이름들을 읊는 것을 말해요. 그 이름을 충분히 길게, 충분히 규칙적으로, 말 그대로 가슴으로부터 부르면 머잖아 대답을 얻게 된다는 거예요. 엄밀히 말하면 대답은 아니에요. 응답이죠." 주이가 갑자기 몸을 돌리더니 약장 문을 열고 손톱 줄을 제자리에 놓고는 유달리 뭉툭한 오렌지색 스틱을 꺼냈다. "누가 내 오렌지 스틱*을 써대는 거야?" 그는 이렇게 말하고는, 손목으로 땀에 젖은 윗입술을 가볍게 닦은 후 오렌지 스틱으로 손톱의 각피를 밀기 시작했다.

글래스 부인은 그런 그를 바라보며 담배를 한 모금 깊이 빨고는 다리를 꼬며 물었다. 아니. 대답을 요구했다. "프래니가 그런 걸 하고 있을 거라는 거냐? 그러니까 지금 그애가 그런 걸 하고 있다고?"

---

* 손톱 각피 제거에 사용하는 가는 나무 막대.

"난 그렇게 이해하고 있어요. 나한테 묻지 말고 그애한테 물어요."

잠깐 짧은 침묵이, 그러고는 미심쩍은 침묵이 흘렀다. 그때 글래스 부인이 불쑥, 다소 대담하게 질문을 던졌다. "그걸 얼마나 오래 해야 하는 거냐?"

주이의 얼굴이 기쁨으로 환해졌다. 그가 그녀를 향해 돌아섰다. "얼마나 오래?" 그가 말했다. "아, 오래 걸리지 않아요. 페인트공들이 어머니 방에 들어가려 할 때까지요. 그때면 성자들과 보살들이 닭고기 수프가 담긴 바리때를 들고 행진해 들어올 거예요. 뒤에서는 홀 존슨 합창단이 노래를 시작하고, 카메라들이 안으로 들어와 사타구니에 천 하나만 두른 선하고 점잖은 노인네를 비추죠. 그 노인 뒤로는 산과 푸른 하늘과 흰 구름이 배경으로 펼쳐지고 평화의 표정이 모든 사람에게—"

"알았다. 이제 그만해라." 글래스 부인이 말했다.

"아, 제길. 난 그저 도우려는 것뿐이라고요. 이런. 나는 어머니가 종교 생활에 대해 조금이라도, 아주 조금이라도 어떤 불편함이 수반된다는 인상을 갖게 되는 걸 원치 않아요. 많은 사람들이 종교 생활을 하려면 일정 정도의 지독한 노력과 인내가 필요하다고 생각하니까요. 무슨 말인지 아시잖아요." 연사는 이제 명백히 기쁨을 느끼며 연설의 절정으로 치닫고 있었다. 그는 오렌지 스틱을 어머니를 향해 엄숙하게 흔들었다. "우리가 여기 예배당에서 나가는 순간, 어머니가 내가 주는 작은 책 한 권을 받아주길 바라요. 내가 늘 감탄해 마지 않았던 책이고, 나는 이 책이 우리가 오늘 아침 토론했던 중요한 요점들 일부를 다루고 있다고 생각해요. 『신은 나의 취미이다』. 호머 빈센트 클로드 피어슨 주니어 박사가 쓴 책이죠. 이 작은 책에서 피어슨 박사는 아주 분명하게 말하죠. 어머니도 알게 될 거예요. 그가 스물한 살 때 매일 아주 조금의 시간을 떼어놓기 시작했다고요. 아침에 이 분, 밤에 이 분인가, 기억이 확실하다면 그럴 거예요. 그렇게 보낸 첫해의 끝 무렵에, 신과의 이 조촐한 비공식 만남을 통해, 그는 연소득을 74퍼센트나 증가시킬 수 있었어요. 나한테 책이 한 권 더 있을 거예요. 어머니도 잘하면—"

"아. 넌 정말 구제불능이구나." 글래스 부인이 말했다. 하지만 모호한 어조였다. 그녀의 눈길이 다시 욕실 저편의 옛 친구 파란색 매트를 찾아갔다. 그녀가 매트를 응시하며 앉아 있는 동안 주이는—씩 웃는 그의 윗입술에 땀이 솟고 있었다—계속해서 오렌지 스틱을 사용했다. 마침내 글래스 부인이 높다란 한숨을 내쉬고는 다시 주이에게 눈길을 돌렸다. 그는 손톱의 각피를 밀며 몸을 반쯤 돌려 아침 햇살을 향하고 있었다. 그의 유달리 마른 벗은 등에서 선과 면을 응시하던 그녀의 눈빛이 점차 멍한 상태에서 벗어나고 있었다. 그리고 아주 잠깐 사이 그녀의 눈이 어둡고 무겁던 모든 것을 폐기하고 팬클럽 같은 감탄으로 빛났다. "점점 어깨도 넓어지고 근사해지는구나." 그녀가 큰 소리로 말하고 손을 뻗어 그의 등허리 부분을 만지려 했다. "걱정했었다, 그놈의 역기 운동을 하다가 혹시라도—"

"하지 마요, 네?" 주이가 흠칫하며 상당히 날카롭게 말했다.

"하지 말라니, 뭘?"

주이가 약장 문을 열고는 오렌지 스틱을 제자리에 놓았다. "하지 좀 마요, 하지 말라고요. 내 망할 등을 보고 감탄하지 말라고요." 그가 약장 문을 닫았다. 그는 수건걸이에 걸려 있던 검은 실크 양말을 집어들고는 라디에이터로 가져갔다. 그는 라디에이터 열기에도 불구하고—아니면 그 때문에—거기 걸터앉아 양말을 신기 시작했다.

글래스 부인은 좀 뒤늦게 코웃음을 쳤다. "네 등에 감탄하지 말라고, 말 한번 잘하네!" 그녀가 말했다. 그러나 그녀는 모욕감을 느꼈고 마음에 좀 상처를 입었다. 그가 양말을 신는 모습을 보는 그녀의 표정에는 상처 입은 마음과, 세탁한 양말에 구멍이 있는지 오랜 세월 살펴왔던 사람의 억제 불가능한 흥미가 뒤섞여 있었다. 그때, 갑자기 아주 커다란 소리로 한숨을 내쉬며 그녀가 자리에서 일어서더니, 단호하고 의무적인 태도로 주이가 자리를 비킨 세면대 앞으로 갔다. 그녀가 첫번째로, 노골적으로 고통을 드러내면서 한 일은 차가운 물을 트는 것이었다. "난 네가 뭘 사용하고 나면 뚜껑을 제대로 닫는 걸 좀 배웠으면 좋겠다." 흠을 잡으려는 의도가 분명한 어조였다.

라디에이터에서, 양말이 내려가지 않게 다리 벨트에 고정시키고 있던 주이가 고개를 들어 그녀를 쳐다보았다. "난 어머니가 빌어먹을 파티가 끝나면 파티장을 떠나는 걸 좀 배웠으면 좋겠어요." 그가 말했다. "정말로요, 당장이요, 베시. 나는 여기서 일 분이라도 혼자 있고 싶어요, 무례하게 들릴진 모르겠지만. 무엇보다 난 지금 바빠요. 두시 삼십분까진 르세이지 사무실에 가야 하고, 그전에 시내에서 몇 가지 일을 처리하고 싶다고요. 그러니 이젠 좀 나가줘요, 네?"

글래스 부인은 하던 집안일에서 고개를 돌려 그를 바라보며, 지난 세월 그녀의 자식들 한 명 한 명을 한결같이 짜증나게 했던 그 질문을 던졌다. "점심 먹고 나갈 거지?"

"시내 가서 먹을게요…… 근데 이 망할 놈의 신발 한 짝은 어디 있는 거야?"

글래스 부인이 그를 응시했다, 찬찬히. "나가기 전에 네 동생과 이야기를 해볼 거니, 어쩔 거니?"

"모르겠어요, 베시." 주이가 눈에 띄게 주저하는 모습을 보이다 대답했다. "그 질문 좀 그만해요, 제발. 아침에 진짜 핫한 할말이 있으면 할게요. 그만 좀 하라고요." 신발 한 짝은 신고 끈까지 묶었지만 다른 한 짝은 없는 상태에서 그는 갑자기 무릎을 꿇고 두 손을 바닥에 대고 엎드린 채 한 손을 라디에이터 아래에 넣어 휘저었다. "아, 여기 있구나, 이 빌어먹을 자식." 그가 말했다. 라디에이터 옆에는 작은 욕실 저울이 놓여 있었다. 그는 찾아낸 신발 한 짝을 들고 저울 위에 앉았다.

글래스 부인은 그가 신발 신는 것을 지켜보았다. 하지만 그녀는 신발끈을 묶을 때까지 머물지 않았다. 그녀는 욕실을 나가고 있었다. 그렇지만 아주 천천히. 평소답지 않은 무거운 움직임이어서—몸을 질질 끌었다—주이는 시선을 돌리지 않을 수 없었다. 그가 고개를 들고 상당히 주의깊게 그녀를 바라보았다. "이제 난 너희 모두에게 무슨 일이 일어난 건지 더이상 모르겠다." 글래스 부인이 뒤돌아보지 않은 채 모호하게 말했다. 그녀는 수건걸이 중 하나 앞에 멈춰 서서 수건을 똑바로 폈다. "예전 라디오 시절, 어렸을 땐 너희 모두 아주 똑똑하고 행복하고 그저 사랑스러웠지. 아침이나, 낮이나, 밤이나." 그녀는 몸을 굽혀 타일 바닥에서 길고 신비롭게 금빛을 띠는, 사람 머리카락으로 보이는 것을 한 올 집어올렸다. 그녀는 아주 조금 방향을 틀어 그것을 휴지통에 버리고 말했다. "아무리 아는 게 많고 기가 막히게 똑똑한들, 그리고도 행복하지 못하다면 그게 다 무슨 소용인지 모르겠구나." 그녀는 그에게 등을 돌린 채, 다시 문을 향해 움직였다. "적어도," 그녀가 말했다. "너희 모두 예전엔 서로 아주 상냥하고 다정해서 그걸 지켜보는 게 기쁨이었는데." 그녀가 문을 열며 고개를 설레설레 저었다. "그저 기쁨이었는데." 그녀가 단호히 말하고는, 나가며 문을 닫았다.

주이는 그 닫힌 문을 바라보며 깊이 숨을 들이쉬었다 천천히 내쉬었다. "퇴장하면서 하는 대사가 아주 근사하네요, 친구!" 그가 그녀 뒤에 대고 소리쳤지만, 그것은 그 소리가 복도의 그녀에게 실제로는 들리지 않을 거라는 확신이 든 후였다.


글래스 가족의 거실은 벽에 페인트칠을 할 준비가 전혀 되어 있지 않았다. 프래니 글래스는 소파 위에 누워 아프간 담요를 덮고 잠들어 있었고, '벽에서 벽까지' 바닥 전체에 깔린 카펫은 걷지도, 가장자리를 접어놓지도 않았다. 가구들 역시—외관상으로는 작은 할인매장 같았다—평소의 정적이거나 동적인 배열 그대로 놓여 있었다. 거실은 맨해튼 아파트의 기준으로 보더라도 그다지 크지는 않았지만, 모아놓은 가구들이 발할라*의 연회장 같

---

* 스칸디나비아 신화에서 오딘의 전사한 군인들이 사는 궁전.

은 그곳을 아늑하게 꾸며주고 있는 듯했다. (항상 열어두는) 스타인웨이 그랜드피아노, 라디오 세 대(1927년형 프레시먼, 1932년형 스트롬버그-칼슨, 1941년형 R. C. A.), 21인치 텔레비전, 테이블 모델 축음기 네 대(1920년형 빅트롤라는 아직도 위쪽에 스피커를 연결한 모습 그대로 있다), 담배와 잡지용 탁자 여러 개, 규격 크기의 탁구대(다행히도 피아노 뒤에 접힌 채 놓여 있다), 안락의자 네 개, 안락하지 않은 의자 여덟 개, 45리터짜리 열대어 수조 하나(어느 모로 보나 최대 용량으로 꽉 채워 40와트 전구 두 개로 불을 밝혀놓았다), 2인용 안락의자 하나, 프래니가 차지하고 있는 소파, 빈 새장 두 개, 체리우드로 만든 책상, 다양한 플로어 램프, 테이블 램프, '브리지 램프'*들이 옻나무처럼 붐비고 혼잡한 거실 안에 여기저기 솟아나 있었다. 허리 높이의 책꽂이들이 삼면의 벽을 따라 저지선을 이루었다. 책꽂이들은 선반마다 책들이 꽉꽉 들어차 말 그대로 가운데가 아래로 처져 있었다. 아동 도서, 교과서, 중고 서적, 북클럽 책, 그리고 아파트의 개인 '부속방들'에서 나온 책들을 합쳐놓아서 더더욱 이질적인 책들이 넘쳐났다. (『드라큘라』가 『기초 팔리어』 옆에, 『솜 강 전투의 소년 연합군』이 에밀리 디킨슨 시집 『멜로디의 충격』 옆에

---

* 고개 숙인 형태의 램프.

꽂혀 있었으며, 『스카라베 살인 사건』과 『백치』 같은 책들이 함께 있었고, 『낸시 드루와 비밀의 계단』이 『공포와 전율』 위에 놓여 있었다.) 설사 페인트공들이 의지가 굳어 결의를 다지며 이 책꽂이들을 용케 처리할 수 있다 할지라도, 책꽂이 바로 뒤의 벽들을 마주했을 땐 아무리 자존심 강한 장인이라도 조합원 카드를 반납하게 될 수도 있었다. 책꽂이 윗부분부터 천장 아래 30센티미터 부근까지 회반죽을 바른 벽은─벽이 드러난 부분을 보면 웨지우드 도자기 같은 잿빛 어린 푸른색이다─넓은 의미에서 '거는 것들'이라 불릴 수 있는 물건들로 완전히 뒤덮여 있다시피 했다. 말하자면, 액자 사진, 누렇게 빛바래가는 개인 서신과 대통령의 서신, 구릿빛과 은빛 명판 등의 컬렉션과 확실치 않지만 표창장처럼 보이는 서류며 다양한 형태와 크기의 트로피 같은 물건들 같은 마구잡이 수집품들로, 이것들은 모두 이러저러하게, 1927년에서 1943년 거의 말까지 〈지혜로운 어린이〉라는 라디오 프로그램이 글래스 집안 일곱 아이들 중 하나가(더 자주는 둘이) 없이는 방송된 적이 거의 없었다는 놀라운 사실을 증명해주고 있었다. (서른여섯 살로 현재 살아 있는 출연자들 중 가장 나이가 많은 버디 글래스는 툭하면 부모님의 이 아파트 벽을 상업적 미국의 아동기와 초기 사춘기에 대한 일종의 시각적 찬송이라 불렀다. 그는 종종 자기는 시골에 살아 이곳을 거의 찾지 못한다고 아쉬움을 표했으며, 그의 형제들과 누이들은 대부분 여전히 뉴욕 시 안 또는 근방에 살고 있으니 얼마나 행운이냐고, 대개 엄청나게 길게 지적하곤 했다.) 벽 장식 계획은 사실 아이들의 아버지인 레스 글래스의—글래스 부인은 정신적으로는 전적으로 승인했지만 공식적으로는 끝끝내 동의한다는 말을 하지 않았다—작품이었다. 그는 예전엔 세계적인 보드빌 배우였으며, 의심의 여지 없이 극장 관계자들이 즐겨 찾는 사디 식당의 벽 장식에 오래도록 감탄하고 그것을 동경해온 사람이었다. 글래스 씨가 실내장식가로서 이룬 가장 탁월한 성취는 프래니 글래스가 지금 잠들어 있는 소파 바로 뒤와 위에 잘 구현되어 있었다. 거기엔, 근친상간적이라 할 만큼 지나치게 바짝 붙은 일곱 권의 신문 및 잡지 기사 스크랩북이 한데 철해져, 회벽에 직접 박혀 있었다. 스크랩북 일곱 권 모두는 한 해 한 해, 늘 그 모습 그대로, 가족의 오랜 친구나 우연히 방문한 손님, 짐작건대 임시 파트타임 청소부 아줌마까지도 정독하거나 살펴볼 수 있게끔 자리하고 있었다.

그냥 언급을 하자면, 그날 아침 일찍 글래스 부인은 곧 도착할 페인트공들을 위해 형식적일 뿐이지만 두 가지 행동을 취했다. 거실은 복도나 식당을 통해서 들어갈 수 있었는데, 그 각각의 입구에는 창유리를 끼운, 양쪽으로 여닫는 문이 있었다. 글래스 부인은 아침을 먹고 바로 그 문에 쳐 있던 실크 주름 커튼들을 걷어냈다. 그리고 나중에 프래니가 닭고기 수프 한 그릇을 맛보는 시늉을 하던 순간을 적절히 이용해, 야생 암염소의 민첩함으로 창문 아래 붙박이 긴 의자에 올라가 내리닫이창 세 군데 모두에서 무거운 다마스크 커튼도 걷어냈다.

거실은 남쪽으로만 창이 하나 나 있었다. 사층짜리 사립여학교가 골목길 바로 건너 마주하고 있었다. 둔중하고 다소 냉담함이 느껴지는 특색 없는 건물로 오후 세시 반이 될 때까지는 거의 활력을 느낄 수 없는 곳이었다. 그러다 세시 반이 되면 세컨드 애비뉴와 서드 애비뉴의 공립학교 아이들이 그 건물의 돌계단에서 공기놀이나 공놀이를 하러 왔다. 글래스 가족이 사는 아파트는 오층으로 학교 건물보다 한 층이 높았고, 지금 이 시간, 햇빛이 학교 지붕 위를, 그리고 글래스 가족의 헐벗은 창문으로 들어와 거실을 밝게 비추고 있었다. 햇빛은 몹시 무정하게 실내를 드러내 보이고 있었다. 가구들은 오래되었고 근본적으로 아름답지 않았으며 추억과 감상이 엉겨 있었을 뿐 아니라, 그 공간 자체가 지난 세월 셀 수 없이 많은 하키와 풋볼('터치'뿐 아니라 태클까지 감행하는) 경기들이 열렸던 곳이기에, 어느 가구의 다리 하나, 심하게 흠이 생기지 않았거나 손상되지 않은 것이 없었다. 눈높이 정도에 보이는 상흔들도 있었는데, 공중을 날아다녔던,

다소 어마어마한 종류의 물건들—오자미, 야구공, 구슬, 롤러스케이트 열쇠, 지우개 등이 있었고, 1930년대 초의 특별히 기억나는 사건으로 머리 없는 도자기 인형이 날아다닌 적도 있었다—때문이었다. 그런데 햇빛은 특히 카펫에 가장 무정한 것 같았다. 원래는 와인빛 붉은색 카펫이었는데—최소한 전등 불빛 아래서는 여전히 그렇지만—지금은 췌장 형태의 빛바랜 얼룩들이 수없이 보였다. 집에서 기르던 애완동물들이 차례로 남긴, 그다지 감상적일 것 없는 기념물이었다. 이 시간의 태양은 가능한 멀리, 가능한 깊이, 가능한 무자비하게 텔레비전이 있는 곳까지 들어와, 깜박이지도 않는 그 커다란 외눈박이 눈을 곧바로 때리고 있었다.

리넨 수납장 앞에서 가장 탁월하고 가장 똑바른 생각을 간혹하는 글래스 부인은 소파 위에 분홍색 평직 시트를 펼치고 프래니를 눕힌 후 연푸른색 캐시미어 아프간 담요를 덮어준 터였다. 지금 프래니는 주위에 놓인 여러 쿠션들 중 하나에 턱이 닿은 채, 왼쪽으로 모로 누워 소파의 등과 벽을 마주보고 있었다. 입은 다물고 있었지만 그냥 살짝 다문 정도였다. 하지만 담요 위에 놓인 오른손은 그냥 쥔 게 아니라 꽉 쥔 상태였고, 손가락들은 엄지를 안으로 넣은 채 단단히 오므려져 있었다. 마치 스무 살의 그녀가 주먹을 쥐고 방어하던 말 못하는 아기 시절로 되돌아간 것 같았다. 그리고 여기 소파에서는, 꼭 언급해야 할 것인데, 거실 나머지 부분에는 그리도 무례하게 굴던 태양이 훌륭하게 처신하고 있었다. 햇빛이 프래니의 머리카락을 온전히 비추었다. 곱게 자른 짙은 검은색 머리카락은 많은 날들에 그랬듯이 세 번 감은 것이었다. 햇살은 사실 아프간 담요 전체를 씻고 있었고, 연푸른색 울 담요에 노니는 따스하고 화사한 빛의 유희는 그것 자체만으로도 바라볼 가치가 있었다.

  욕실에서 거의 곧장 이곳으로 온 주이는 불붙인 시가를 물고 소파 발치에 한동안 서 있었다. 처음에는 걸치고 있던 하얀 셔츠 자락을 바지 안에 넣느라, 그리고 나서는 소매 단추를 잠그느라 분주했으나 이젠 그냥 거기 그렇게 서서 바라보고 있었다. 시가 뒤로 찌푸린 표정이 보였다. 취향을 다소 의심했던 무대감독이 '창조'해낸 굉장한 조명 효과를 본 것처럼. 유달리 섬세한 이목구비, 나이, 전반적인 키─옷을 입었을 때 그는 젊고 야윈 발레 댄서로 보이기 쉬웠다─에도 불구하고 시가가 두드러지게 어울리지 않는다는 느낌은 없었다. 하나는 그의 코가 짧거나 뭉툭하지 않아서였고, 또다른 이유는 주이가 젊은 청년의 뻔한 허세로 시가를 피우는 것이 아니었기 때문이다. 그는 열여섯 살 때부터 시가를 피워왔고, 열여덟 살 이후로는 주기적으로, 하루에 열두 대까지도─그것도 대부분 비싼 패너텔라 엽궐련을─피우고 있었다.

직사각형으로 길이가 꽤 긴 버몬트 대리석 커피 테이블이 소파와 바짝 붙다시피 나란히 놓여 있었다. 주이는 불쑥 테이블로 향했다. 그는 재떨이며 은제 담뱃갑이며 〈하퍼스 바자〉를 치우고 차가운 대리석 위 좁은 공간에 곧장 앉아 프래니의 머리와 어깨를―거의 고개를 숙이다시피 해서―바라보았다. 그는 푸른색 담요 위 단단히 주먹 쥔 손을 잠시 보고는 시가를 든 손으로 상당히 부드럽게 프래니의 어깨를 잡았다. "프래니." 그가 말했다. "프랜시스. 일어나자, 친구. 하루 중 가장 좋은 시간을 여기서 이렇게 낭비하지 말자…… 일어나자, 친구."

프래니가 흠칫하며, 실은 덜컹하며, 마치 달리던 소파가 심하게 튀어나온 요철을 건너가기라도 한 것처럼 그렇게 잠에서 깨어났다. 그녀가 한 팔을 짚고 몸을 일으키며 말했다. "어휴." 그녀는 아침 햇살에 눈을 찡그렸다. "왜 이렇게 햇빛이 환하지?" 주이의 존재를 온전히 인지하지는 못했다. "왜 이렇게 햇빛이 환한 거지?" 그녀가 되풀이해서 말했다.

주이가 그녀를 주의깊게 관찰했다. "난 어딜 가든 햇빛을 몰고 다니잖아, 친구." 그가 말했다.

프래니가 여전히 눈을 찡그린 채로 그를 바라보았다. "왜 깨운 거야?" 그녀가 물었다. 아직 잠에 취한 상태여서 진짜로 성마르게 들리지는 않았지만 뭔가 부당하다고 느끼고 있음은 분명했다.

"음…… 이런 거지. 안셀모 수사와 내가 새로운 교구를 담당하게 되었어. 래브라도에서. 우리가 떠나기 전에 네가 우리를 축복해줄 수 있는지—"

"어휴!" 프래니가 다시 한번 이렇게 내뱉고는 한 손을 머리 위에 올렸다. 그녀의 머리는 유행하는 짧은 머리였고 잠을 잤음에도 별로 흐트러지지 않고 모양을 유지하고 있었다. 가운데 가르마—보는 사람 입장에서는 다행스럽게도—였다. "아, 나 아주 무서운 꿈을 꾸었어." 그녀가 말했다. 그녀는 조금 일어나 앉으며 한 손으로 가운의 옷깃을 여몄다. 타이 실크로 지은 맞춤 가운은 베이지색 바탕에 분홍색 작은 월계화들이 고운 무늬를 이루었다.

"말해봐." 주이가 시가를 한 모금 빨며 말했다. "내가 해몽해줄게."

그녀가 몸서리를 쳤다. "그냥 끔찍했어. 거미 다리들처럼. 그렇게 거미 다리들처럼 끔찍한 악몽은 내 평생 처음이야."

"거미라고, 어? 그거 아주 흥미로운데. 아주 상징적이야. 취리히에서 상당히 흥미로운 케이스를 본 적 있어. 몇 년 전인데, 너처럼 젊은 친구 한 사람이 실제로—"

"잠깐 조용히 좀 해봐, 다 잊어버리겠어." 프래니가 말했다. 그녀는 흔히 악몽을 되새기는 사람들이 그렇듯 골똘하게 허공을 응시했다. 눈 아래엔 다크서클이 드리워 있었고, 심각한 고민을 안은 젊은 여자의 표지인 다른 미묘한 흔적들도 있었지만, 그럼에도 그녀는 누가 보아도 대단한 미인이었다. 아름다운 피부에 이목구비는 섬세하고 상당히 매력적이었다. 눈은 주이의 눈과 거의 같은 상당히 감탄스러운 빛깔의 푸른색이었지만 누이의 눈이 당연히 그러해야 하듯 두 눈 사이의 거리가 좀더 멀었고, 주이의 눈만큼이나 하루종일 들여다봐야 할 것 같은 눈은 아니었다. 사 년 전쯤 고등학교를 졸업할 때 그녀가 졸업생 단상에서 버디를 향해 활짝 미소를 짓자 버디는 속으로 음울한 예언을 했다. 그녀가 언젠가 십중팔구 마른기침을 해대는 남자와 결혼을 할 거라고. 그러니까 그녀의 얼굴에 그런 분위기도 있었던 것이다. "아, 맙소사, 이제 기억이 나!" 그녀가 말했다. "정말 끔찍해. 나는 알 수 없는 어느 곳의 수영장에 있었고 사람들이 아주 많았는데, 그 사람들이 수영장 바닥에 있는 '메다글리아 도로' 커피 캔을 꺼내오라며 나를 계속 물속으로 잠수하게 시키는 거야. 내가 물위로 올라올 때마다 다시 들어가게 했어. 나는 울고 있었고, 계속 그들에게 말했지, '당신들도 수영복 입었잖아요. 당신들이 물로 뛰어들지그래요?' 하지만 모두 그냥 웃으며 나를 헐뜯는 지독한 말들을 해댔고, 난 또다시 물밑으로 들어가야 했어." 그녀가 다시 한번 몸서리를 쳤다. "우리 기숙사 여자애들 둘도 거기 있었어. 스테퍼니 로건, 그리고 내가 잘 알지도 못하는 아이 하나. 그 아인 사실 샤먼 셔먼이라고, 이름이 너무 이상해서 내가 늘 안됐다고 생각했던 아이였어. 그 두 아이가 커다란 노를 하나씩 들고는 내가 수면 위로 올라올 때마다 나를 치려고 했어." 프래니가 재빨리 두 손으로 눈을 가렸다. 그러곤 "어휴!" 하며 머리를 설레설레 저었다. 그녀는 생각에 잠겼다. "그 꿈에서 유일하게 말이 되는 사람은 터퍼 교수였어. 내 말은, 그러니까 거기 있는 사람들 중 나를 정말 싫어한다는 것을 내가 아는 유일한 사람은 그 교수 하나였어."

"너를 싫어한다고, 어? 아주 흥미로운데." 주이는 시가를 입에 물고 있었다. 그는 아직 모든 사실을 다 알아내지 못한 해몽가처럼 손가락 사이로 천천히 시가를 돌리고 있었다. 그는 매우 흡족한 표정을 짓고 있었다. "그 교수는 왜 널 싫어하는데?" 그가 물었다. "네가 완전히 솔직하게 나오지 않으면, 나도 어쩔 수가—"

"내가 그 교수가 하는 말도 안 되는 종교 세미나 수업을 듣고 있는데, 나는 그가 옥스퍼드식 매력을 흩뿌리고 다닐 때 도저히 미소를 지어줄 수가 없었기 때문이지. 옥스퍼드에서 온 초빙교수라나 뭐라나, 허연 머리를 거칠게 산발한 지독하게 재미없고 자기만족에 빠진 사기꾼 늙은이야. 나는 그가 수업에 들어오기 전 화장실에 가서 일부러 머리를 헝클어뜨린다고 생각해. 정말 그렇게 생각한다니까. 그는 자기 과목에 대해 열정이 전혀 없어. 에고, 그건 있지. 열정, 그런 건 없어. 그래도 그건 괜찮아. 뭐 특별히 이상한 일도 아니니까. 하지만 계속해서 자기가 무슨 깨달음을 얻은 사람이고, 자기 같은 사람이 이 나라에 있으니 행복한 줄 알라는 멍청한 암시를 자꾸 주잖아." 프래니가 얼굴을 찡그렸다. "그가 유일하게 열성적으로 하는 일이라곤, 잘난 척하고 있지 않을 때 말이지, 사실은 팔리어인데 산스크리트어라고 잘못 말한 사람을 교정해주는 거야. 그런 그를 내가 못 참아한다는 걸 그가 알고 있어! 그가 안 볼 때 내가 그 사람에게 짓는 표정을 오빠가 봐야 하는데."

"그는 수영장에서 뭘 하고 있었어?"

"바로 그거라니까! 아무것도 안 하는 거야! 정말 아무것도! 그냥 서서 웃으면서 지켜보고만 있었어. 거기 있는 사람들 중 최악이었어."

주이는 시가 연기 사이로 그녀를 바라보며 차분하게 말했다. "너 꼴이 아주 말이 아니다. 알고 있니?"

프래니가 그를 빤히 쳐다보았다. "그냥 그 말 좀 안 하면 안돼?" 그녀가 말했다. 그리고 진지하게 덧붙였다. "잔소리 또 듣게 하지 말아줘, 이렇게 화사하고 이른 아침에, 주이, 제발. 부탁이야."

"너한테 잔소리하려는 게 아니야, 친구." 주이가 여전히 차분한 어조로 말했다. "그냥 네 꼴이 아주 말이 아니라는 거야, 그뿐이야. 뭘 좀 먹지그래? 베시 말이 닭고기 수프가 있다던데—"

"누구든 닭고기 수프 얘기 한 번만 더 하면—"

하지만 주이의 시선은 이미 다른 곳으로 향해 있었다. 그는 햇빛에 젖은 담요를, 프래니의 종아리와 발을 덮은 부분을 내려다보고 있었다. "이게 뭐야?" 그가 물었다. "블룸버그?" 그가 손가락 하나를 뻗어 담요 아래에서 다소 기이하게 움직이는 큼직하고 불룩한 것을 부드럽게 찔러보았다. "블룸버그? 너냐?"

그 불룩한 것이 움찔했다. 이젠 프래니도 그것에 시선을 주고 있었다. "떼어낼 수가 없네." 그녀가 말했다. "애가 갑자기 나한테 완전히 환장을 해."

주이가 탐색하느라 찔러본 손가락의 자극에 블룸버그가 불쑥 몸을 길게 늘이더니 터널을 지나듯 천천히 담요 아래를 지나 프래니 무릎 부분의 열린 공간으로 나왔다. 그 애교 없는 머리가 햇빛 속으로, 햇살 속으로 나오는 순간, 프래니가 블룸버그의 어깨 아래를 잡더니 친밀하게 인사할 수 있게 가까이 들어올렸다. "굿 모닝, 우리 블룸버그!" 그녀는 블룸버그의 두 눈 사이에 진한 키스를 했다. 블룸버그는 눈을 깜박이며 짜증을 드러냈다. "굿모닝, 냄새나는 우리 늙은 뚱보 고양이야. 굿 모닝, 굿 모닝, 굿

모닝!" 그녀는 연거푸 키스를 퍼부었지만 블룸버그에게는 그에 상응하는 애정의 물결이 넘실대지 않았다. 그저 서툴게, 다소 격한 몸짓으로 프래니의 쇄골을 넘어가려고 애썼다. 그것은 '중성화된,' 아주 커다란 회색 얼룩 수고양이였다. "얘가 아주 다정하게 굴지 않아?" 프래니가 감탄했다. "난 얘가 이렇게 다정하게 구는 걸 본 적이 없어." 그녀는 자신의 말에 맞장구쳐주길 바라는 듯 주이를 쳐다보았지만 시가 뒤로 보이는 주이의 표정은 모호했다. "쓰다듬어봐, 주이! 얼마나 예쁜지 봐봐. 쓰다듬어봐."

주이가 손을 내밀어 아치형으로 웅크린 블룸버그의 등을 한 번, 두 번 쓰다듬고는 손을 거두었다. 그는 커피 테이블에서 일어나더니 거실을 이리저리 가로질러 피아노로 향했다. 옆모습을 보이며 놓인 피아노는 완전히 뚜껑이 열린 채 검은색 스타인웨이의 웅장함을 드러내며 소파 반대편을 차지하고 있었고, 피아노 의자는 프래니와 거의 마주보고 있었다. 주이가 망설이다 피아노 의자에 앉았고, 받침대에 놓인 악보를 보고는 상당한 흥미를 드러냈다.

"얘가 벼룩이 너무 많아서 아주 웃기지도 않아." 프래니가 말했다. 그녀는 블룸버그에게 무릎 위의 얌전한 고양이 자세를 억지로 시키려고 잠시 블룸버그와 씨름했다. "어젯밤에 얘한테서 벼룩을 열네 마리나 잡았어. 그것도 한쪽 옆구리에서만." 그녀가 블룸버그의 엉덩이를 세게 아래로 밀고는 주이를 건너보았다. "참, 대본은 어땠어?" 그녀가 물었다. "대본이 어젯밤에야 온 거야? 오긴 왔어?"

주이는 대답을 하지 않았다. "맙소사." 그는 여전히 받침대에 놓인 악보를 바라보고 있었다. "누가 이걸 꺼냈어?" 악보의 제목은 〈그렇게 못되게 굴 필요 없잖아, 베이비〉였다. 사십 년 정도 된 것으로, 세피아 톤으로 복사한 글래스 부부의 사진이 표지를 장식하고 있었다. 글래스 씨는 연미복에 정장용 실크해트 차림이었고 글래스 부인도 마찬가지였다. 두 사람은 두 다리를 넓게 벌린 채 지팡이를 짚고 앞으로 몸을 기울인 자세로 카메라를 향해 제법 환하게 미소짓고 있었다.

"뭔데?" 프래니가 물었다. "안 보여."

"베시와 레스. 〈그렇게 못되게 굴 필요 없잖아, 베이비〉."

"아." 프래니가 깔깔 웃었다. "어젯밤 레스가 추억에 잠겨 있었어. 날 위해서라며. 내가 배탈이 났다고 생각하나봐. 피아노 의자에 있던 악보란 악보는 다 꺼냈었어."

"그 옛날 〈그렇게 못되게 굴 필요 없잖아, 베이비〉에서 시작해, 도대체 어쩌다 우리가 이 빌어먹을 정글에까지 들어오게 된 건지 좀 알고 싶다. 네가 좀 설명해봐."

"나도 몰라. 생각은 해봤지만." 프래니가 말했다. "대본 어땠어? 왔어? 누구더라, 르세이지 씨라 그랬나, 하여튼 그 사람이 경비 아저씨한테 맡겨놓고 갈 거라고 그랬다며, 그가—"

"왔어, 왔다고." 주이가 말했다. "그 얘기는 하고 싶지 않아." 그는 시가를 입에 물고는 오른손을 높은음 쪽 건반들 위에 올린 후 〈킨카주〉라는 노래의 멜로디를 옥타브 연주로 쳤다. 다소 주목할 만한 것은 이 노래는 그가 태어나기 전에 이미 인기를 끌었다가 표면적으로는 잊힌 곡이라는 사실이었다. "대본이 온 정도가 아니라, 딕 헤스가 새벽 한시경에—우리 둘이 말다툼을 한 직후였어—집에 전화를 걸어 술 한잔 하자고 그러더라, 그 망할 인간이. 그것도 '산레모'*에서. 그리니치빌리지를 발견해나가고 있다나. 맙소사!"

"피아노 건반 내리치지 마." 프래니가 그를 지켜보며 말했다.

"오빠가 거기 앉아 있을 거면 내가 오빠의 감독이야. 그리고 그게 내 첫 연출 지시 사항이고. 피아노 건반 내리치지 마."

"무엇보다도, 그는 내가 술을 마시지 않는다는 걸 알아. 둘째, 그는 내가 뉴욕에서 태어났다는 것과 내가 참을 수 없는 게 있다면 그게 바로 뉴욕의 분위기라는 것도 알고 있고. 셋째로 그는 내

* 뉴욕 그리니치빌리지 인근의 술집으로, 비트 제너레이션 작가들의 만남의 장소였다.

가 그리니치빌리지에서 염병하게도 일흔 블록이나 떨어진 곳에 산다는 것도 알고 있어. 넷째, 내가 잠옷에 슬리퍼 바람이란 것도 세 번이나 얘기했다고."

"건반 내리치지 마." 프래니가 블룸버그를 쓰다듬으며 지시를 내렸다.

"그런데도 안 되겠다고, 미룰 수가 없다는 거야. 당장 나를 만나야겠다고. 아주 중요하다고. 농담 아니라고. 평생에 한 번이라도 마음 좀 곱게 써서 택시 잡아 타고 오라고."

"갔어? 뚜껑도 꽝 닫지 마. 그게 내 두번째―"

"그래, 당연히 갔지! 나한테는 그 빌어먹을 의지력이란 게 없거든!" 주이가 말했다. 그는 건반 뚜껑을 닫았다. 성마른 동작이었지만 꽝 소리는 내지 않았다. "내 문제는, 내가 뉴욕에 사는 타지 사람을 전혀 믿지 못한다는 거야. 뉴욕에 얼마나 오래 살았는지는 상관없어. 난 그들이 세컨드 애비뉴의 작은 아르메니아 레스토랑을 찾느라, 뭐 그런 염병할 짓에 정신을 파느라 차에 치이거나 얻어터질까 늘 불안해." 그는 침울하게 〈그렇게 못되게 굴 필요 없잖아, 베이비〉악보 위로 시가 연기를 뿜어댔다. "그래서, 어쨌든, 나는 그리로 갔어." 그가 말했다. "갔더니 딕이 있었지. 너무나 가라앉은 기분으로, 너무나 우울하게, 오늘 오후까지 도저히 기다릴 수 없었던 중요한 소식들을 잔뜩 가지고서. 청바지와 혐오스러운 스포츠 재킷을 입고 앉아 있었어. 뉴욕에 거주하는 디모인 출신 외지인. 난 정말이지 맹세코 그 인간을 죽일 수도 있었어. 끔찍한 밤이었어. 나는 거기 두 시간이나 앉아 있었고, 그는 내가 얼마나 우월한 종자인지, 내가 정신질환자에 사이코패스 천재들이 우글대는 얼마나 놀라운 집안 출신인지 떠들어대더라. 그러고 나서 나를, 그리고 심지어 만난 적도 없는 버디를, 그리고 시모어를 분석하더니, 남은 저녁 시간 동안 두 주먹을 쥔 콜레트*가 될 것인지 키가 작은 토머스 울프**가 될 것인지 고민하다 머릿속이 일종의 교착상태에 이르렀을 즈음, 그가 갑자기 테이블 아래에서 우아한 모노그램이 새겨진 서류가방 하나를 꺼내더니 한 시간짜리 새 대본을 내 옆구리에 쑤셔넣는 거야." 그는 마치 하던 얘기를 끝내려는 것처럼 한 손으로 허공에 손짓을 했다. 하지만 그가 피아노 의자에서 일어나는 모양새가 침착하지 못한 것을 보니, 실제로 얘기를 끝낸 것은 아니었다. 시가는 입에 물려 있었고 두 손은 뒷주머니에 넣은 채였다. "오랫동안 나는 배우라는 주제를 놓고 버디가 비판하는 소리를 들어왔어." 그가 말했다. "맙소사, 나도 내가 아는 작가라는 주제에 대해서는 그에

* 프랑스의 소설가이자 공연가.
** 미국의 소설가.

게 한바탕 늘어놓을 수 있었는데." 그는 잠시 멍하니 서 있다가 딱히 향하는 곳은 없이 걸음을 뗐다. 그는 1920년형 빅트롤라 축음기 앞에 멈춰 서서 우두커니 그것을 바라보다 확성기 스피커에 대고 재미로 두 번 짖는 소리를 냈다. 프래니가 지켜보다 깔깔 웃었지만, 그는 인상을 찌푸리고는 계속 걸음을 옮겼다. 1927년형 프레시먼 라디오 위에 놓여 있는 열대어 수조 앞에서 문득 멈춘 그가 입에서 시가를 뗐다. 그는 강한 흥미를 보이며 수조를 가만히 들여다보았다. "내 블랙몰리들은 모두 죽어가는군." 그가 말했다. 그는 어항 옆 물고기 먹이 상자를 향해 자동적으로 손을 뻗었다.

"오늘 아침에 베시가 먹이 줬어." 프래니가 주의를 주었다. 그녀는 여전히 블룸버그를 쓰다듬으며, 따뜻한 담요 밖의 미묘하고 힘든 세상으로 나갈 수 있도록 도우려는 마음에서 고양이를 억지로 밀어내고 있었다.

"배고파 보이는데." 주이는 그렇게 말했지만 먹이 상자에서 손을 뗐다. "얘는 아주 핼쑥해 보여." 그는 손톱으로 수조 유리를 톡톡 쳤다. "네게 필요한 건 닭고기 수프야, 친구."

"주이." 프래니가 그의 주의를 돌리기 위해 불렀다. "그래서 어떤 상황이야? 이제 새 대본이 두 개잖아. 르세이지가 택시로 보냈다는 대본은 뭐야?"

주이는 계속해서 잠시 수조 속 물고기를 들여다보았다. 그러다 갑작스러운, 하지만 분명 절박한 충동으로 카펫에 등을 대고 대자로 누웠다. "르세이지가 보낸 대본에서," 그가 다리를 꼬며 말했다. "나는 릭 차머스 역을 맡을 예정인데, 맹세코 이건 새뮤얼 프렌치의 희곡 카탈로그에서 그대로 가져온 1928년 응접실 희극이야. 유일한 차이는 콤플렉스며 억압이며 승화며, 작가가 자기 정신분석가에게서 들은 최신 어휘들을 가져왔다는 정도."

프래니는 그녀 자리에서 보이는 그의 일부를 바라보았다. 그녀가 앉아 있는 자리에선 그의 발바닥과 뒤꿈치만이 보였다. "음, 그럼 딕의 것은 어때?" 그녀가 물었다. "아직 안 읽었어?"

"딕의 대본은 지금까지 읽어본 가장 용기 있는, 빌어먹게 색다른 텔레비전극이야. 거기선 젊고 예민한 지하철 경비원인 버니 역을 맡을 수 있어."

"정말이야? 그렇게 괜찮아?"

"괜찮다는 말은 하지 않았어, 용기 있다고 했지. 방심하지 말자고, 친구. 이것이 제작되고 다음날 아침이면, 그 건물에 있는 사람들 모두 서로 등을 두드리며 감사하는 마음에 어쩔 줄 몰라하는 광경이 펼쳐지겠지. 르세이지. 헤스. 포머로이. 광고주들. 그 모든 용감한 사람들. 오늘 오후에 모두 시작될 거야. 아직 시작되지 않았다면 말이지. 헤스가 르세이지 사무실로 가서 그에게 말할 거야. '르세이지 선생님, 용기와 진실함으로 무장한 젊고 예민한 지하철 경비원에 관한 새 대본이 있습니다. 네, 저도 압니다, 선생님. 부드럽고 가슴 저미는 대본 다음으로 용기와 진실함이 담겨 있는 대본을 좋아하신다는 걸요. 이 대본에는 제가 말씀드린 그 두 가지가 다 들어 있습니다. 모든 것이 다 함께 녹아든 그런 대본입니다. 감상적입니다. 그리고 적절한 지점들에서 폭력이 등장하죠. 이 예민한 지하철 경비원의 문제들이 그를 압도하고 인류와 일반 대중에 대한 그의 신뢰를 무너뜨릴 때, 그의 아홉 살짜리 조카딸이 학교에서 집으로 돌아와 그에게 멋지고 적절한 맹목적 애국주의 철학을 들려줍니다. 앤드루 잭슨의 산간벽지 출신 아내에서부터 몇 세대에 걸쳐서 564호 공립학교를 통해 우리에게 전해내려온 철학 말입니다. 실패할 리 없습니다, 선생님! 실제적이고, 단순하고, 허위입니다. 그러면서도 탐욕스럽고 신경과민에다 무식한 우리 광고주들이 이해하고 흡족해할 만큼 충분히 친숙하고 하찮습니다." 주이가 불쑥 몸을 일으켜 앉았다. "방금 목욕을 했는데, 돼지처럼 땀이 뻘뻘 나네." 그가 말했다. 그리고 자리에서 일어서며 프래니를 흘깃 보았다. 보지 말아야 한다고 생각하면서도 보는 듯한 태도였다. 그는 시선을 돌리는 듯하다 결국 그녀를 더 주의깊게 바라보았다. 그녀는 머리를 숙이고서 시선은 무릎 위의 블룸버그에게로 향한 채 계속 고양이를 쓰다듬고 있었다. 그런데 어떤 변화가 있었다. 주이는 아, 소리를 냈고, 문제를 자초하려는 듯한 모습으로 소파에 가까이 다가갔다. "부인의 입술이 움직이고 있군요. 기도가 샘솟고 있군요." 프래니는 고개를 들지 않았다. "도대체 뭘 하는 거냐?" 그가 물었다. "대중예술에 대한 나의 비기독교적인 태도로부터 피난처라도 구하는 거냐?"

그러자 프래니가 고개를 들어 그를 쳐다보았고, 눈을 깜박이며 고개를 저었다. 그녀가 미소를 지었다. 그녀의 입술은 실제로 움직여왔고, 지금도 움직이고 있었다.

"날 보고 웃지 마, 제발." 주이가 차분한 어조로 말한 후 소파 근처를 벗어났다. "시모어가 항상 내게 그렇게 미소를 지었지. 이 망할 놈의 집구석엔 미소짓는 사람들 천지군." 책꽂이 한 곳에서 줄이 안 맞는 책 한 권을 엄지로 밀어넣으며 지난 후 그는 거실 한가운데 창문으로 갔다. 그 창문과 글래스 부인이 앉아 고지서를 정산하고 편지를 쓰곤 하는 체리우드 책상 사이로 창문 아래 붙박이 긴 의자가 경계를 나누고 있었다. 프래니에게 등을 돌리고 선 그는 두 손을 다시 뒷주머니에 넣고 시가를 입에 문 채 창밖을 내다보았다. "어쩌면 내가 이번 여름에 영화를 찍으러 프랑스에 갈지도 모른다는 거 알아?" 그가 짜증스럽게 물었다. "내가 얘기했나?"

프래니가 흥미롭게 그의 등을 바라보았다. "아니, 얘기 안 했어!" 그녀가 말했다. "진짜야? 무슨 영화?"

주이가 길 건너 쇄석이 깔린 학교 옥상을 바라보며 말했다. "아, 얘기가 길어. 어떤 프랑스 멍청이가 여기 와 있는데 내가 필리프와 했던 앨범을 들은 거야. 두 주 전쯤에 그와 점심을 같이 했어. 정말 빈대 붙는 타입인데 그래도 좀 호감이 가는 사람이었고 보아하니 지금 그쪽에선 잘나가나봐." 그가 한 발을 창가의 긴 의자에 올렸다. "확정된 건 아무것도 없어. 이쪽 사람들과 일할 땐 확정이란 게 없는 법이지. 그렇지만 르노르망* 소설을 영화로 만드는 아이디어로 반쯤 넘어오게 해놨어. 내가 너에게 보냈던 바로 그 소설이야."

"와! 이거 정말 잘됐네. 주이. 가게 된다면 언제 갈 것 같아?"

"잘된 게 아니야. 바로 그게 중요하다고. 이 영화를 한다면 즐겁겠지. 그래. 그건 정말 그래. 하지만 뉴욕을 떠나는 건 지독하게 싫어. 굳이 알고 싶다면, 난 말이지, 무턱대고 아무 배에나 오르는 모든 종류의 소위 창조적인 인간들이 싫어. 그 인간들의 동기가 아무리 훌륭해도 상관없어. 나는 여기서 태어났어. 여기서 학교에 다녔고. 여기서 차에 치였어. 그것도 두 번이나. 염병하

---

* 프랑스 극작가, 소설가(1882~1951). 프로이트의 영향을 받음.

게 그것도 같은 길에서. 나는 유럽에서 연기해서는 안 되는 거야, 젠장."

프래니가 하얀 브로드 셔츠를 입은 그의 뒷모습을 생각에 잠긴 채 바라보았다. 하지만 그녀의 입술은 여전히 소리 없이 움직이고 있었다. "그럼 왜 가는 건데?" 그녀가 물었다. "그렇게 느낀다면 말이야."

"내가 왜 가냐고?" 주이가 돌아보지 않고 말했다. "내가 가는 가장 큰 이유는 아침이면 분노에 차 일어나고 밤이면 분노에 차 잠자리에 드는 일이 지독하게 피곤해졌기 때문이야. 내가 가는 이유는 내가 아는 모든 가엽고 썩은 인간들이 옳으니 그르니 비판하며 앉아 있는 나 자신이 싫기 때문이야. 그런데 그것 자체는 그다지 신경쓰이지 않아. 적어도 나는 비판을 할 때는 직관적으로 하고, 내가 한 어떤 비판에 대해서든 머잖아 어떤 식으로든 반드시 대가를 치른다는 것을 알고 있어. 그건 그다지 신경쓰이지 않아. 하지만 내가 업계 사람들의 사기를 꺾어버리는 모습을 지켜봐야 한다는 걸 더이상 견디지 못하겠어. 내가 정확하게 무슨 짓을 하는지 네게 말해줄게. 나는 모든 사람들이 마음속으로, 정말로 어떤 훌륭한 일을 하고 싶어하는 게 아니라, 그저 자기들이 아는 모든 사람, 비평가, 광고주, 대중, 심지어는 자기 자식들의 학교 교사 등이 훌륭하다고 생각해줄 일이 행해지는 걸 원하는 것뿐이라고 느끼도록 만들지. 그게 내가 하는 일이야. 그게 내가 하는 최악의 일이야." 그가 학교 옥상을 향해 인상을 찌푸렸다. 그러고는 손가락 끝으로 이마에서 땀을 눌러 닦았다. 프래니가 뭔가 말하는 것을 들은 그가 갑자기 프래니 쪽으로 몸을 돌렸다. "뭐?" 그가 말했다. "잘 안 들려."

"아무것도 아냐. 그냥 '오, 신이시여'라고 했어."

"왜 '오, 신이시여'라고 했어?" 주이가 성마르게 물었다.

"아무것도 아니라니까. 제발 날 비난하려들지 마. 난 그저 생각을 하고 있었을 뿐이야. 그냥 오빠가 토요일에 내가 어땠는지 봤더라면 하고 생각했어. 오빠는 사람들 사기를 꺾는 얘기를 하고 있잖아! 나는 레인의 하루를 전부 망쳐버렸어. 난 레인과 있으면서 매시간 기절해 쓰러졌을 뿐만 아니라, 여기서 그 멀리까지 갔던 건 멋지고, 다정하고, 정상적인, 칵테일 같은, 행복해야 했던 풋볼 게임을 보려 했던 건데, 그리고 레인이 말했던 모든 걸 다 함께하려 했던 건데, 나는 비난하고, 반박하고, 모르겠어, 그냥 망쳐버렸어." 프래니가 고개를 흔들었다. 그녀는 여전히 블룸버그를 쓰다듬고 있었지만 무의식적이었다. 그녀의 시선은 피아노를 향해 있었다. "난 그냥 내 의견을 단 하나도 마음속에 담아만 둘 수 없었어." 그녀가 말했다. "정말 끔찍했어. 기차역에서 그를 만난 바로 그 순간부터 나는 그의 모든 의견과 가치와, 아, 그냥 모든 것을 할퀴고 할퀴고 할퀴어댔어. 모든 걸 말이야. 그가 플로베르에 대해 전혀 해될 것 없는 실험적인 페이퍼를 썼고 그걸 그렇게 자랑스러워하며 내가 읽어주길 원했는데, 내겐 그것이 너무나도 전형적인 영문과 행동 같았고, 잘난 척하고, 대학물 먹은 티를 내는 것 같고, 그래서 내가 한 행동이라곤—" 그녀가 말을 멈췄다. 그녀가 다시 한번 고개를 흔들었고, 주이는 이제 반쯤 그녀 쪽으로 몸을 돌린 채 눈을 가늘게 뜨고 그녀를 살폈다. 그녀는 막 잠이 깼을 때보다 더 창백해져 있었고, 말하자면 수술 직후의 모습처럼 보였다. "레인이 나에게 총을 쏘지 않은 게 신기할 정도야." 그녀가 말했다. "레인이 날 쐈더라면 내가 분명히 그를 축하해줬을 텐데."

"그 얘긴 어젯밤에 했어. 오늘 아침엔 신선하지 않은 재탕 회상은 듣고 싶지 않아, 친구." 주이가 말하며 다시 창밖으로 시선을 돌렸다. "애초에 네가 너 자신이 아니라 다른 것들과 다른 사람들을 탓한 것이 완전히 잘못이었어. 우리 둘 다 그래. 나도 텔레비전 업계에 대해 똑같이 그런 식이야. 난 그걸 알고 있어. 틀린 거야. 결국 우리가 문제야. 내가 계속 말했잖아. 그런데 왜 넌 그렇게 빌어먹을 멍청이처럼 구는 건데?"

"나는 빌어먹을 멍청이처럼 굴지 않아, 하지만 오빠는 계속—"

"우리가 문제라니까." 주이가 되풀이해 말하며 그녀의 말을 무시했다. "우리가 괴물이야, 그뿐이야. 그 두 인간이 우리를 일찌 감치 잘도 낚았고, 괴물의 기준으로 우리를 괴물로 만들었어, 그 뿐이라고. 우리는 '문신을 한 여인'이고, 우리는 잠깐 동안의 평 화도 누릴 수 없어, 남은 평생 내내. 혹 다른 사람들도 모두 문신 을 하지 않는 이상은." 상당히 우울한 얼굴로 그가 시가를 입으 로 가져가 한 모금 빨았지만 시가는 꺼져 있었다. "그 무엇보다 도," 그가 곧이어 말했다. "우리에겐 〈지혜로운 어린이〉 콤플렉 스가 있어. 우리는 그 망할 방송에서 아직도 제대로 벗어나지 못 한 거야. 우리 중 단 한 명도. 우리는 평범하게 얘기를 못하고 말 을 장황하게 하지. 우리는 대화를 나누지 않고 설명을 늘어놔. 적어도 나는 그래. 정상적으로 귀가 두 개 있는 누군가와 한 공간 에 있게 되는 순간, 나는 빌어먹을 예언자가 되거나 인간 모자핀 이 되어 사람들을 찔러대지. 지루해서 미치게 만드는 데 내가 왕 이야. 예를 들면 어젯밤 '산레모'에서만 해도 그래. 난 딕 헤스가 그의 새 대본 줄거리를 내게 들려주지 않기를 계속 기도하고 있었 어. 난 그자가 대본을 가지고 있다는 걸 잘 알고 있었고, 결국 내 가 그 새 대본을 집으로 가져가게 되리라는 것도 아주 잘 알고 있었어. 그래도 제발 그가 말로 미리 설명해주지 않기를 계속 기 도했어. 그는 바보가 아니야. 그는 내가 입을 닥치고 있는 게 불 가능하다는 걸 알지." 주이가 갑자기 날카롭게 몸을 돌리며 창가의 긴 의자에 있던 발을 떼지도 않고 그의 어머니 책상 위에 있던 성냥첩을 잡아챘다. 그는 다시 창가로 몸을 돌려 학교 옥상 풍경을 바라보며 다시 시가를 입에 물었다가 바로 떼었다. "망할 자식이야, 어쨌든." 그가 말했다. "그가 어찌나 멍청한지 마음이 아플 지경이야. 그도 텔레비전 업계에 있는 다른 인간들과 똑같아. 그리고 할리우드 인간들과도. 그리고 브로드웨이 인간들과도. 그는 모든 감상적인 것은 부드럽고, 모든 잔인한 것은 현실주의의 한 조각이라 생각해. 육체적 폭력에 이르는 모든 것은 적절한 클라이맥스라 생각하고, 그건 심지어—"

"그 사람에게 그런 얘기를 했어?"

"그럼 당연히 했지! 내가 지금 막 그랬잖아, 난 입을 닥치고 있을 수가 없다고. 당연히, 그에게 얘기를 했지! 그러고 나서 앉아 있는 그를 두고 나왔어, 차라리 그가 죽었으면 좋겠다고 생각하면서. 아니면 우리 둘 중 하나가 죽든가—그게 나았으면 얼마나 좋을까. 어쨌든, 그건 아주 '산레모'다운 퇴장이었어." 주이가 창가의 긴 의자에서 발을 내렸다. 몸을 돌린 그는 긴장되고 불안해하는 모습이었다. 그가 어머니 책상에서 등받이가 곧은 의자를 빼어 앉았다. 시가에 다시 불을 붙이고는 앞으로 몸을 숙이며 차분하지 못하게 두 팔을 체리우드 책상 위에 올려놓았다. 그의 어머니가 서진으로 사용하는 물건이 잉크병 옆에 놓여 있었다. 검은 플라스틱 받침대 위의 작은 유리구였는데 실크해트를 쓴 눈사람이 안에 들어 있었다. 주이가 그것을 집어 흔들고는 구 안의 눈이 휘날리는 것을 바라보며 앉아 있었다.

그런 그를 보던 프래니가 이제 한 손으로 두 눈 위에 차양을 만들었다. 주이가 거실로 들어오는 제일 커다란 햇빛 줄기 속에 앉아 있었기 때문이다. 계속 그를 보고 있을 생각이면 소파 위에서 자세를 바꾸면 되었겠지만 그럴 경우 잠든 것으로 보이는 무릎 위의 블룸버그를 깨우게 될 터였다. "오빠 정말 위궤양 있어?" 그녀가 문득 물었다. "어머니가 오빠 위궤양이라던데."

"그래, 나 위궤양이다. 젠장. 지금이 칼리유가*거든, 친구, 철기시대고. 열여섯 살이 넘었는데도 궤양이 없는 사람은 누구든 빌어먹을 스파이다." 그는 다시 한번, 이번에는 더 세게 눈사람을 흔들었다. "우스운 건 말이지," 그가 말했다. "내가 헤스를 좋아한다는 거야. 아니면, 최소한 그의 예술적 빈곤을 내 목구멍에 쑤셔넣지 않을 때의 그가 좋아. 적어도 그는 두려움에 질린 엄청 보수적이고 엄청 순응적인 그 미친 집단 한가운데서 끔찍한 넥타이를 매고 웃긴 패드 넣은 양복을 입잖아. 나는 그의 자만심이 좋아. 자만심이 대단하다 못해 실제로는 겸손한 미친놈이지. 내

* 힌두교에서 말하는 말세.

말은 그러니까, 그는 정말로 텔레비전 업계가 괜찮은 곳이라 생각해. 자기 같은 사람과 자신의 대단하고 거짓 용기로 채워진 '오프비트' 재능이 있어도 좋을 곳으로 말이야. 근데 생각해보면 그게 바로 미친 종류의 겸손이야." 그는 유리구를 바라보며 눈보라가 가라앉기를 기다렸다. "어떤 면에서 나는 르세이지도 좋아한다고 할 수 있어. 그가 소유한 건 모두 최상이야. 코트, 선실 두 개짜리 보트, 하버드 다니는 아들 학점, 전기면도기 등등 모든 것이. 한번은 그가 집으로 저녁 초대를 한 적이 있어. 진입로에서 나를 멈춰 세우더니 '세상을 떠난 영화배우 캐럴 롬바드'를 기억하느냐고 물으며 내가 그의 아내를 보면 그녀가 캐럴 롬바드와 너무나도 똑같이 닮아 충격을 받을 거라고 말하는 거야. 그 점에 대해선 내가 죽을 때까지 그를 좋아할 것 같아. 그의 아내는 가슴이 크고 아주 지쳐 보이는, 페르시아 사람 같은 외모의 금발 여자였거든." 주이가 문득 고개를 돌려 프래니를 보았다. 프래니가 방금 뭔가를 말했던 것이다. "뭐?" 그가 물었다.

"그래!" 프래니가 했던 말을 되풀이했다. 창백했지만 환하게 빛나는 얼굴이었으며, 그녀 역시 르세이지 씨를 죽을 때까지 좋아할 운명인 것으로 보였다.

주이가 잠시 아무 말 없이 시가를 피웠다. "딕 헤스를 만나며 내가 그렇게 우울한 건, 내가 그렇게 슬픈 건, 화가 나는 건, 내 기분이 어떻건 간에 그가 르세이지를 위해 썼던 첫 대본이 상당히 훌륭했었다는 사실 때문이야. 실제로 거의 훌륭했어. 우리가 영화를 만든 첫 대본이었어. 아마 넌 안 봤을 거야. 그때 넌 기숙학교에 있었거나 그랬던 것 같아. 나는 그 영화에서 아버지와 둘이 함께 사는 젊은 농부 역을 했어. 그 젊은이는 자신이 농사일을 싫어한다는 생각을 품고 있었고, 그와 그의 아버지는 늘 힘겹게 생계를 꾸려나갔어. 그래서 그의 아버지가 죽자 그는 소를 전부 팔고서 큰 도시에 나가 먹고살 큰 계획을 세우지." 주이가 다시 눈사람을 집어들었지만 이번에는 흔들지 않고 그저 받침대를 잡고 돌리고만 있었다. "괜찮은 장면들이 있었어." 그가 말했다. "소를 모두 판 후에도 나는 그 소들을 돌보러 계속 초지로 나가. 큰 도시로 떠나기 직전 여자친구에게 작별인사를 하기 위해 함께 산책을 나갔을 때도 나는 계속 여자친구를 텅 빈 초지 쪽으로 이끌지. 그러고 나서 큰 도시로 가 일자리를 얻지만 그때도 시간이 날 때마다 가축시장 근처를 헤매는 거야. 마침내 그 큰 도시의 차가 막히는 혼잡한 중심가에서 차 한 대가 좌회전을 하더니 소 한 마리로 변하지. 나는 그것을 뒤쫓아가고 바로 그 순간 신호등이 바뀌면서 차에 치이게 돼. 소의 발에 짓밟힌 거지." 그가 눈사람을 흔들었다. "발톱을 자르면서는 볼 수 없는 그런 걸작은 아니지만, 적어도 리허설이 끝나고 스튜디오에서 슬그머니 집으로 내빼고 싶어지는 영화는 아니지. 그만하면 적어도 신선하고, 그 자신의 작품이었고, 대본들의 진부한 유행은 따르지 않았어. 난 정말이지 그가 고향으로 돌아가 재충전을 했으면 좋겠어. 모든 사람이 다 고향으로 갔으면 좋겠어. 난 모든 사람의 인생에서 찬물을 끼얹는 존재가 된 것이 죽도록 지겨워. 맙소사, 너도 헤스와 르세이지가 새로운 쇼에 대해 이야기하는 모습을 봐야 해. 쇼가 아니더라도 무엇이든 새로운 것에 대해. 두 사람은 돼지들처럼 행복해하지, 내가 나타날 때까지는. 그래서 나는 시모어가 사랑했던 장자莊子가 모두에게 경고했던 음울한 인간이 바로 나라는 걸 느껴. '소위 현자라는 인간들이 다리를 절며 나타날 때를 주의하라.'" 그는 가만히 앉아 눈송이가 빙그르 도는 것을 지켜보았다. "난 때로 행복하게 누워 죽고 싶을 때가 있어." 그가 말했다.

프래니는 그 순간 피아노 근처 카펫 위 햇빛에 빛바랜 지점을 응시하면서 뚜렷이 보이게 입술을 움직이고 있었다. "이거 정말 재미있는데, 믿기지 않을지도 모르지만." 그녀의 목소리에 아주 희미한 떨림이 있었기에 주이가 시선을 돌려 그녀를 보았다. 립스틱을 전혀 바르지 않아 그녀의 창백함이 더욱 두드러졌다. "오빠가 말하는 것들이 하나같이 토요일에 내가 레인에게 얘기하려 애썼던 모든 것을 되살아나게 하네. 레인이 나한테 빈정거리기 시작했을 때 말이야. 마티니며 달팽이, 그런 것들 한가운데서. 내 말은 그러니까, 내 생각에 우리는 정확하게 똑같은 것들은 아니더라도 같은 종류의 것들에, 같은 이유로 힘들어하고 있다는 뜻이야. 적어도 그렇게 들려." 바로 그때 블룸버그가 그녀 무릎에서 몸을 일으켰고, 고양이보단 개처럼, 더 좋은 잠자리를 찾아 주변을 맴돌기 시작했다. 프래니는 무심하게, 그럼에도 안내자처럼, 두 손을 블룸버그의 등에 부드럽게 놓으며 말을 이었다. "난 실제로 마치 미친 사람처럼 큰 소리로 내 자신에게 말을 하기에 이르렀었어. 한 번만 더 까다롭게 트집 잡는 비건설적인 말이 네 입에서 나오는 소리가 들린다면 프래니 글래스, 너와 난 이제 끝이야. 진짜 끝이야. 그리고 한동안 나는 그다지 나쁘지 않았어. 적어도 한 달 정도는 누군가 대학물 먹은 티를 내는, 진짜가 아닌 말을 해도, 에고나 그런 것의 악취가 진동하는 말을 해도 최소한 잠자코 있을 수는 있었어. 나는 영화를 보러 가거나 몇 시간이고 도서관에 있거나, 왕정복고 시대 희극 같은 것에 대해 미친듯이 페이퍼를 쓰기 시작했어. 그러면서는 적어도 한동안 내 목소리를 듣지 않는 기쁨을 누릴 수 있었으니까." 그녀가 머리를 설레설레 저었다. "그러다 어느 날 아침, 탕, 탕, 내가 다시 시작한 거야. 나는 무슨 이유에서인지 밤새 잠을 자지 못했는데 여덟시에 불문학 수업이 있었어. 그래서 결국 몸을 일으켜 옷을 입고 커피를 끓여 마시고 캠퍼스 주변을 걷기 시작했어. 원래 하고 싶었던 일은 그냥 자전거를 타고 무지하게 오래 돌아다니는 것이었지만, 내가 자전거 스탠드에서 자전거 꺼내는 소리를—뭔가 항상 넘어지거든—사람들이 들을까봐 걱정이 됐어. 그래서 그냥 문과대학 건물로 가서 앉았지. 나는 앉고 앉아 있다가 마침내 일어서 에픽테토스*의 이야기들로 칠판에 도배를 하기 시작했어. 앞쪽 칠판 전부를 다 채웠어. 나도 내가 에픽테토스에 대해 그렇게 많은 것을 기억하고 있는지 몰랐지. 그러고는 다 지웠어, 다행히도 사람들이 들어오기 전에. 하지만 어쨌든 유치한 행동이었어. 에픽테토스는 내가 그런 행동을 한 걸 알면 틀림없이 날 미워했을 거야. 하지만……" 프래니가 주저했다. "모르겠어. 나는 칠판에 누군가 괜찮은 사람의 이름이 적힌 걸 보고 싶었던 것 같아. 어쨌든 그 일 이후 다시 시작된 거야. 나는 온종일 사람들을 괴롭혔어. 팰런 교수를 괴롭혔고, 전화 통화중 레인을 괴롭혔고, 터퍼 교수도 괴롭혔지. 점점 더 나빠졌어. 심지어는 내 룸메이트까지 괴롭히기 시작했으니까. 오, 맙소사, 불쌍한 베브! 그 애는 내가 이사 나가겠다고 결심해줬으면 하고 바라듯이 나를 쳐다보기 시작했어. 반만이라도 상냥하고 정상적인 새 룸메이트

---

* 로마의 스토아학파 철학자.

가 들어와 평화롭게 지낼 수 있었으면 하는 표정이었어. 정말 끔찍했어! 그리고 최악은 내가 얼마나 지겨운 사람이 되고 있는지 알면서도. 내가 사람들을 우울하게 하고 심지어는 그들의 감정까지 다치게 하고 있음을 알면서도. 그런데도 나 자신을 멈출 수 없었다는 거야! 그냥 사람들을 비판하는 걸 멈출 수가 없었어." 망연자실한 표정으로 그녀가 잠시 말을 멈추고 이리저리 움직이는 블룸버그의 엉덩이를 아래로 눌렀다. "그런데 최악 중의 최악은 수업 시간중에 있었어." 그녀가 결심한 듯 말했다. "수업 시간이 최악이었어. 어땠냐 하면, 내 머릿속에 대학이란 곳은 지구와 이 세상에 보물을 쌓는 일에 헌신하는 또하나의 멍청하고 정신 나간 장소들 중 하나일 뿐이라는 생각이 드는데, 그 생각을 도저히 지울 수가 없는 거야. 보물은 그냥 보물이야. 맙소사. 보물이 돈이거나 물건이거나 심지어는 문화이거나, 아니면 그냥 평범한 지식이라 한들 무슨 차이가 있어? 그 모든 것이 다 내게는 포장지를 벗기면 정확히 같은 것처럼 생각됐고, 아직도 그래! 때때로 나는 지식이—게다가 지식을 위한 지식일 때—그중 최악이라고 생각해. 그게 제일 용서할 수 없지, 확실히." 불안스럽게, 그리고 실제로는 그럴 필요가 없음에도 프래니가 한 손으로 머리를 뒤로 쓸어넘겼다. "어쩌다 한 번이라도, 정말 어쩌다 단 한 번이라도, 지식은 지혜로 이어져야 하고, 그렇지 않으면 그것은 혐오스러운 시간 낭비에 불과하다는, 좀 겉치레로라도 정중한 조그마한 암시라도 있었다면, 내가 그렇게까지 우울해지지 않았을 거라 생각해. 그런데 그런 암시가 전혀 없었어! 원래 지혜가 지식의 목표여야 한다는 것을 대학에서 귀띔으로라도 일러주는 일이 없었다니까. '지혜'라는 말 자체가 언급되는 걸 거의 듣지 못했어! 재밌는 얘기 하나 해줄까? 정말 재밌는 얘기 듣고 싶어? 거의 사 년이나 대학을 다니는 동안, 이건 절대적인 사실이야, 거의 사 년의 대학 생활 동안 내 기억에 '지혜로운 사람'이라는 표현이 사용되는 것을 들은 것은 유일하게 1학년 정치학 시간에서였어! 그런데 그 표현이 어떻게 사용됐는지 알아? 주식시장에서 한재산 모은 후 워싱턴으로 가서 루스벨트 대통령의 자문이 되었다는 어느 훌륭하고 멍청하신 원로 정치인 이야기를 하면서였어. 정말이야! 대학 사 년 동안 기껏! 이런 일이 누구에게나 일어난다는 말은 아니지만, 이 생각을 하면 나는 너무 화가 나서 죽을 것만 같아." 그녀가 말을 멎고는 블룸버그의 비위를 맞추는 데 다시 열중했다. 이제 그녀의 입술은 얼굴색과 거의 구분이 안 갈 만큼 핏기가 없었다. 게다가 아주 미세하게 갈라져 있었다.

주이의 눈길은 지금까지처럼 그녀에게 가 있었다. "네게 묻고 싶은 게 있어, 프래니." 그가 문득 말했다. 그는 다시 책상 위로 몸을 돌리고는 얼굴을 찌푸린 채 눈사람을 흔들었다. "넌 네가 예수기도문으로 뭘 하고 있다고 생각하니?" 그가 물었다. "이게 바로 어젯밤 내가 이해하려고 애쓰던 거야. 네가 나보고 나나 잘 하라고 말하기 전에 말이지. 넌 보물, 그러니까 돈이며 물건, 문화, 지식, 그런 것들을 쌓아올리는 것에 대해 이야기하고 있어. 예수기도문을 수행해나가는 일에서, 내 말 끝까지 들어, 제발, 예수기도문을 수행해나가는 일에서, 너도 일종의 보물을 쌓으려는 것 아냐? 그것 역시 어느 모로 보나 다른 모든 것, 더 물질적인 것들만큼이나 절대적이지 못한 것 아니냐고? 아니면 그것이 기도라는 사실 때문에 완전히 다르다는 거냐? 너는 그러니까, 어느 쪽에 보물을 쌓느냐에 따라, 이쪽이냐 저쪽이냐에 따라 차이가 생겨나게 된다고 생각하는 거냐? 한쪽은 도둑들이 침입할 수 없고, 한쪽은 침입할 수 있고? 그게 차이를 만들어낸다고? 잠깐, 잠깐만, 그냥 좀 내 말을 끝까지 들어." 그는 앉은 채 잠시 유리구 안의 작은 눈보라를 응시했다. 그러고 나서 말했다. "솔직하게 말하자면, 네가 이 기도문에 열중하는 방식에는 나를 소름 끼치게 하는 뭔가가 있어. 네가 기도문 외우는 걸 그만두게 하기 위해 내가 나왔다고 생각하겠지. 나도 그런 건지 아닌지는 모르겠다만, 그건 빌어먹을 논의의 여지가 있는 문제고, 그보다 나는 네가 기도문을 외우는 동기가 도대체 무엇인지 설명해줬으면 좋겠다." 그가 잠시 머뭇거렸지만 프래니가 끼어들 만큼 긴 순간은 아니었다. "단순한 논리로 따지자면 내가 보기에 물질적인 보물, 아니면 지적인 보물을 탐내는 사람과 영적인 보물을 탐내는 사람 사이엔 전혀 아무런 차이가 없어. 네 말처럼 보물이 보물이지 뭐, 젠장. 그리고 내 생각엔 역사상 모든 염세적 성자의 90퍼센트는 나머지 우리와 마찬가지로 기본적으로는 소유욕이 많고 매력이 없었어."

프래니가 목소리에 희미한 떨림을 담은 채 가능한 한 냉담하게 말했다. "내가 말 좀 해도 될까, 주이?"

주이가 눈사람을 내려놓고는 연필 한 자루를 들고 만지작거렸다. "그래, 응. 말해봐." 그가 말했다.

"오빠가 하는 말 다 알아. 그중에 내가 혼자 생각해보지 않은 건 하나도 없어. 오빠 말은 내가 예수기도문에서 뭔가를 원한다는 거잖아. 그래서 나 역시 오빠의 표현을 빌리면 사실은 소유욕이 많다는 거고. 흑담비 코트를 갖고 싶어하거나, 유명해지고 싶어하거나, 그놈의 명성 같은 걸 뚝뚝 흘리며 다니고 싶어하는 사람들처럼. 나도 그런 거 다 알아! 맙소사, 도대체 날 얼마나 멍청이로 생각한 거야?" 그녀의 목소리 속 떨림이 이젠 거의 말에 방해가 될 만큼 커졌다.

"알았으니까 진정해, 진정하라고."

"진정할 수가 없어! 오빠가 날 너무 화나게 하잖아! 오빠는 내가 이 정신 나간 거실에서, 미친듯이 몸무게가 줄고, 베시와 레스를 죽도록 걱정하게 만들고, 온 집을 뒤집어엎으면서 대체 뭘 하고 있다고 생각하는 거야? 내가 기도문을 외우는 동기에 대해 고민할 정도의 생각은 있다고 보지 않아? 나를 짜증나게 하는 게 바로 그거란 말이야. 내가 원하는 것에 대해, 이번 경우는 돈이나 명성, 명예, 그런 것들 대신 깨우침 혹은 평화겠지, 내가 까다롭게 군다고 해서, 내가 다른 사람들과 달리, 자기중심적이고 자기본위적이 아니란 뜻은 아니니까. 내가 더하면 더했지! 그러니까 저명하신 재커리 글래스께서 굳이 내게 그런 말씀 하지 않으셔도 된다고!" 여기서 그녀의 목소리가 완전히 멎었고, 그녀는 다시 블룸버그에게 관심을 쏟기 시작했다. 눈물이, 아마도, 흘러내릴 듯했다, 이미 흐르고 있는 것이 아니라면.

책상에서 주이는 연필을 세게 누르면서 작은 압지의 광고면에 있는 'o'마다 칠하고 있었다. 그는 잠시 그렇게 칠하다가 연필을 잉크병 쪽으로 던졌고, 구리 재떨이 가장자리에 두었던 시가를 집어들었다. 시가는 이제 겨우 5센티미터 정도 남았지만 여전히 타고 있었다. 그는 마치 시가가 공기 없는 세상의 산소호흡기라도 되는 듯이 깊게 빨아들였다. 그리고 나서는 거의 마지못해 다시 프래니 쪽을 건너보았다. "오늘밤에 버디하고 통화할 수 있게 해주면 좋겠니?" 그가 물었다. "누군가와 얘기를 하긴 해야 할 것 같다. 나는 이런 일 잘 못해." 그가 답을 기다리며 그녀를 지그시 바라보았다. "프래니? 어떻게 생각해?"

프래니는 고개를 숙이고 있었다. 손가락으로 털들을 헤치느라 분주한 게, 그녀는 블룸버그의 털에서 벼룩을 찾고 있는 것 같았다. 그녀는 이제 사실 울고 있었지만, 이를테면 부분적이었다. 눈물은 있었지만 소리는 없었다. 주이는 일 분 정도 그녀를 지켜보고 있다가, 딱히 상냥하지는 않지만 성가시게 느끼지 않도록 하면서 말했다. "프래니, 어떻게 할까? 버디 계속 연결해볼까?"

그녀는 고개를 들지 않은 채 머리를 흔들었다. 그녀는 계속 벼룩을 찾고 있었다. 그러다 잠시 후, 그녀가 주이의 질문에 대답했다, 잘 들리지 않게.

"뭐라고?" 주이가 물었다.

프래니가 되풀이해 말했다. "나 시모어와 얘기하고 싶어."

주이는 한동안 그녀를 계속 바라보았다. 다소 길고 아주 아일랜드적인 윗입술에 땀이 한 줄 흐르는 것을 무시한다면, 본질적으로 무표정한 얼굴이었다. 그러다 그가 특유의 갑작스러움을 드러내며 몸을 돌려 다시 'o'에 다시 색칠하기 시작했다. 그러나 거의 즉시 연필을 내려놓았다. 책상에서 일어난 그는—그로서는 다소 느린 동작으로—짧아진 시가를 들고 창가 의자에 한 발을 올려놓는 자세를 재개했다. 키가 더 크고 다리가 더 긴 남자였다면—예를 들어 그의 형들이었다면 그중 누구든—훨씬 더 수월하게 발을 올려놓고, 훨씬 더 수월하게 다리를 늘였을 것이다. 그래도 일단 주이가 발 하나를 올려놓자 댄서의 자세를 유지하는 것 같은 느낌이 나긴 했다.

처음엔 단편적으로, 그러다가 아예 똑바로, 그는 창문 아래 다섯 층 밑 길 건너에서, 한 장면으로 시선을 돌렸다. 작가도, 연출자도, 제작자도 끼어들지 않고 펼쳐지고 있는 연기였다. 꽤 큰 단풍나무 한 그루가—이 거리에서 운이 좋은 쪽에 있는 네댓 그루 중 하나였다—여자사립학교 앞에 서 있었는데, 그 순간 일고여덟 살 정도의 여자아이 하나가 그 나무 뒤에 숨고 있었다. 아이는 짙은 파란색 리퍼 재킷에 빵모자를 쓰고 있었는데 모자는 반 고흐의 〈아를의 방〉에 있던 침대 위 담요와 아주 흡사한 빨간색이었다. 아이의 빵모자는 사실 주이의 위치에서는 물감을 한번 톡 칠해놓은 것처럼 보였다. 아이로부터 4~5미터 떨어진 곳에 아이의 개가, 줄이 달린 초록색 개목걸이를 한 어린 닥스훈트 한 마리가 아이를 찾기 위해 킁킁 원을 그리며 정신없이 맴돌고 있었고, 개줄이 그뒤에서 질질 끌리고 있었다. 헤어짐의 괴로움은 개에게 거의 견딜 수 없는 것이었기에 마침내 주인 아이의 냄새를 맡게 되었을 때에는 아주 긴 시간이 흐른 것만 같았다. 다시 만난 기쁨은 둘 모두에게 아주 큰 것이었다. 닥스훈트는 작게

짖으며, 희열로 춤을 추듯 앞으로 몸을 움찔거렸고, 아이는 마침내 무언가 개에게 큰 소리로 외치며 나무를 두르고 있는 철사 울타리를 서둘러 넘어가 개를 안아올렸다. 아이는 그들만의 은어로 몇 마디 개를 칭찬한 후 개를 내려놓고 줄을 잡았으며, 둘은 즐겁게 서쪽으로 피프스 애비뉴와 센트럴파크를 향해 걸어가며 주이의 시선에서 벗어났다. 주이는 창문을 열고 밖으로 몸을 내밀어 둘이 사라지는 것을 지켜보고 싶은 마음이라도 있는 것처럼, 창유리 사이 가로대에 반사적으로 손을 올렸다. 그런데 그 손엔 시가가 쥐여 있었고 주저하는 사이 시간이 흘러가고 말았다. 그는 시가를 한 모금 빨았다. "젠장." 그가 말했다. "세상엔 좋은 것들도 있어, 진짜 좋은 것들 말이야. 우리 모두 바보 멍청이들이라 딴 길로 새버리지만. 늘, 늘, 늘 주위에서 일어나는 모든 일들을 우리의 형편없고 별 볼 일 없는 에고로 끌어당기면서." 바로 그때, 그의 뒤에서 프래니가 거리낌없이 분방하게 코를 풀었다. 그렇게 섬세하고 연약해 보이는 기관으로부터 예상할 수 없는 상당히 큰 소리였다. 주이가 몸을 돌려, 다소 비판하듯 그녀를 바라보았다.

클리넥스를 여러 장 겹치고 있던 프래니가 그를 쳐다봤다. "음, 미안해." 그녀가 말했다. "코도 못 풀어?"

"끝났어?"

"그래, 끝났어! 맙소사, 무슨 놈의 가족이란 게. 코 한번 푸는 게 목숨 거는 모험이네."

주이가 다시 창문으로 몸을 돌렸다. 그는 잠시 시가를 피우며 눈으로 학교 건물의 콘크리트 벽돌들이 이루는 무늬를 따라가고 있었다. "버디가 이 년 전 내게 뭔가 제법 말이 되는 얘기를 했었어." 그가 말했다. "기억이 나주면 좋을 텐데." 그가 머뭇거렸다. 그러자 그때까지도 클리넥스와 씨름하던 프래니가 그를 쳐다보았다. 주이가 뭔가 기억해내려고 애쓸 때, 그가 머뭇머뭇하는 모습을 보며 그의 형제자매들은 예외 없이 모두 흥미로워했고, 심지어 볼만한 구경거리라고도 생각했다. 그런데 그의 머뭇거림은 거의 늘 겉보기만 그럴 뿐, 대부분의 경우 그가 〈지혜로운 어린이〉에 정규 패널로 출연하던 오 년의 명백한 인격 형성기의 직접적 잔재였다. 당시 그는 진짜 흥미 있게 읽었던, 심지어는 들었던 거의 모든 것을 즉각적으로, 대개는 한 자 한 자 정확히 표현 그대로 인용하는 다소 믿을 수 없는 자신의 능력을 과시하는 대신, 그 프로그램에 나오는 다른 아이들이 하는 것처럼, 눈썹을 찌푸리며 시간을 끄는 버릇을 함양했다. 지금 그는 눈썹을 찌푸리고 있었지만 자신의 오랜 방송 동료인 프래니가 그를 현행범으로 붙잡은 걸 감지한 듯, 그런 상황에서의 관례보다 더 빨리 입을 열었다. "버디가 말했어, 남자는 산기슭에서 목이 잘린 채 누워, 피 흘리며 서서히 죽어갈 수 있어야 한다고. 그리고 만일 예쁜 아가씨나 노부인이 머리 위에 아름다운 항아리를 이고 완벽하게 흔들림 없이 지나간다면, 한 팔로 지탱하며 몸을 일으켜서라도 그 항아리가 안전하게 산꼭대기를 넘어가는지 볼 수 있어야 한다고." 그는 잠시 그 이야기를 되새기더니 가벼운 코웃음을 흘렸다. "버디가 그러는 걸 보고 싶네, 망할 자식." 그는 시가를 한 모금 빨았다. "이 집안 식구들은 죄다 각자의 빌어먹을 종교를 제각각 포장해서 가지고 있어." 그가 어떤 경외감도 담기지 않은 어조로 말했다. "월트가 대단했지. 월트와 부 부한텐 끝내주는 종교 철학이 있었어." 그는 시가를 한 모금 빨았다. 재미있어하고 싶지 않을 때 재미있어하게 된 것을 상쇄하려는 듯이. "월트가 언젠가 웨이커에게 이 집안 식구들은 모두 전생에 수많은 나쁜 업보를 지독하게 쌓은 게 분명하다고 말한 적이 있어. 월트의 이론으로는, 종교적인 삶이란, 그리고 그 삶에 따르기 마련인 온갖 고뇌란, 신에게 이 추한 세상을 창조했다고 비난하는 뻔뻔한 인간들에게 역겨워진 신이 게워낸 토사물이라는 거야."

재미있게 들은 관객의 킥킥대는 웃음소리가 소파에서 들려왔다. "나는 전혀 들은 적이 없는데." 프래니가 말했다. "부 부의 종교 철학은 뭐야? 부 부에겐 그런 게 전혀 없다고 생각했어."

주이는 잠시 잠자코 있다가 말했다. "부 부의 종교 철학? 부 부는 애시 씨가 세상을 만들었다고 확신했어. 『킬버트의 일기』*를 읽고. 킬버트 교구의 어린 학생들에게 세상을 만든 게 누구냐고 물었더니, 그중 한 아이가 대답했어. '애시 씨**가요.'"

프래니가 웃음소리를 내며 즐거워했다. 주이가 뒤돌아 그녀를 바라보았고—예측 불가능한 청년인 그가—매우 무뚝뚝한 표정을 지었다. 갑자기 모든 형태의 경거망동을 삼가려는 것처럼. 그는 창가 의자에서 발을 내린 후 책상 위 구리 재떨이에 시가 꽁초를 놓고는 창가를 벗어났다. 두 손을 뒷주머니에 넣은 채 느릿느릿 방을 가로질러 걷고 있었지만, 어떤 방향을 염두에 두고 있었다. "나 나가야 해. 점심 약속이 있거든." 그렇게 말한 그는 곧 몸을 굽혀 주인다운 시선으로 수조 안을 느긋하게 관찰했다. 그가 손톱으로 끈질기게 유리를 두드려댔다. "내가 오 분만 등을 돌리면 다들 내 블랙몰리들이 죽도록 내버려둔다니까. 대학 기숙사 들어갈 때 데리고 갔어야 했는데. 그 생각을 했었는데."

"오, 주이. 그 얘기 벌써 오 년째야. 새로 좀 사지그래?"

그는 계속해서 수조의 유리를 톡톡 두드렸다. "너희 여대생이란 것들은 다 똑같아. 아주 매정하다니까. 그냥 블랙몰리가 아니

---

* 19세기 영국 목사가 남긴 일기.
** 킬버트의 외할아버지.

었어, 친구. 우리는 아주 친했다고." 그렇게 말하면서 그는 다시 카펫 위에 등을 대고 몸을 길게 뻗었다. 그의 여윈 상체가 1932년형 스트롬버그-칼슨 테이블 라디오와 잡지가 넘쳐나게 꽂힌 단풍나무 잡지꽂이 사이에 다소 꽉 끼게 맞았다. 이번에도 프래니에게는 그의 브로그 신발 바닥과 뒤꿈치만 보였다. 하지만 드러눕자마자 그가 곧장 똑바로 일어나 앉는 통에, 벽장에서 시체가 떨어지는 듯한 섬뜩한 만화 같은 효과를 내며, 그의 머리와 어깨가 갑자기 프래니의 시야에 들어왔다. "아직도 기도를 하고 있는 거야, 응?" 그가 물었다. 그러더니 다시 몸을 젖히며 시야에서 사라졌다. 그러고는 한동안 움직이지 않았다. 그러다 거의 알아들을 수 없을 정도로 강한 메이페어* 억양으로 그가 말했다. "당신과 이야기를 나누고 싶군요, 글래스 양, 잠시 시간이 있으신지요." 그 말에 대한 소파로부터의 응답은 확연히 불길한 침묵이었다. "원한다면 기도문을 외워, 블룸버그와 놀든지, 담배를 피워도 좋고. 하지만 오 분 동안은 침묵을 지켜줘, 친구. 그리고 가능하면 절대 눈물 보이지 않기. 오케이? 알았니?"

프래니는 곧장 대답을 하지 않았다. 그녀는 담요 아래에서 두 다리를 몸 가까이 당겼다. 잠들어 있는 블룸버그도 더 가까이 끌

---

* 런던 사교계.

어당겼다. "알았어." 그녀가 이렇게 말하며, 마치 포위 전 요새에서 교각을 걷어들이듯 다리를 더욱 가까이 끌어모았다. "날 모욕하지 하지 않는다면 무슨 얘기든 해도 좋아. 오늘 아침엔 한바탕할 기분이 아니야. 정말."

"한바탕이라니, 그럴 마음 전혀 없어, 친구. 그리고 내가 전혀 하지 않는 게 있다면 그게 바로 모욕이야." 그의 두 손이 그의 가슴 위에 유순하게 포개졌다. "아, 가끔씩 상황에 따라 좀 퉁명스러워질 수는 있지, 맞아. 하지만 모욕, 그건 절대 아니지. 개인적으로, 난 항상 채찍보다는 당근이 —"

"나 지금 진심이야, 주이." 프래니가 말했다. 거의 그의 신발에게 이야기하듯. "그리고 또 한 가지, 난 오빠가 일어나 앉았으면 좋겠어. 이 근처에서 온갖 지옥문이 다 열릴 때마다 그게 항상 오빠가 지금 누워 있는 바로 그 자리에서 비롯된다는 게 내겐 아주 신기해 보여. 그리고 그 자리에 있는 건 항상 오빠야. 자, 어서, 제발 일어나 앉아줘."

주이가 눈을 감았다. "다행히도 나는 네가 진심이 아니란 걸 알아. 저 마음 깊은 곳에서는. 우리 둘 다 우리 마음 깊은 곳에서는 알고 있지, 이 자리가 이 망할 놈의 유령의 집 전체를 통틀어 남아 있는 유일한 성지 한 뙈기라는 거. 여기는 우연히도 내가 내 토끼들을 두던 곳이기도 해. 그리고 그 토끼들은 성자였어, 두 마리 다. 사실, 녀석들은 독신주의를 지킨 유일한 토끼들―"

"아, 닥치시지!" 프래니가 신경질적으로 말했다. "그냥 시작해, 어차피 할 거면. 내가 부탁하는 건 최소한의 요령을 보여달라는 거야, 지금 내 기분을 고려해서. 그뿐이야. 오빠는 분명 내 평생 본 사람들 중 가장 요령이 없는 사람이니까."

"요령이 없다고! 그럴 리가. 직설적이다, 그건 맞아. 활기차다, 맞아. 혈기 왕성. 지나치게 낙천적, 어쩌면. 하지만 아무도 지금껏 내게―"

"요령 없어! 프래니가 그의 말을 끊었다. 상당히 열을 올렸으나, 한편으로는 재미있어하지 않으려 애쓰고 있었다. "그냥 가끔 한번 아파봐, 그래서 오빠 자신을 병문안 가보라고. 그럼 오빠가 얼마나 요령 없는 사람인지 알게 될 거야! 오빠는 내 평생 아는 사람들 중 누군가 기분이 좋지 않을 때 가장 함께 있기 힘든 사람이야. 심지어 그냥 누군가 감기에 걸렸을 때도 오빠가 어떻게 하는지 알아? 볼 때마다 그 사람에게 싫은 얼굴을 해. 내가 아는 사람 중 오빠는 결단코 가장 매정한 사람이야. 오빠는 그래!"

"알았어, 알았어, 알았다고." 주이가 여전히 눈을 감은 채 말했다. "완벽한 사람은 없어, 친구." 그리고 자연스럽게, 가성으로 소리를 올리는 일 없이 목소리를 여리고 가늘게 내며, 익숙하고 늘 그렇듯 리얼하게 그들 어머니의 목소리를 흉내내며, 프래니에게 몇 마디 충고의 말을 전했다. "열을 받으면 우리는 이 말 저 말 뱉곤 해요, 숙녀분. 진심은 아니고 다음날이면 아주 후회하게 되는 말들이지요." 그리고 나서 즉시 인상을 찌푸리고는 눈을 뜨더니 몇 초 동안 천장을 쳐다보았다. "우선, 너는 내가 기도를 못하게 하려 한다고 생각하는 것 같다. 난 그런 의도 없어. 없다고. 나로서는 네가 남은 평생 소파에 누워 헌법 전문前文이나 외운다고 해도 상관없어. 다만 내가 하려는 말은―"

"시작이 아름답네. 아름다워."

"뭐라고?"

"아, 됐어, 그냥 계속해, 계속하라고."

"내가 하려던 말은, 나는 그 기도에 대해선 아무런 반감이 없다는 거야. 너는 어떻게 생각하든 간에. 기도할 생각을 해본 사람이 네가 처음은 아니야. 언젠가 멋진 순례자 스타일 배낭을 찾으러 뉴욕의 모든 육해군 상점을 돌아다닌 적이 있어. 그 배낭을 빵으로 채우고 이 망할 놈의 나라 전국 곳곳을 걸어다닐 생각이었지. 기도를 하면서. 말씀을 전하면서. 그런 모든 일을 하면서." 주이가 머뭇머뭇했다. "내가 이 얘기를 하는 건, 맙소사, 나도 한때 꼭 너처럼 감정적인 젊은이였다는 것을 보여주기 위해서가 아니야."

"그럼 왜 하는 건데?"

"왜 하냐고? 내가 이 얘기를 하는 건, 네게 하고 싶은 말이 한 두 가지 있기 때문이고, 어쩌면 내가 그런 말들을 할 자격이 안 될 수도 있기 때문이야. 나도 언젠가 기도를 하고 싶은 강한 열 망이 있었지만 실행에 옮기지 않았으니까. 어쩌면 너는 그 일을 시도했다는 것에 좀 질투를 하고 있는지도 모르지. 사실 그럴 확 률이 아주 커. 우선 무엇보다 나는 풋내기 배우야. 어쩌면 다른 누군가는 마리아를 하는데 나는 마르다* 역할을 하는 게 지독하 게 싫은 건지도 모르지. 젠장, 누가 알겠어?"

프래니는 대답하지 않는 편을 택했다. 하지만 그녀는 블룸버 그를 아주 조금 더 가까이 끌어당기며 어색하고 애매하게 조금 안아주었다. 그러고 나서 오빠가 있는 쪽을 건너보며 말했다. "오빠는 브라우니 요정이야. 알고 있었어?"

"그 칭찬은 잠시 보류해둬, 친구. 살다보면 그 말 주워담게 될 지도 몰라. 그래도 내가 여전히 하고 싶은 말은, 난 네가 이 일을 하고 있는 방식이 마음에 들지 않는다는 거야. 내가 그런 말을 할 자격이 있든 없든." 여기서 주이는 멍하니 한 십 초 정도 회칠

---

* 누가복음 10장 38~42절의 내용. 마르다와 마리아는 자매 사이였다. 어느 날 예 수가 그들의 집을 찾았는데, 마리아는 그의 말을 들으며 발치에 있었고, 마르다는 집안일로 분주했다. 마르다는 짜증이 나 예수에게 마리아가 게으르다고 불평하 지만, 예수는 되려 마리아를 칭찬한다.

을 한 천장을 쳐다보고는 다시 눈을 감았다. "우선, 나는 이 카미유 방식이 마음에 들지 않아. 내 말 끊지 마. 지금. 네가 그렇게 무너져내리는 것도 무리가 아니란 것 알아. 연기가 아니라는 것도 알고. 연기라는 뜻이 전혀 아니야. 공감을 호소하는 잠재의식이라고도 생각지 않아. 그 비슷한 것도 아니라는 거 알고. 그래도 나는 여전히 마음에 들지 않아. 베시가 힘들어해, 레스도 그렇고. 그리고 모르는 것 같은데, 넌 독실한 척하는 악취를 풍기기 시작했어. 염병. 이 세상 그 어떤 종교의 그 어떤 기도도 독실한 척하는 것을 정당화해주지 않아. 네가 독실한 척하고 있다는 말은 아니야. 그러니 그냥 가만히 앉아 있어. 내 말은 이 모든 히스테리 소동이 지옥처럼 보기 안 좋다는 거야."

"다 끝났어?" 프래니가 말했다. 눈에 띄게 몸을 앞으로 내민 채 앉아. 그녀의 목소리에 떨림이 돌아와 있었다.

"알았어, 프래니. 그러지 말고. 내 말을 끝까지 듣겠다고 했잖아. 최악의 말은 끝났어. 네게 얘기하려 애쓰는 건, 아니, 애쓰는 게 아니지. 내가 네게 얘기하는 건, 이 일이 베시와 레스에게 부당하다는 거야. 그들에겐 끔찍한 일이야. 너도 알잖아. 너도 알지, 망할, 레스가 어젯밤 자러 가기 전 네게 탄제린 가져다줄 생각을 했다는 거? 맙소사. 베시조차 탄제린 얘기는 못 참아하더라. 나는 말할 것도 없고. 너 계속 이렇게 신경쇠약증 환자처럼 굴 거면 제발 학교로 돌아가서 거기서 해라. 학교에선 이 집안 막내도 뭣도 아니니까. 거기선 분명 아무도 네게 탄제린 가져다 줄 마음을 안 먹을 테니까. 거기선 네가 그 빌어먹을 탭슈즈를 벽장에 고이 모셔두지도 않을 테니까."

이 시점에 이르자 프래니는 눈이 먼 듯이, 하지만 소리는 내지 않고 대리석 커피 테이블 위 클리넥스 상자로 손을 뻗었다.

주이는 이제 멍하니 천장의 회칠 위로 드러나 있는 오래된 루트비어 얼룩을 쳐다보고 있었다. 십구 년 전인지 이십 년 전인지 그가 물총을 쏘아 만든 자국이었다. "그다음으로 내 신경에 거슬리는 건," 그가 말했다. "그것 역시 듣기 좋진 않을 거야. 그래도 거의 다 끝났으니까 조금만 더 참아. 내가 정말 마음에 들지 않는 건, 네가 대학에서 마치 순교자가 거친 옷을 입고 고행하듯 그렇게 변변찮게 혼자만의 생활을 했다는 거야. 네 딴에는 다른 사람들 모두에 대항한답시고 시원찮은 콧물 범벅의 십자군운동을 벌인 거겠지. 네가 생각할지 모르는 그런 의미로 말한 건 아니니까 내 말 끊지 말고 잠시 계속 들어줘. 나는 네가 주로 고등교육 시스템에 총구를 겨누고 있다고 생각해. 따지지 마, 대부분은 나도 너에게 동의해. 하지만 난 네가 하고 있는 일종의 전면적 공격이 싫다. 문제에 대해선 98퍼센트는 너와 같은 생각이지만 나머지 2퍼센트 때문에 두려워 죽겠어. 대학 때 네가 얘기하는 것들과 전혀 들어맞지 않는 교수가 하나 있었어. 딱 한 사람. 그래, 그건 인정할게. 하지만 그는 거물, 아주 거물이었어. 그는 에픽테토스가 아니었어. 그렇지만 병적인 자기중심주의자도 아니었고, 잘난 척하는 교수도 아니었어. 위대하고 겸손한 학자였지. 게다가 강의실 안에서든 밖에서든 그가 진정한 지혜가 아주 조금이라도 담기지 않은 말을 하는 것은 들은 적이 없는 것 같아. 때로는 그 지혜가 아주 큰 것이기도 했고. 네가 너의 혁명을 시작하면 그에겐 무슨 일이 일어날까? 그 생각을 하면 난 견딜 수가 없어. 빌어먹을. 화제를 바꾸자. 네가 비판하고 있는 다른 사람들은 다르지. 그 터퍼 교수라는 사람. 또 어젯밤에 네가 얘기한 멍청이 둘, 맨리어스와 다른 한 명도. 나는 그런 사람들을 수십 명은 봤고, 다른 사람들도 모두 마찬가지일 거야. 그리고 그들이 무해하지 않다는 것에도 동의해. 사실 지옥처럼 치명적이지. 전능하셔서 만지는 모든 것을 순전히 학문적인 것으로, 쓸모없는 것으로 바꾸어버리지. 아니면 더 나쁘게, 신흥종교 같은 것으로 만들거나. 내 생각에 그들이 비난받아야 하는 이유는 특히 무지한 미련퉁이 떨거지들에게 학위를 주고 졸업시켜 해마다 6월이면 전국 곳곳으로 풀어 보내고 있기 때문이야." 여기서 여전히 천장을 쳐다보고 있던 주이는, 얼굴을 찡그림과 동시에 머리를 흔들었다. "하지만 내가 좋아하지 않는 건, 시모어나 버디 둘 다 좋아하지 않았을 것 같은 건, 네가 이들에 대해 말하는 방식이야. 너는 그들이 대변하는 것을 경멸하는 데 그치지 않고 그들 자체를 경멸하지. 그래서는 개인적인 차원의 문제가 되고 말아, 프래니, 정말이야. 예를 들면 이 터퍼라는 사람 얘기를 할 때면 진짜로 네 눈에 작은 살의가 번득여. 강의실에 들어오기 전 화장실에 가서 머리를 헝클어뜨린다는 둥, 그런 모든 것들. 그가 그럴지도 모르지. 네가 그에 대해 얘기해준 다른 모든 것과 잘 맞아떨어지니까. 안 맞는다는 얘기가 아니야. 하지만 그가 자기 머리에 무슨 짓을 하든 그건 네가 상관할 바가 아니라고, 친구. 그의 개인적인 가식이 좀 웃기다고 생각하는 건, 뭐 그래, 네 자유야. 자존감이 부족해서 스스로 한심한 매력거리 하나 만들려고 애쓰는 꼴이 딱하다고 여겨도 좋고. 하지만 네가 그 얘기를 할 때, 나 지금 없는 소리 하는 거 아냐. 너는 마치 그의 머리카락이 너의 개인적인 숙적이라도 되는 것처럼 말했어. 그건 옳지 않아. 너도 그건 알고 있어. 네가 이 제도라는 것과 맞서 전쟁을 벌이고 싶다면 그냥 착하고 지적인 여자로서 총을 쏘라고. 적이 거기 있기 때문이지 네가 그의 머리 스타일이나 망할 넥타이가 맘에 들지 않아서 그러는 게 아니잖아."

침묵이 일 분가량 이어졌다. 그 침묵을 깨뜨린 것은 프래니가 코를 푸는 소리, 나흘 동안 코감기를 앓은 환자를 연상시키며

'꽉 막혔던' 코를 거리낌없이 길게 푸는 소리였다.

"내가 걸린 빌어먹을 위궤양과 똑같은 거라고. 내가 왜 위궤양
에 걸린 줄 알아? 적어도 90퍼센트는 되는 이유인데 혹시 알아?
왜냐하면 내가 생각을 온전히 하지 못할 때, 내가 텔레비전 업계
와 그밖의 모든 것에 대한 내 감정을 개인적인 차원으로 끌어내
리기 때문이야. 나도 네가 하는 그대로 그 짓을 하고 있어. 철들
나이가 됐고." 주이가 잠깐 말을 멎었다. 그는 시선을 여전히 루
트비어 얼룩에 고정한 채 코로 크게 숨을 들이쉬었다. 손가락은
여전히 가슴 위에서 깍지를 끼고 있었다. "마지막으로," 그가 불
쑥 말했다. "이게 널 폭발시킬 것 같지만 나도 어쩔 수 없어. 제
일 중요한 얘기거든." 천장의 회칠을 잠시 살펴보는 것 같더니
그가 다시 눈을 감았다. "너는 기억하는지 모르겠지만 나는 기억
해, 언제였던가 여기서, 친구, 너는 신약성경에 대해 작은 배교
행위를 저질렀어. 몇 킬로미터 떨어진 곳에서도 들릴 정도였지.
그땐 모두들 염병할 군대에 있어서 나 혼자 귀기울여야 했지만.
넌 기억해? 조금이라도 기억하는 거야?"

"난 겨우 열 살이었어!" 프래니가 콧소리로, 다소 험악하게 말
했다.

"네가 몇 살이었는지 나도 알아. 몇 살이었는지 아주 잘 안다
고. 자, 그러지 말고. 그때 얘기를 끄집어내서 널 비난하려는 게

아니야, 이런 젠장. 나름대로 이유가 있어서라고. 내가 이 이야기를 하는 건, 너는 어렸을 때도 예수를 이해하지 못했고, 지금도 이해하지 못하고 있다고 생각해서야. 너는 네 머릿속에서 예수를 다섯 혹은 열 명의 다른 종교적 인물들과 혼동하고 있어. 그래서 나는 네가 누가 누구인지, 무엇이 무엇인지 제대로 알지 못한 상태에서 어떻게 예수기도문을 밀고 나가겠다는 건지 모르겠다는 거야. 넌 네 배교가 어떻게 시작됐었는지 기억은 하고 있어?…… 프래니? 기억해, 아니면 기억 못하는 거야?"

그는 대답을 듣지 못했다. 들려오는 소리라곤 다소 요란하게 코를 푸는 소리뿐이었다.

"난 기억해, 기억한다고. 마태복음 6장. 나는 아주 분명하게 기억하고 있어, 친구. 나는 그때 내가 어디 있었는지도 기억나. 내 방에서 망할 하키 스틱에 미끄럼방지 테이프를 감고 있는데, 네가 문을 쾅 열고 들어왔지, 성경을 펼쳐들고 아주 요란하게. 너는 더이상 예수를 좋아할 수가 없다고 말했어. 군대에 있는 시모어에게 전화해서 그런 얘기를 해도 될지 알고 싶어했어. 네가 왜 예수를 더이상 좋아할 수 없다고 했는지 기억해? 내가 얘기해주지. 왜냐하면 첫째, 너는 그가 유대교 회당에 들어가 책상과 우상들을 죄다 사방에 집어던진 것을 인정할 수 없었어. 아주 무례하고 아주 불필요한 행동이라고. 넌 솔로몬이나 다른 사람이었다면 그런 행동은 하지 않았을 거라 확신했지. 그리고 네가 인정할 수 없었던 또다른 것은 네가 펼쳐든 성경의 이 구절이었어. '공중의 새를 보라. 심지도 않고, 거두지도 않고, 창고에 모아들이지도 아니하되, 너희 하늘의 아버지께서 기르시나니.' 그건 괜찮았어. 그건 아름다웠지. 그건 너도 인정했다고. 하지만 예수가 바로 이어서 한 말 '너희는 이것들보다 귀하지 아니하냐?', 아, 바로 그 구절에서 어린 프래니 마음이 떠난 거지. 바로 거기서 어린 프래니가 성경을 냉정하게 딱 끊고서 곧장 부처에게로, 하늘을 나는 착한 새들을 전혀 차별하지 않는 부처에게로 간 거야. 예전에 우리가 그 호수에서 키웠던 모든 다정하고 사랑스러운 닭과 거위 들도 차별하지 않는 그에게로. 그리고 그때 네가 열 살이었다는 말, 다시는 하지 마. 내가 지금 하고 있는 이야기는 네 나이하고는 아무 상관이 없어. 열 살이든 스무 살이든 큰 차이는 없어, 이 문제에 대해선 열 살이든 여든 살이든 마찬가지지. 넌, 어떤 것을 말했거나 행동했다고 전해지는 것들을 실제로 말하고 행동하는 '예수'는 여전히 어떻게 해도 사랑할 수가 없는 거고, 너 자신도 그걸 알고 있어. 넌 체질적으로 신의 아들이라도 테이블을 집어던지는 이는 사랑할 수도 이해할 수도 없는 거지. 그리고 너는 체질적으로 인간이, 어떤 인간이든, 심지어 터퍼 교수 같은 사람도, 여리고 힘없는 부활절 병아리들보다 신에게 더 소중

하다고 말하는 신의 아들도 사랑하거나 이해할 수 없는 거고."

이제 프래니는 꼿꼿이 일어나 앉아 주이의 목소리가 들리는 쪽을 똑바로 보고 있었다. 한 손엔 클리넥스 뭉치를 쥐고 있었고, 블룸버그는 더이상 그녀의 무릎 위에 있지 않았다. "오빠는 그럴 수 있겠지." 그녀가 날카로운 목소리로 말했다.

"내가 그럴 수 있는지 없는지가 요점이 아니잖아. 어쨌든, 그래, 사실 난 그럴 수 있어. 내 얘기를 할 생각은 없지만, 최소한 나는 의식적으로든 아니든 더 '사랑할 만한' 대상으로 삼기 위해 예수를 아시시의 성 프란체스코*로 만들려 애쓰지는 않았어. 크리스천 세계의 98퍼센트가 그렇게 해야 한다고 늘 주장하는 일이지만. 그래서 내가 잘났다는 것은 아니고. 난 그저 성 프란체스코 타입에 끌리지 않을 뿐이야. 하지만 너는 끌리지. 그리고 내 생각으론, 그것도 네가 이 작은 신경쇠약 증세를 일으키는 이유 중의 하나야. 특히 네가 집에서 증세를 보이는 이유이기도 하고. 이 집은 널 위해 모든 것이 최적화된 곳이지. 서비스가 좋고, 뜨거운 유령에서 차가운 유령까지 수도꼭지를 틀기만 해도 다 나와주시니까. 이보다 더 편리한 장소가 또 어디에 있겠어? 넌 여기서 기도를 할 수 있고, 예수와 성 프란체스코와 시모어와 하이

---

* 13세기 교회개혁운동을 이끈 로마가톨릭교 수도사.

디의 할아버지를 모두 하나로 합쳐 굴릴 수도 있지." 주이의 목소리가 아주 잠깐 멈췄다. "모르겠어? 네가 얼마나 모호하게, 얼마나 물렁하게 세상을 바라보고 있는지 모르겠냐고! 맙소사, 너는 저급한 것이라곤 절대로 없는 아이인데, 지금 이 순간 온통 저급한 생각에 빠져 있잖아. 기도하는 방식이 저급한 종교일 뿐 아니라, 네가 알든 모르든, 저급한 신경쇠약 증세도 보이고 있어. 진짜 신경쇠약 발작을 몇 번 본 적이 있는데 그 사람들은 굳이 어떤 장소를 고르고 선택해서 그러지는 않았거든, 자기들이 생각하기에―"

"제발 그만해, 주이! 그만하라고!" 프래니가 흐느끼며 말했다.

"그렇게, 일 분, 일 분이면 돼. 그런데 너는 왜 그렇게 허물어져버린 건데? 그렇게 힘껏 허물어져버릴 수 있다면 왜 그 힘을 자신을 제대로 열심히 지탱하는 데 쓰지 못하는 거냐고! 그래, 내가 부당하게 굴고 있다는 거지. 지금 내가 아주 부당하게 군다는 거지. 하지만, 맙소사, 넌 지금 거의 없이 타고난 내 인내심을 시험하고 있구나! 넌 대학 캠퍼스를, 세상을, 정치를, 여름 공연 한 시즌을 보고, 멍청한 대학생들의 대화를 듣고, 아주 쉽게 결론을 내렸지. 모든 것이 에고, 에고, 에고라고. 여자애가 해야 할 유일하게 지성적인 일은 드러누워 머리 깎고 예수기도문을 외우며, 훈훈하고 행복한 기분을 느끼게 해줄 신비한 작은 경험을 내려달라고 신에게 비는 거라고 말이야."

프래니가 악을 썼다. "제발 입 좀 닥쳐줄래?"

"일 초, 일 초면 돼. 넌 계속해서 에고 얘기를 하고 있어. 맙소사, 무엇이 에고이고 무엇이 에고가 아닌지 결정하려면 그리스도가 직접 와야 될 거야. 이건 신의 우주야, 친구, 네 우주가 아니라. 그리고 무엇이 에고이고 무엇이 에고가 아닌지에 대한 최종 결정권은 그에게 있어. 네가 그렇게 사랑하는 에픽테토스는? 아니면 네가 사랑하는 에밀리 디킨슨은? 넌 네 에밀리가, 시를 쓰고 싶은 충동을 느낄 때마다, 자기의 고약하고 자기중심적인 충동이 사라질 때까지 자리에 앉아 기도하기를 원하는 거냐? 아니, 당연히 아니지! 그렇지만 넌 네 친구 터퍼 교수의 에고는 없어져주길 바라고 있지. 그건 다르다고? 어쩌면 그럴지도 모르지. 어쩌면 그럴지도 몰라. 하지만 그렇게 하나로 뭉뚱그려서 에고에 대해 악을 쓰지 말라고. 내 생각엔, 네가 내 생각을 정말 알고 싶다면, 이 세상의 고약함 절반은 자신의 진정한 에고를 쓰고 있지 않은 사람들 때문에 생기는 거다. 터퍼 교수란 사람도 그래. 네가 그 사람에 대해 얘기하는 걸 듣고 판단해보자면, 나는 그가 쓰고 있는 것이, 네가 그의 에고라고 생각하는 것이, 실은 에고가 아니라 다른 어떤 것, 훨씬 더 역겹고 훨씬 덜 근본적인 기능이라고 거의 장담할 수 있어. 맙소사, 너도 그 정도 파악할 만큼은 학교를 오래 다니지 않았니. 무능력한 교사들을, 혹은 이 문제에 있어선 대학 교수들을 한 꺼풀 벗겨내봐, 절반의 경우는 쫓겨난 1급 자동차 정비공이나 빌어먹을 석공일 테니. 르세이지를 예로 들어보지. 내 친구이자, 내 고용인이자, 내 매디슨 애비뉴의 장미. 너는 그가 텔레비전 업계에서 일할 수 있게 된 것이 그의 에고 때문이라고 생각하니? 잘도 그렇겠다! 그에겐 더이상 에고 같은 거 없어, 설사 예전엔 있었대도. 그는 에고를 갈래갈래 찢어 여러 개의 취미로 나누었지. 그에겐 내가 아는 것만 해도 취미가 적어도 세 개는 있고, 그 취미들은 전부 그의 지하실에 있는 전동공구며 바이스 같은 것들로 가득한 만 달러짜리 커다란 작업실에서 하는 것들이야. 자신의 에고를, 자신의 진짜 에고를 진짜 쓰는 사람은 누구도 빌어먹을 취미 생활을 할 시간이 없어." 주이가 갑자기 말을 멈췄다. 그는 눈을 감고 가슴 위 셔츠에 올린 손을 상당히 단단하게 깍지 끼고 여전히 누워 있었다. 하지만 이제 그는 그의 얼굴을 별해, 의도적으로 고통에 찬 표정으로 바꾸었다. 분명 자기비판의 한 형태였다. "취미." 그가 말했다. "어쩌다 이야기가 취미 쪽으로 흐른 거지?" 그는 잠시 가만히 누워 있었다.

프래니의 흐느낌이, 새틴 쿠션으로 입을 가려 어느 정도 죽은 그 소리만이 거실에서 들리는 유일한 소리였다. 블룸버그는 이제 피아노 아래 햇빛의 섬 위에 앉은 채 마치 그림처럼 자기 얼굴을 닦고 있었다.

"늘 무겁기만 하지."* 주이가 좀 지나치게 무감정하게 말했다. "내가 무슨 말을 하든 마치 네 예수기도문을 훼손하는 것처럼 들리네. 그런데 그건 아니거든, 이런 젠장. 온전한 내 입장은 네가 왜, 어떻게, 어디서 그 기도를 하고 있는가에 반대한다는 거야. 나도 내가 설득될 수 있으면 좋겠어. 네가, 네 삶의 의무가, 젠장, 무엇이든, 네 삶의 의무 대신으로 혹은 매일의 의무 대신으로 기도를 하고 있는 게 아니라고 말이야. 그렇지만 그보다 더 나쁜 건, 나는 알 수가 없다, 신에게 맹세컨대 정말 알 수가 없어, 어떻게 네가 이해조차 못하는 예수에게 기도를 할 수 있는지 말이야. 그리고 정말 용납할 수 없는 건, 너도 나 못지않은 양의 종교 철학을 억지로 주입받았다는 걸 고려할 때 정말이지 용납이 안 되는 건, 넌 그를 이해하려 노력하지 않는다는 거다. 네가 그 순례자처럼 아주 단순한 사람이거나, 혹은 빌어먹게도 아주 절박한 사람이었다면 그래도 변명이 되었겠지. 하지만 넌 단순하지 않아, 친구, 빌어먹게 절박하지도 않고." 바로 그때, 누운 후 처음으로

---

* "늘 무겁기만 하고 절대 영웅은 못 된다." 오페라 가수 레너드 워런이 바리톤 성악가에 대해 한 말.

주이가, 눈은 여전히 감은 채 입술을 앙다물었다. 아주 꼭, 굳이 덧붙이자면, 그의 어머니 특유의 습관처럼. "젠장, 프래니, 예수 기도문을 외울 거면 적어도 예수에게 해, 성 프란체스코와 시모어와 하이디의 할아버지를 하나로 뭉뚱그린 것에 하지 말고. 기도를 할 때 머릿속에서 그를 생각해, 오직 그만을, 있는 그대로의 그를, 그가 그랬더라면 하고 네가 바라는 모습 말고. 너는 어떤 사실과도 직면하지 않아. 사실을 직면하지 않는 그 빌어먹을 태도가 바로 애초에 네 정신 상태가 엉망이 된 원인이야. 그런 태도로는 네 상태에서 빠져나올 수가 없어."

주이가 불쑥 두 손을 이젠 상당히 젖어 있는 얼굴 위로 올려 잠시 그대로 있더니 곧 손을 내렸다. 그러고는 다시 손을 포갰다. 이어진 그의 목소리는 거의 완벽하게 다시 대화조였다. "나를 당황하게 하는 것은, 정말 당황스럽게 하는 것은, 어째서 모두들—어린아이나 천사, 그 순례자처럼 운좋은 얼간이는 빼고—신약성경에서 보이고 들리는 방식과는 조금 다른 '예수'에게 기도를 하고 싶어하냐는 거다. 맙소사! 그는 성경에서 가장 지적인 인물이니, 그걸로 된 거다. 그와 어깨를 겨룰 자가 누가 있어? 누가! 구약과 신약 모두 현자, 예지자, 제자, 가장 아끼던 아들들, 솔로몬들이며 이사야들, 다윗들, 바울들로 가득하지만, 맙소사, 예수 외에 정말 제대로 꿰뚫는 이가 누가 있었어? 없었어. 모세도 아니야. 모세 얘기는 하지 마. 선량한 사람이었고 그의 신과 아름답게 접촉했지만 그뿐이야. 그런데 바로 그게 핵심이야. 그는 접촉을 해야만 했어. 한편 예수는 알고 있었지. 신과의 분리라는 것은 없다는 사실을." 주이가 두 손을 마주쳤다. 딱 한 번, 큰 소리를 내지는 않고, 분명 자신도 모르게. 그의 두 손은 거의 손뼉 소리가 나기도 전에 다시 가슴 위에 포개졌다. "아, 정말, 놀라운 정신이야!" 그가 말했다. "예를 들면, 빌라도가 대답을 요구했을 때 그렇게 입다물고 있었을 사람이 또 누가 있겠어? 솔로몬은 아니지. 솔로몬 얘기는 하지 마. 솔로몬이었다면 몇 마디 함축적인 말을 했을 거야. 소크라테스 역시 대답하지 않았을지는 확신할 수 없어. 크리톤*이나 누가 있었다면 소크라테스를 옆으로 잠시 데리고 가서 기록에 남을 잘 선택된 몇 마디를 얻었을지도 모르지. 하지만 무엇보다, 다른 어떤 것보다, 예수를 제외하면, 천국이 늘 우리와 함께, 우리 안에 있다는 것을, 우리 모두 어리석고 감상적이고 상상력이 부족해서 그걸 보지 못한다는 것을 성경에서 도대체 누가 알고 있었어, 누가 알고 있었냐고. 그런 것을 알 수 있으려면 신의 아들이어야 하지. 너는 왜 이런 것들에 대해서

---

* 소크라테스의 친구로, 소크라테스와 크리톤이 정의에 대해 나눈 대화를 플라톤이 기록한 책이 『크리톤』이다.

는 생각하지 않지? 진심으로 하는 얘기야, 프래니. 진지하게 하는 말이라고. 네가 예수를 정확히 있는 그대로를 보지 않는다면 그건 예수기도문의 핵심 전체를 놓치는 거야. 그리고 네가 예수를 이해하지 못하면 너는 예수기도문도 이해할 수 없어. 기도문을 이해할 수 없다고. 네가 하는 건 그저 정돈된 헛소리일 뿐이야. 예수는 지독하게 중요한 임무를 맹세코 최고로 능숙하게 해낸 숙련가야. 시간이 여유로워 찬가를 몇 개 만들고, 새들에게 설교를 하고, 프래니 글래스의 마음에 쏙 드는 사랑스러운 일들을 한 성 프란체스코가 아니라고. 나 지금 진지하다고, 빌어먹을. 넌 어떻게 그런 걸 놓칠 수 있어? 만일 신이 신약에서의 임무에 성 프란체스코같이 일관되게 마음을 끄는 인물을 원했다면 성 프란체스코를 선택했겠지, 분명히. 그런데 실제로는, 그가 선택할 수 있는 가장 뛰어나고, 가장 똑똑하고, 가장 자애롭고, 가장 덜 감상적인, 모방과 가장 거리가 있는 지도자를 선택했어. 네가 그런 것을 놓치고 보지 못한다면, 내 확언하건대, 너는 예수기도문의 핵심 전체를 놓치고 있는 거다. 예수기도문에는 하나의 목표가, 하나의 목표만이 있어. 그 기도문을 외우는 사람에게 '그리스도 의식'을 부여하는 것이지. 작고 아늑하고 신성해 보이는 밀회 장소를 만들어, 거기에 끈적끈적하고 아름답고 숭고한 유명인을 둬, 너를 두 팔로 감싸안고, 너를 의무로부터 해방시키고, 네 고약한 감상적 염세 감정*과 터퍼 교수를 이 세상에서 쫓아내 두 번 다시 못 돌아오게 만드는 게 목표가 아니란 말이야. 그리고 맹세코, 네가 만약 그런 것을 놓치지 않고 보기에 충분한 지적 능력을 갖추었는데도, 실제로 갖추었고, 그런데도 그것을 보기를 거부한다면, 그렇다면 너는 기도문을 오용하는 것이다. 기도문을 이용해 인형과 성자로 가득한, 터퍼 교수 같은 이들이 없는 세계를 요구하는 것이지." 그는 갑자기, 거의 미용체조를 하듯 민첩하게 몸을 일으키며 벌떡 일어나 앉아 프래니를 쳐다보았다. 그의 셔츠가, 상투적으로 표현하면 짤 수 있을 만큼 젖어 있었다. "만일 예수가 그 기도문이 그런 식으로 쓰이도록 의도했다면—"

주이가 말을 멈췄다. 소파 위에서 얼굴을 아래로 두고 엎드린 자세로 있는 프래니가 보였고, 아마도 처음으로, 부분적으로만 새어나오는 그녀의 고통에 겨운 소리가 들렸던 것이다. 순간 그의 낯빛이 창백해졌다. 프래니의 상태에 불안하여 창백해진 것이고, 추측건대, 변함없이 역겨운 냄새를 피우며 실패가 갑자기, 실내를 가득 채웠기 때문이었다. 그런데 그의 창백함은 기이하게도 아주 기본적인 하얀색이었다. 그러니까, 죄책감이라든가 절망적인 뉘우침의 녹색이나 황색이 섞여 있지 않았다. 그보다

---

* 원문은 독일어로 Weltschmerzen.

는 동물을, 모든 동물을 미치도록 사랑하는 어린 소년이, 자기가 주는 생일선물이 담긴 상자를, 자기가 제일 좋아하는 누이가 열어보고 짓는 표정을 본듯, 핏기 가신 얼굴이었다. 토끼를 사랑하는 누이가 상자 안에서 발견한 것은 목에 빨간 리본을 어색하게 맨, 갓 잡은 어린 코브라였던 것이다.

그는 일 분을 꽉 채워 프래니를 응시하고는 자리에서 일어섰다. 평소답지 않게, 균형을 잃은 부자연스러운 동작이었다. 그는 아주 느릿느릿 방 저편에 있는 어머니의 책상으로 갔다. 책상 앞에 선 그는 자신이 왜 그리로 갔는지 전혀 알지 못하는 것 같았다. 그는 책상 위에 있는 물건들을, 'o'들을 색칠해놓은 압지며 시가 꽁초가 있는 재떨이 등을 낯설게 바라보다 몸을 돌려 다시 프래니를 보았다. 흐느낌은 조금 잦아들었거나 잦아드는 듯했지만 얼굴을 아래로 하고 엎드려 고통스러워하는 가련한 자세는 여전했다. 한 팔이 몸 아래로 꺾인 채 몸과 소파 사이에 끼여 있어 아프지는 않더라도 분명 몹시 불편해 보였다. 주이는 그녀에게서 시선을 돌렸다가 곧 의연히 다시 그녀를 향했다. 그는 손바닥으로 이마를 잠시 훔치고는 주머니에 손을 넣어 닦은 후 말했다. "미안하다, 프래니. 정말 미안하다." 그러나 이 정중한 사과는 프래니의 흐느낌을 재개시키고 증폭시킬 뿐이었다. 그는 그녀에게 시선을 고정하고 십오 초, 이십 초 정도 바라보았다. 그런 다음, 복도로 나가면서 등 뒤에서 거실 문을 닫았다.

거실을 나서자마자 갓 칠한 페인트 냄새가 제법 강하게 느껴졌다. 복도는 아직 페인트를 칠하지 않았지만 원목 바닥 전체에 신문지들이 깔려 있었고, 주이가 첫걸음을 내딛자—주저하며 거의 멍한 상태로—고무 뒷굽이 스포츠 면에 있는, 35센티미터짜리 민물송어를 들고 있는 야구 선수 스탠 뮤지얼의 사진 위에 자국을 남겼다. 대여섯번째 걸음에 그는 침실에서 나오던 어머니와 거의 부딪칠 뻔했다. "나간 줄 알았는데!" 그녀가 말했다. 그녀는 세탁해서 갠 면 침대보 두 벌을 들고 있었다. "현관문 소리가 들린 것—" 그녀가 말을 멈추고는 주이의 모습을 전체적으로 살폈다. "그게 뭐니? 땀이니?" 그녀가 물었다. 그러나 대답을 기다리지 않고 주이의 팔을 잡고는—마치 빗자루를 들듯 가볍게 낚아채다시피—갓 페인트를 칠한 그녀의 침실에서 흘러나오는 환한 빛 속으로 이끌었다. "정말 땀이구나." 그녀의 어조에는 마치 주이의 모공에서 원유라도 솟아나는 것처럼 놀라움과 질책이 담겨 있었다. "아니, 도대체 뭘 하고 있었던 거냐? 막 목욕을 했었잖니. 도대체 뭘 하고 있었던 거냐?"

"나 늦었어요, 뚱보 아줌마. 어서요. 비켜요." 주이가 말했다. 필라델피아식 서랍장 하나가 복도로 나와 있어서 그것이 글래스 부인의 몸과 함께 주이의 길을 막고 있었다. "이 무지막지한 걸 누가 여기 내놓은 거야?" 그가 서랍장을 흘깃 보며 말했다.

"왜 그렇게 땀을 흘리고 있는 거니?" 글래스 부인이 처음엔 셔츠를, 그러고는 그를 처다보며 물었다. "프래니와 이야기를 한 거니? 좀 전에 어디에 있었던 거니? 거실?"

"네, 네, 거실이요. 그리고 내가 어머니라면 잠시 들여다보겠어요. 울고 있거든요. 어쨌든 내가 나올 땐 그랬어요." 그가 그녀의 어깨를 톡톡 두드렸다. "자, 어서요. 정말이에요. 비키세—"

"울고 있다고? 또? 왜? 무슨 일이 있었던 거냐?"

"나도 몰라요, 젠장. 내가 걔 곰돌이 푸 책을 숨겼거든요. 어서요, 베시, 옆으로 비켜서요, 제발요. 나 늦었어요."

글래스 부인은 여전히 그를 뚫어지게 바라보며 그가 지나가도록 했다. 그리고 거의 동시에 재빨리 거실로 들어가며 아주 짧은 순간 어깨 너머로 말을 던졌다. "그 셔츠 갈아입어라!"

주이는 그 말을 들었는지 어쨌는지 아무런 반응을 보이지 않았다. 복도 제일 끝에서 그는 한때 쌍둥이 형들과 함께 쓰던, 1955년인 지금은 혼자 사용하고 있는 침실로 들어갔다. 하지만 그 방에는 이 분 이상 머물지 않았다. 방에서 나왔을 때 그는 여전히 땀에 젖은 그 셔츠 차림이었다. 하지만 그의 모습에는 사소한, 그러나 꽤 뚜렷한 변화가 있었다. 그는 방에서 가지고 나온 시가에 불을 붙였다. 그리고 무슨 이유에서인지, 아마 비나 우박 혹은 유황을 피하려는 것처럼, 하얀 손수건을 펼쳐 머리에 쓰고 있었다.

그는 곧장 복도를 가로질러 가장 나이 많은 두 형이 함께 쓰던 방으로 들어갔다.

거의 칠 년 만에 처음이었다. 주이가 시모어와 버디의 예전 방에, 흔한 드라마적 표현을 쓰자면, '발을 디딘' 것은. 이 년 전 그가 엉뚱한 곳에 놓고 잊어버렸거나 '도둑맞은' 테니스 라켓 고정틀을 찾느라 아파트 전체를 훑고 다녔던 일이 있긴 했지만, 그건 완전히 무시해도 좋을 작은 예외였다. 그는 열쇠가 없어서 잠그지 못해 못마땅해하는 표정으로, 최대한 문을 꼭 닫았다. 그는 일단 들어온 다음에는 방안에 거의 시선을 던지지 않았다. 대신 몸을 돌려 방문 뒤에 단단하게 못으로 박혀 있는, 한때는 눈처럼 희었던 메모 보드를 찬찬히 바라보았다. 그것은 상당히 커서 거의 문짝만큼이나 길고 넓었다. 순백의 매끈하고 넓은 표면은 한때 애처로이 먹물과 블록체 글씨를 갈구했을 것 같았다. 그리고 그것은 분명 헛된 갈망이 아니었다. 보드에는 세계의 다양한 문학작품을 인용한 문구들이 우아해 보이는 네 개의 세로 단을 이루며 빈틈없이 구석구석 장식하고 있었다. 글씨는 작았지만 짙은 검은색에 열정을 담아 쓴 것이라 읽기 쉬웠고, 군데군데 아주 약간 뽐내는 느낌도 없지 않았으나, 얼룩도 지운 자국도 없었다.

심지어 보드의 아랫부분에서도. 거의 문지방까지 내려가도 그런 섬세한 장인정신의 꼼꼼함은 덜해지지 않았다. 그 부분에서는 분명 두 사람이 교대로 배를 대고 엎드려 글씨를 쓴 것이 분명했다. 인용 문구나 작가를 어떤 카테고리나 그룹으로 묶으려는 시도는 전혀 보이지 않았다. 그래서 인용문을 위에서 아래로, 한 단 한 단 읽어내려가다보면, 마치 수해 지역에, 이를테면 파스칼과 에밀리 디킨슨이 야하지 않게 함께 잠을 잤고, 소위 말해서 보들레르와 토마스 아 켐피스의 칫솔들이 나란히 걸려 있는 그런 지역에 설치된 긴급상황실 안을 걷고 있는 기분이었다.

주이는 가까이 다가서서, 왼쪽 세로 단 제일 윗부분에서 시작해 아래로 읽어내려갔다. 그의 얼굴 표정을 보면, 아니 표정 없는 얼굴을 보면, 기차역 승강장 광고판 앞에서 닥터 숄의 구두 패드 광고를 읽으며 시간을 죽이고 있는 사람처럼 보일 수도 있었다.

당신에게는 일할 권리가 있다. 그러나 그것은 오직 그 일의 가치를 위해서다. 그 일의 열매에 대해 당신은 어떤 권리도 없다. 일의 열매에 대한 욕망이 일을 하는 동기가 되어서는 안 된다. 나태함에 져서도 안 된다.

하나하나의 행동을 할 때마다 지고하신 신께 마음을 쏟으

라. 그 열매에 대한 집착을 끊으라. 성공과 실패에 일희일비하지 말라(글씨를 쓴 사람 중 하나가 밑줄을 그어놓았다). 이러한 평정이 바로 요가의 의미이기 때문이다.

결과물에 대한 초조함으로 행하는 일은 그런 초조함 없이 스스로를 포기함으로써 오는 평온 속에 행하는 일보다 훨씬 열등하다. 브라만의 지식에서 피난처를 구하라. 결과물을 위해 이기적으로 일하는 자들은 불행하다.

_『바가바드기타』

일어날 일은 일어나게 되어 있다.

_마르쿠스 아우렐리우스

오 달팽이
올라라 후지 산,
느릿느릿!

_고바야시 잇사

신을 이야기할 때, 신격神格의 존재를 부정하는 이들이 있다. 존재는 하지만 발분하지도 관여하지도 않으며, 무엇에 대해서도 사전 숙고하지 않는다고 하는 이들도 있다. 세번째 부류는 신격이 존재하고 사전 숙고도 하지만 위대한 것, 천국에 관한 문제에만 그러하며 지상의 일에는 그러하지 못한다고 본다. 네번째 사람들은 천국의 일들과 마찬가지로 지상의 일들에도 그러하지만 일반적일 뿐 각 개인의 일들에 대해서는 그러하지 못한다고 본다. 다섯번째 사람들은, 그들 중엔 오디세우스와 소크라테스도 있는데, 이렇게 외친다. "내 움직임에 대해 당신이 모르는 것은 없습니다!"

_에픽테토스

모르는 사이였던 남자와 여자가 동쪽으로 돌아가는 기차에서 함께 이야기를 하게 될 때, 사랑의 대상이 될 사람과 절정은 찾아온다.

"어서요." 크루트 부인이 말했다. 그녀가 바로 그 사람이다. "그랜드캐니언은 어땠어요?"

"그냥 동굴이더군요." 동반한 남자가 대답했다.

"아주 재미있게 표현하는군요!" 크루트 부인이 말했다. "이제 내게 뭔가 연주해줘요."

_링 라드너, 「단편소설 쓰는 법」

신은 사상이 아닌 고통과 모순으로 마음을 가르친다.

_장피에르 드 코사드

"아버지!" 하고 외치며 키티는 두 손으로 그의 입을 막았다.

"알았다, 이야기하지 않으마!" 그는 말했다. "나는 정말, 정말…… 기쁘…… 아아! 나는 어쩌면 이렇게 바보처럼……"

그는 키티를 끌어안고 그녀의 얼굴과 손에, 또다시 얼굴에 입맞춤하고 그녀에게 성호를 그어주었다.

그리고 키티가 오랫동안 부드럽게 아버지의 투실투실한 손에 입맞춤하는 것을 보자, 지금까지는 남이었던 이 노공작에 대한 새로운 애정이 별안간 레빈의 마음을 사로잡았다.

_『안나 카레니나』

"선생님, 우리는 사람들에게 사원에서 우상과 그림을 숭배하는 것이 잘못임을 가르쳐야 합니다."

라마크리슈나: "너희 캘커타 사람들은 그런 식이다. 가르치고 설교하고 싶어하지. 자신이 거지면서도 많은 돈을 주고 싶어하고…… 신이 자신이 우상과 그림으로 숭배받고 있다는 것을 모른다고 생각하는가? 숭배하는 이들이 혹여 실수를 할 때 그들의 마음속을 꿰뚫지 못할 것이라 생각하는가?"

_『스리 라마크리슈나의 복음』

"우리와 함께하고 싶지 않나?" 최근에 자정이 지나 사람들이 거의 떠나고 없는 어느 커피집에서 혼자 있는 나를 우연히 본 한 지인이 내게 물었다. 나는 대답했다. "아니, 그러고 싶지 않네."

_카프카

사람들과 함께 있는 행복.

_카프카

성 프란체스코 살레시오의 기도: "네, 아버지시여! 네, 또한 언제나, 네!"

서암이 매일 자신을 불렀다. "주인아."
그러고 자신이 대답하였다. "네."
그러고 그가 덧붙였다. "늘 냉철하거라."
다시 그가 대답했다. "네."
"그러고 나서는 다른 이들에게 속지 마라." 그가 말했다.
"네, 알겠습니다." 그가 대답했다.

_『무문관無門關』

메모 보드의 글씨가 아주 작았기에 여기까지 읽어도 위에서 5분의 1 정도밖에 안 되었다. 주이는 무릎을 구부리지 않고도 그 세로단을 오 분 정도 더 계속 읽을 수 있었다. 하지만 그는 읽지 않기로 했다. 갑작스럽지는 않게 그가 문에서 돌아섰다. 그는 시모어의 책상으로 가 마치 매일 하는 일인 양 등받이가 곧은 작은 의자를 빼 자리에 앉았다. 그러곤 책상 오른쪽 가장자리에 불이 붙은 끝이 바깥으로 향하도록 시가를 놓고, 팔꿈치를 괴고 몸을 앞으로 기울여 두 손으로 얼굴을 감쌌다.

그의 뒤쪽 왼편에는 반쯤 내린 블라인드 위로 커튼이 드리운 창문 두 개가 마당을 향해 나 있었다. 여자 청소부들과 식료품 배달 소년들이 하루종일 음울하게 지나다니는, 벽돌과 콘크리트 계곡 같은 곳으로, 그림 같은 풍경은 전혀 아니었다. 이 아파트에서 세번째로 큰 침실이라 불릴 수 있을 이 방은 다소 전통적인 맨해튼 아파트 기준으로 보면 햇빛도 들지 않았고 크지도 않았다. 글래스 집안 아들들 중 가장 나이가 많았던 둘인 시모어와 버디가 이 방을 쓰기 시작한 것은 1929년, 각각 열두 살과 열 살 때였고, 그들이 스물세 살과 스물한 살이 되었을 때 이 방을 떠났다. 가구 대부분은 단풍나무 '세트'로 이루어져 있었다. 소파 겸용 침대 두 개, 침대 옆에 놓는 탁자 하나. 어린이용처럼 작고 무릎이 끼이는 책상 두 개, 거울이 달린 키 큰 서랍장 두 개, 소형

안락의자 두 개 등이었다. 지독하게 낡은, 조그만 가정용 오리엔
탈 양탄자 세 장이 바닥에 깔려 있었다. 방안의 나머지 물건은
과장이 아니라 거의 책이었다. 언젠가 가져가려던 책들. 영원히
이곳에 남겨진 책들. 이것들을 어떻게 해야 할지 모르는 책들.
오로지 책, 책이었다. 방의 삼면에 줄지어 선 키 큰 책장들은 책
들로 차고 넘쳤고, 넘쳐난 책들은 바닥에 무더기로 쌓여 있었다.
걸어다닐 여유 공간은 전혀 없었고 간신히 발 디딜 정도의 여백
만이 남아 있었다. 칵테일파티 묘사에 소질 있는 사람이 이 방을
보았다면 한번 흘깃하고서도 열두 살짜리 변호사나 연구자 두
사람이 고군분투하며 살았던 곳으로 보인다고 했을 것이다. 실
제로, 지금 남아 있는 읽을거리들을 꽤 세심하게 살펴보지 않는
이상, 이전 거주자들이 대부분 어린아이용 치수의 가구들이 놓
인 이 방에서 투표권이 있는 나이까지 지냈다는 사실을 보여줄
만한 별다른 흔적은 거의 없었다. 물론 버디의 책상 위에 전화—
바로 그 논란의 중심이 된 개인 전화—한 대가 놓여 있고, 두 책
상 모두 담뱃불에 탄 자국들이 많이 있긴 했다. 그러나 다른, 더
뚜렷한 성인의 흔적—와이셔츠 단추나 소맷부리 단추 상자, 벽
의 사진, 증거가 될 만한 서랍장 위의 잡동사니 등—은 두 젊은
이가 '가지를 쳐서 나가' 각자 아파트를 얻은 1940년에 이 방에
서 치워졌다.

얼굴을 두 손에 묻고 머리에 쓴 손수건을 눈썹까지 낮게 드리운 채, 주이는 시모어의 옛 책상에 움직임 없이, 잠이 든 건 아니었고, 족히 이십 분은 앉아 있었다. 그러고 나서 거의 하나의 동작으로, 얼굴에서 손을 치우고 시가를 집어들어 입에 물며 책상 왼쪽 제일 아래 서랍을 열어, 와이셔츠 사이에 끼우는 판지로 보이는 것을 20센티미터 두께로 쌓아놓은 더미를 두 손으로 꺼냈다. 그는 그 판지 더미를 책상 위에 놓고는 한 번에 두세 장씩 넘기기 시작했다. 그의 손이 멈춘 것은 정말로 딱 한 번, 그것도 아주 잠깐이었다.

그가 멈추었던 판지에는 1938년 2월에 쓰인 글이 있었다. 파란색 연필로 쓴 손글씨는 그의 형 시모어의 것이었다.


내 스물한번째 생일. 선물, 선물, 선물. 주이와 막내가 평소처럼 로어 브로드웨이에서 쇼핑을 했다. 둘은 내게 가려움 유발 파우더와 악취탄 세 개들이 한 상자를 주었다. 나는 기회가 생기는 대로 컬럼비아 대학 엘리베이터나 '어딘가 아주 사람 많은 곳'에 악취탄을 떨어뜨릴 것이다.

오늘밤 나를 즐겁게 해준 보드빌식 공연이 몇 개 있었다. 부부가 로비의 유골 항아리에서 뿌린 모래 위에서 레스와 베시가 아름다운 소프트 탭댄스를 추었다. 춤이 끝나자 버디와 부

부가 그들을 아주 웃기게 흉내냈다. 레스는 거의 눈물을 흘렸다. 막내가 노래를 불렀다. "압둘 아불불 아미르." 주이는 레스가 가르쳐준 윌 마호니 퇴장 장면을 따라 하다가 책장에 부딪쳤고 매우 화를 냈다. 쌍둥이는 버디와 내가 예전에 흉내내곤 했던 벅과 버블스* 공연을 했다. 거의 완벽했다. 훌륭했다. 그러는 중에 경비가 인터폰으로 전화를 해 누가 춤을 추고 있는 건 아니냐고 물었다. "사층에 사는 셀리그먼 씨가 ─

거기서 주이는 읽기를 그만두었다. 트럼프 카드 다발을 톡톡 정리하듯 책상 위에 쌓인 판지 더미를 집어 책상 위에 탁, 탁, 두 번 치고는 그것들을 다시 아래 서랍에 넣고 서랍을 닫았다.

다시 한번 그는 팔꿈치를 괴고 몸을 앞으로 기울인 채 얼굴을 두 손에 묻었다. 이번에는 거의 삼십 분을 꼼짝도 않고 앉아 있었다.

그가 다시 움직였다. 마치 꼭두각시 인형에 매다는 줄이 그에게 달려 있어 누군가 그 줄을 세게 잡아당긴 것 같았다. 시가를 집어들 시간만 간신히 주어진 사람처럼, 그는 보이지 않는 줄이 또다시 잡아당겨진 것 같은 움직임으로 두번째 책상의 의자로 향

---

* 듀엣으로 활동한 보드빌 공연가들.

했다. 그가 몸을 옮긴 곳은 전화가 놓인 버디의 책상 앞이었다.

새로운 자리에 앉은 후 그가 처음으로 한 행동은 바지에서 셔츠 자락을 잡아당겨 꺼낸 것이었다. 그는 이 세 발걸음 옮긴 여행이 마치 그를 기묘한 열대 지역으로 데리고 가기라도 한 것처럼 셔츠 단추를 완전히 풀어헤쳤다. 그리고 나서 입에서 시가를 떼어 왼손으로 가져간 다음 계속 왼손에 잡고 있었다. 오른손으로는 머리에서 손수건을 내려 전화기 옆에 놓았다. 전화기는 '준비 자세'를 취하고 있음을 내비치고 있었다. 그는 인지될 만한 아무런 머뭇거림 없이 전화기를 들었고, 지역번호를 돌렸다. 아주 가까운 지역번호였다. 번호를 다 돌리고 난 그가 책상에서 손수건을 집어들고는 전화기 송화구 위에 상당히 헐렁하게, 다소 높이 올려 덮었다. 그는 깊은 숨을 들이쉬고 기다렸다. 이미 불이 꺼진 시가에 불을 붙일 수도 있었겠지만 그러지 않았다.

그보다 일 분 삼십 초 정도 앞서 프래니는 뚜렷하게 떨리는 목소리로 "맛있고 따끈한 닭고기 수프"를 한 그릇 가져다주겠다는 어머니의 제안을 십오 분 동안 벌써 네번째로 거절한 참이었다. 이 네번째 제안은 글래스 부인이 선 채로, 사실 거실에서 부엌으로 벌써 반쯤 걸어나가 다소 엄숙하긴 하지만 긍정적인 표정으로 한 것이었다. 그러나 프래니의 목소리에 배어 있는 떨림이 글래스 부인으로 하여금 재빨리 자기 의자로 돌아가 앉게 했다.

물론 글래스 부인의 의자는 거실의 프래니가 있는 쪽에 놓여 있었다. 방심하지 않고 지켜보겠다는 듯이. 그보다 십오 분 앞서, 프래니가 일어나 앉을 정도로 기운을 차려 빗을 찾느라 두리번거렸을 때, 글래스 부인이 책상에서 등받이가 꼿꼿한 그 의자를 가져와 커피 테이블과 똑바로 마주보게 놓은 터였다. 그 자리는 프래니를 지켜보기 아주 좋았고, 대리석 테이블 위에 놓인 재떨이도 쉽게 닿는 거리였다.

다시 의자에 앉은 글래스 부인이 한숨을 쉬었다. 닭고기 수프를 거절당하면 어떤 상황에서든 그녀는 한숨을 쉬었다. 그러나 소위 말해서, 오랜 세월 자식들의 소화관 안을 순시선을 타고 오르락내리락해온 그녀였기에 그 한숨은 어떤 의미에서도 패배의 진짜 신호는 아니었고, 그녀는 한숨에 이어 거의 즉시 말했다. "영양가 있는 걸 몸에 넣어주지 않으면서 어떻게 기운을 차리고 일어서고 그러겠다는 건지 이해가 안 된다. 미안하지만, 이해가 안 돼. 너는 정확하게—"

"어머니, 그만. 제발요. 제가 스무 번도 더 부탁했어요. 제발 닭고기 수프 얘기 좀 안 하면 안 돼요? 토할 것 같단 말이에요, 그냥 듣기만 해도—" 프래니가 말을 멈추고는 귀를 기울였다. "저거 우리집 전화예요?" 그녀가 말했다.

글래스 부인은 이미 의자에서 일어난 상태였다. 긴장한 듯 입술을 꾹 다물고 있었다. 전화벨이 울리면, 어떤 전화든, 어디서든, 글래스 부인의 입술은 꾹 다물어지곤 했다. "곧 돌아올게." 그녀가 거실을 나갔다. 평소보다 더 크게 철거덩 소리가 울렸다. 갖가지 가정용 못이 든 상자 하나가 기모노 주머니 어디선가 부서지기라도 한 것 같았다.

그녀는 오 분 정도 나가 있었다. 돌아왔을 때는 특유의 표정을 짓고 있었다. 언젠가 맏딸인 부 부가 다음의 둘 중 하나를 의미한다고 설명했던 바로 그 표정이었다. 아들 중 한 명과 막 전화 통화를 했거나, 최고로 믿을 만한 소식통에게서 이 세상 모든 인간들의 대장大腸이 일주일 동안 완벽하게 위생적이고 규칙적으로 움직이기로 했다는 소리를 들었거나. "버디 전화다." 그녀가 거실로 들어오며 말했다. 몇 년간 이어진 버릇으로 그녀는 목소리에서 기쁜 감정이 조금이라도 표가 날까 억누르고 있었다.

그 소식에 프래니가 보인 반응은 반가움과는 상당히 거리가 멀었다. 오히려 그녀는 불안해 보였다. "어디서 전화를 하는 거래요?"

"물어보지 않았다. 감기가 지독하게 걸린 것 같은 목소리더라." 글래스 부인은 자리에 앉지 않았다. 그녀는 서성이고 있었다. "어서, 서두르거라. 너와 통화를 하고 싶다는구나."

"오빠가 그렇게 말했어요?"

"분명히 그렇게 말했다니까! 어서, 서둘러…… 슬리퍼 신고."

프래니가 분홍색 시트와 연푸른색 담요에서 빠져나왔다. 소파 가장자리에 그녀가 창백한 얼굴로, 분명히 시간을 끄는 듯 앉아 어머니를 쳐다보았다. 그녀의 두 발이 슬리퍼 근처를 더듬거리고 있었다. "오빠한테 뭐라고 말했어요?" 그녀가 불안해하며 물었다.

"그냥 가서 전화를 받지그러니, 제발." 글래스 부인이 얼버무리며 말했다. "맙소사, 좀 서둘러라."

"내가 죽음의 문턱에 가 있다거나 뭐 그런 식으로 얘기했겠군요." 프래니가 말했다. 대답이 없었다. 그녀는 소파에서 일어났다. 수술 후 요양중인 사람처럼 쓰러질 듯은 아니었지만, 약간 어지러움을 느낄 거라고 예상했거나, 혹은 그러길 바랐던 듯한 소심함과 조심스러움이 묻어 있는 동작이었다. 그녀는 더 확실하게 발을 움직여 슬리퍼를 신고는 무거운 걸음으로 커피 테이블 뒤에서 나오며 가운 허리띠를 풀었다 다시 매었다. 일 년 전쯤 부당하다고 하리만치 자기비하적인 편지를 버디에게 보내며 그녀는 자신의 모습을 "나무랄 데 없이 미국적"이라고 표현했다. 그녀를 바라보며, 젊은 아가씨들의 외모와 걸음걸이를 평가하는 심사위원이 된 글래스 부인은 미소를 짓는 대신, 다시 한번 입술을 꾹 다물었다. 프래니가 시야에서 사라지자마자 그녀는 시선을 소파로 돌렸다. 소파, 잠잘 목적으로 자리를 편 좋은 오리 솜털 소파보다 더 싫은 것은 이 세상에 많지 않다는 표정이 분명하게 드러났다. 그녀는 커피 테이블 때문에 생긴 좁은 통로로 들어가, 소파 위에 보이는 쿠션이란 쿠션들을 모두 스트레스 풀듯 때리기 시작했다.

프래니는 복도를 지나가며 그곳에 놓인 전화는 못 본 체했다. 좀 긴 듯한 복도를 걸어 부모의 침실로, 이 집에서 더 인기 있는 전화가 놓여 있는 곳으로 가는 걸 선호하는 게 분명했다. 복도를 걷는 그녀의 걸음걸이에 눈에 띄게 특이한 점은 없었지만—그녀는 늑장을 부리지도, 많이 서두르지도 않았다—그럼에도 그녀의 지속되는 움직임 속에선 아주 기이한 변화가 일어나고 있었다. 그녀는 한 걸음 내디딜 때마다 생생하게 어려지고 있는 것처럼 보였다. 어쩌면 긴 복도에, 눈물의 흔적에, 전화벨 소리, 거기다 갓 칠한 페인트 냄새와 발아래 깔린 신문지, 어쩌면 이 모든 것이 다 합쳐져 그녀에게 새 인형 유모차 같은 효과를 미쳤는지도 모르겠다. 어쨌든, 그녀가 부모의 침실 문에 이르렀을 때는 그녀의 타이 실크 맞춤 가운—아마도 기숙사식의 세련됨과 치명적 매력 그 모든 것의 상징인—이 어린아이의 모직 목욕 가운으로 바뀐 것만 같았다.

글래스 부부의 침실은 벽에 갓 페인트 칠을 한 터라 냄새가 진동을 했고 눈도 쓰렸다. 가구들은 방 한가운데에 모아진 채, 오래되고 페인트 얼룩이 여기저기 묻어 있고 살아 있는 무언가처럼 보이는 캔버스 천으로 덮여 있었다. 침대들 역시 벽에서 앞으로 끌어내어져 있었지만, 글래스 부인이 직접 꺼내온 면 침대 커버로 덮여 있었다. 전화는 글래스 씨 침대 베개 위에 놓여 있었다. 글래스 부인 역시 사적 공간이 보장되기 힘든 복도 전화보다는 이 방 전화를 선호했던 것이다. 수화기가 거치대에서 분리되어 놓인 채 프래니를 기다리고 있었다. 그것은 거의 인간만큼이나 자기 존재를 인정해주기 바라는 것처럼 보였다. 전화기에 다가가기 위해, 전화기를 구원하기 위해, 프래니는 신문지들이 수북이 깔린 바닥을 이리저리 건너야 했고, 빈 페인트 통들도 피해가야 했다. 전화 앞에 이르렀을 때 그녀는 전화기를 들지 않고 침대 위 전화 옆에 그저 앉아 있었다. 그리고 전화를 바라보다가 시선을 돌리고는 머리카락을 쓸어넘겼다. 평소엔 침대와 나란히 놓여 있던 탁자가 침대 쪽으로 더 가까이 당겨져 있어 프래니는 굳이 몸을 일으키지 않아도 탁자에 손이 닿았다. 그녀는 탁자 위에 덮인, 특히나 얼룩이 심한 캔버스 천 아래로 손을 넣어 이리저리 더듬다가 그녀가 찾고 있던 도자기 담뱃갑과 구리 용기에 담긴 성냥을 발견했다. 그녀는 담배에 불을 붙인 후 다시 한번

전화기에 지나치게 염려스러운 시선을 길게 던졌다. 기억할 것
은, 죽은 시모어는 예외였지만, 그녀 오빠들의 전화 목소리가 살
팍지다고까지는 하지 않더라도 지나치게 힘차다는 사실이다. 이
시간에, 어느 오빠든 누군가의 목소리를, 내용은 고사하고 그 음
색을 들어야 한다는 생각에 프래니는 깊이 주저하고 있을 가능
성이 다분했다. 그럼에도 그녀는 초초하게 담배를 피우고 나서
는 어느 정도는 용감하게 전화기를 집어들었다. "안녕, 버디?"
그녀가 말했다.

"안녕, 우리 동생, 어떻게 지내? 잘 지내고 있어?"

"난 괜찮아. 오빠는 잘 지내? 감기 걸린 것처럼 들리네." 대답
이 곧장 이어지지 않았다. "베시가 오빠에게 매시간 브리핑을 했
을 거라 생각해."

"음, 어느 정도는. 그렇기도 하고 아니기도 하고. 알잖아. 너는
괜찮은 거야?"

"난 괜찮아. 그런데 오빠 목소리가 이상해. 지독한 감기에 걸
렸거나 전화 연결 상태가 지독하게 안 좋네. 어쨌든 지금 어디
있는 거야?"

"어디 있냐고? 나는 내가 제일 편안한 곳에 있지, 플롭시. 길
아래쪽 작은 유령의 집에 있어. 신경쓰지 마. 그냥 얘기나 하자."

프래니가 차분하지 못하게 다리를 꼬았다. "난 오빠가 정확하

게 무슨 얘기를 하고 싶은 건지 모르겠어." 그녀가 말했다. "베시가 오빠에게 뭐래?"

전화 저편에서 특징적으로 굉장히 버디다운 짧은 침묵이 흘렀다. 그것은 몇 년 위 연장자로서의 여유가 진하게 담겨 있는, 정확히 그 침묵이었다. 어린 시절 프래니 그리고 전화 저편의 흉내내기 명인의 인내심을 시험하던 그 침묵. "글쎄, 베시가 무슨 말을 했는지 확실히는 모르겠다. 어느 시점에 이르면 전화로 베시 얘기를 계속 듣고 있는 것이 귀에 좀 거슬려서 말이지. 치즈버거 다이어트 이야기는 들었고, 그건 분명하고. 아, 물론 순례자 책들 얘기도. 그러고 나선 전화기를 귀에 댄 채 그냥 앉아 있었던 것 같아, 진짜로 듣지는 않고. 알잖아."

"아." 프래니가 말했다. 그녀는 담배를 전화기 들고 있는 손으로 옮기고 빈손으로 탁자를 덮은 캔버스 아래에서 조그만 세라믹 재떨이를 꺼내 침대 위의 그녀 옆에 놓았다. "오빠 목소리가 이상해." 그녀가 말했다. "감기야, 뭐야?"

"난 기분 아주 좋다니까. 여기 이렇게 앉아 너와 이야기를 나누고 있고, 기분도 아주 좋고. 네 목소리를 들으니 기쁘다. 얼마나 기쁜지 몰라."

프래니가 다시 한번 손으로 머리를 쓸어넘겼다. 그녀는 아무 말도 하지 않았다.

"플롭시? 혹시 베시가 놓치고 말하지 않은 게 있을까? 말하고 싶은 기분이 전혀 아닌 건가?"

프래니가 손가락으로 옆에 놓인 조그만 재떨이의 위치를 약간 옮겼다. "글쎄, 좀 지쳤어. 솔직히 말하면," 그녀가 말했다. "주이가 아침 내내 신경을 긁었거든."

"주이? 주이는 어떻게 지내?"

"어떻게 지내냐고? 잘 지내. 아주 절정에 있지. 난 주이를 죽여버리고 싶어, 그뿐이야."

"죽이고 싶어? 왜? 왜 그러는데? 왜 우리 주이를 죽이고 싶어?"

"왜냐고? 왜냐하면 그냥 그러고 싶어, 그뿐이야! 그는 완전히 파괴적이야. 나는 내 평생 그렇게 철저하게 파괴적인 사람은 만나본 일이 없어! 너무 불필요할 정도로 그래! 먼저 예수기도문에 대해, 내가 그것에 관심이 있거든, 총공격을 해대면서 내가 그것에 관심이 있다는 것만으로도 무슨 신경증적인 멍청이인 것처럼 생각하게 만들더니, 이어서 예수가 세상에서 자기가 존경했던 유일한 사람이라고 열변을 토하기 시작하는 거야. 경탄할 만한 정신의 소유자 운운하면서. 변덕이 아주 죽 끓듯 해. 그렇게 지긋지긋하게 빙빙 얘기를 하고 또 하더라니까."

"그 얘기 좀 해봐. 그 지긋지긋한 악순환 얘기."

여기서 프래니는 급하게 숨을 내쉬는 실수를 했다. 방금 담배 연기를 들이마신 참이었기에 기침이 나왔다. "그 얘기를 하라고! 하루종일 걸릴 거야, 그 말밖에 못하겠어!" 그녀가 한 손을 목에 대고 기도로 잘못 들어간 연기가 초래한 불편함이 가시길 기다렸다. "괴상한 인간이야." 그녀가 말했다. "괴수라고! 진짜 짐승은 아니지만, 아, 모르겠어. 매사에 너무 냉소적이야. 종교에 대해서도 냉소적이고. 텔레비전에 대해서도 냉소적이고. 오빠와 시모어에 대해서도 냉소적이지. 계속 오빠 둘이서 우리 둘을 괴물로 만들었다고 얘기해. 난 모르겠어. 너무—"

"왜 괴물이래? 나도 주이가 그렇게 생각한다는 건 알아. 혹은 그는 자기가 그렇게 생각한다고 생각하지. 하지만 왜 그렇게 생각하는지 말했어? 괴물에 대한 주이의 정의가 뭐야? 얘기해?"

바로 여기서, 프래니는 그 질문의 순진함에 절망감을 보이며 손으로 이마를 쳤다. 분명 오륙 년 동안 하지 않았던 행동이었다. 예전엔, 예를 들면 렉싱턴 애비뉴행 버스를 타고 집으로 반쯤 와서야 극장에 스카프를 놓고 왔다는 것을 깨닫고 하던 동작이었다. "주이의 정의가 뭐냐고?" 그녀가 말했다. "그는 무엇에 대해서든 정의가 사십 개씩은 되는 것 같아! 내가 좀 불안정한 것처럼 들린다면 바로 그게 이유야. 먼저는, 그러니까 어젯밤처럼, 그는 우리가 괴물이라고, 우리가 오직 하나의 기준만을 보도록 키워졌기 때문이라고 했다가, 조금 있다가는 자기가 괴물인 것이 누굴 만나 술 한잔 하고 싶은 적이 전혀 없기 때문이라고. 유일하게—"

"뭘 하고 싶은 적이 전혀 없다고?"

"누굴 만나 술 한잔 하고 싶은 적이 없다고. 아, 주이는 어젯밤 다운타운에서, 빌리지에서 어떤 텔레비전 작가와 술을 마셨어. 그래서 그 얘기를 시작한 거야. 자기가 정말로 어디서 만나 술 한잔 하고 싶은 유일한 사람은 다 죽었거나 만날 수가 없다는 거야. 누굴 만나 점심을 함께하고 싶다고 생각한 적도 전혀 없대, 그 사람이 알고 보니 예수, 아니면 부처, 혜능 선사, 아니면 샹카라 등등인 것으로 판명될 확률이 크지 않다면 말이야." 프래니가 다른 손으로 재떨이를 붙잡지 않아 어색한 동작으로, 갑자기 재떨이에 담배를 비벼 껐다. "주이가 또 무슨 얘기를 했는지 알아?" 그녀가 말했다. "얼마나 잘난 척하며 나한테 퍼부었는지 알아? 어젯밤엔 이런 얘기도 했어. 자기가 여덟 살 때 부엌에서 예수와 진저에일 한 잔을 함께 마셨다고. 듣고 있어?"

"듣고 있어, 듣고 있다……"

"주이가 말하길, 말한 그대로 옮기는 거야, 부엌 식탁에 혼자 앉아 진저에일 한 잔에 크래커를 먹으며 『돔비 부자 상사』를 읽고 있는데, 갑자기 예수가 맞은편 의자에 앉으며 자기도 진저에일 작은 잔으로 한 잔 마실 수 있냐고 묻더라는 거야. 작은 잔이랬어, 주이가 그렇게 말했다고. 원래 주이는 그런 식으로 말하잖아. 그러면서 자기가 완벽하게 내게 조언 따위를 해낼 자격이 있다고 생각하지! 그래서 내가 이렇게 화가 나는 거야! 난 그냥 침을 뱉고 싶어! 그러고 싶다고! 이건 마치 정신병원에 있는데 다른 환자가 의사처럼 옷을 입고 와서 내 맥박을 재고 그러는 것 같아…… 그냥 끔찍해. 주이는 얘기를 하고, 하고, 또 하고. 얘기를 안 할 때면 그 냄새나는 시가를 온 집안을 돌아다니며 피워. 그 시가 연기 냄새가 얼마나 역겨운지 그냥 뒹굴다 죽을 수도 있을 것 같아."

"그 시가는 평형추란다. 순수한 평형추. 주이가 시가를 붙잡고 있지 않다면 그애의 다리는 바닥에서 위로 날아오를 거고, 우리는 다시는 주이를 보지 못하게 되지."

글래스 가족 내에는 경험 많은 언어의 곡예비행사가 몇 있었지만, 이 마지막 말을 전화로 안전하게 안착시킬 수 있는 조종 실력을 갖춘 이는 주이뿐이었을 것이다. 혹은 그럴 거라고 이 화자는 생각한다. 그리고 프래니도 그것을 느꼈을지 모른다. 아무튼 그녀는 문득 전화 저편의 사람이 주이라는 것을 알았다. 그녀가 걸터앉아 있던 침대에서 천천히 일어났다. "알았어, 주이." 그녀가 말했다. "알았다고."

그 즉시 대답이 나온 것은 아니었다. "뭐라고?"

"알았어, 주이, 라고 말했어."

"주이? 무슨 말이야?…… 프래니? 거기 있어?"

"여기 있어. 제발 그냥 그만해. 오빠란 거 알아."

"도대체 무슨 말을 하고 있는 거니? 무슨 말이야? 주이라니 누굴 말하는 거니?"

"주이 글래스." 프래니가 말했다. "제발 그만해. 재미없어. 마침 간신히 반쯤 원래 기분대로—"

"그라스, 라고 그랬니? 주이 그라스? 노르웨이 사람? 좀 건장하고 금발에 체—"

"알았다고, 주이. 그만 좀 해. 그걸로 됐어. 재미없어…… 관심 있는지 모르겠지만, 나 정말 상태가 엉망이란 말이야. 그러니 특별히 할말이 있으면 제발 서둘러서 빨리 하고 나 좀 내버려둬, 혼자 있게." 강조된 마지막 말은 마치 그 강세가 온전히 의도된 것이 아닌 것처럼 기이하게 느슨해졌다.

전화기 저편에서 이상한 침묵이 흘렀다. 그리고 그 침묵에 대한 이상한 반응이 프래니에게서 나왔다. 그녀는 심기가 불편해졌다. 그녀는 다시 아버지의 침대에 걸터앉았다. "난 전화를 끊어버리거나 하지는 않을 거야." 그녀가 말했다. "하지만 나는, 모르겠어, 나는 피곤해, 주이. 난 그냥 지쳤어, 솔직히." 그녀는 귀를 기울였다. 대답이 없었다. 그녀가 다리를 꼬았다. "오빠는 하루종일 계속 이런 식으로 갈 수 있을지 모르겠지만 난 못해. 난 그저 당하고만 있는 쪽이 됐어. 그건 지독하게 불쾌하단 말이야. 오빠는 모든 사람이 강철이나 그런 걸로 만들어졌다고 생각하지." 그녀는 귀를 기울였다. 그러고 다시 말을 시작하려다 저쪽에서 목청을 가다듬는 소리가 들리자 그대로 있었다.

"나는 모든 사람이 강철로 만들어졌다고 생각하지 않아, 친구."

이 극도로 단순한 문장이 계속되었던 침묵보다 더 프래니를 심란하게 했다. 그녀는 재빨리 손을 뻗어 도자기 함에서 담배 한 대를 꺼냈지만 불붙일 준비는 하지 않았다. "글쎄, 그렇게 생각하는 것처럼 보여." 그녀가 말했다. 그러고는 귀를 기울였다. 그녀는 기다렸다. "그런데 특별한 이유가 있어서 전화한 거야?" 그녀가 불쑥 물었다. "내 말은, 내게 전화할 특별한 이유가 있는 거냐고."

"특별한 이유는 없어, 친구, 특별한 이유는 없다고."

프래니가 기다렸다. 그러자 저편에서 다시 말을 이었다.

"생각해보니 내가 전화를 한 건 네가 원한다면 예수기도문을 계속 외우라는 말을 하기 위해서였던 것 같아. 그건 네가 알아서 할 일이란 뜻이야. 네가 결정할 일이지. 정말 좋은 기도문이고, 그러니 누구든 네게 그것에 대해 딴소리하게 내버려두지 마."

"알아." 프래니가 말했다. 그녀는 아주 불안하게 성냥을 향해 손을 뻗었다.

"난 정말로 네가 기도를 못하게 할 생각은 아니었어. 적어도 내가 그랬다고는 생각하지 않아. 모르겠다. 내 머릿속에서 도대체 무슨 일이 일어나고 있는지 모르겠어. 그래도 내가 확실히 아는 것 한 가지는 있어. 내게는 지금까지 내가 그런 것처럼 무슨 현자처럼 이야기를 할 망할 권한이 전혀 없다는 것. 이 집안에는 망할 현자들이 벌써 충분히 있었잖아. 그 부분이 내 마음에 걸려. 그 부분이 나를 좀 두렵게 해."

프래니가 뒤이은 잠깐의 침묵을 이용해 허리를 좀 폈다. 마치 무슨 이유가 있어, 좋은 자세가, 혹은 더 나은 자세가 도움이 될 것처럼.

"그게 나를 좀 두렵게 하지만 그렇다고 나를 아주 겁질리게 하는 건 아니야. 그건 분명히 하자고. 겁질리게 하지는 않는다는 것. 왜냐하면 넌 한 가지를 잊었어, 친구. 처음 그 기도문을 외우겠다는 충동을 느꼈을 때, 부름을 깨달았을 때, 넌 즉시 세상 밖으로 나가 구석구석 스승을 찾으러 다니지 않았어. 넌 집으로 왔지. 집으로 왔을 뿐만 아니라 정신을 놓고 허물어졌어. 그래서 어떻게 보면 너는 원칙적으로, 우리가 이 집에서 네게 줄 수 있는 낮은 등급의 정신적 상담 외에는 받을 수 있는 것이 없어, 그 이상은 없다고. 적어도 너는 이 미친 집구석에는 빌어먹을 숨은 동기 따윈 없다는 걸 알지. 우리가 무엇이든, 우리에게서 수상한 냄새가 풍기지는 않거든, 친구."

프래니가 갑자기 한 손만 써서 담배에 불을 붙이려 했다. 그녀는 성공적으로 성냥 상자를 열었지만 성냥을 서툴게 긁는 바람에 상자가 바닥으로 떨어졌다. 그녀는 재빨리 허리를 굽혀 상자를 집고 쏟아진 성냥개비들은 그대로 내버려두었다.

"한 가지 얘기를 해줄게, 프래니. 내가 아는 한 가지. 그리고 화내지 마. 나쁜 얘기 아니야. 하지만 네가 원하는 것이 종교적인 삶이라면, 너는 지금 이 순간 이 집에 일어나고 있는 모든 종교적 행위를 놓치고 있다는 것을 알아야 해. 너는 누군가 네게 축성祝聖한 닭고기 수프 한 그릇을 가져다주었을 때 그것을 먹을 만한 지각조차 없어. 그 수프는 베시가 이 미친 집구석에서 누구에게나 가져다주는 유일한 수프인데 말이지. 그러니 이제 말해봐, 말해보라고, 친구. 설사 네가 세상 밖으로 나가 온 세상을 다 뒤져 스승을, 그 예수기도문을 제대로 외우는 법을 말해줄 어떤 지도자, 어떤 성인을 찾았다고 한들 그게 네게 무슨 소용이겠냐? 코앞에 있는 축성받은 닭고기 수프도 알아보지 못하면서 자격 있는 성인이 눈앞에 있다 한들 대체 어떻게 알아보겠느냐고! 대답할 수 있겠니?"

프래니는 이제 다소 비정상적으로 똑바로 앉아 있었다.

"그냥 질문하는 거야. 화나게 하려는 것이 아니고. 내가 너를 화나게 하고 있니?"

프래니가 대답을 했지만 그녀의 대답은 전달되지 않은 것이 분명했다.

"뭐라고? 들리지 않아."

"아니라고 대답했어. 그런데 어디서 전화하는 거야? 지금 어디 있는 거야?"

"아, 내가 어디 있는 게 도대체 무슨 상관이야? 사우스다코타의 피에르에 있다, 젠장. 내 말을 들어봐, 프래니. 미안해, 짜증내지 마. 그냥 내 말에 귀를 기울여봐. 아주 작은 것 한두 가지만 더 이야기하면 돼, 그리고 그만할게, 약속해. 그런데 참, 내가 버디와 함께 지난여름 네 여름 공연을 보러 차를 몰고 갔던 거 알아? 어느 날 밤인가 우리가 〈서구 세계의 플레이보이〉에 나오는 너를 보았다는 것 알고 있어? 정말 무지무지 더운 밤이었어. 그건 확실해. 그런데 너 우리가 거기 있었던 거 알았어?"

대답이 필요한 것으로 보였다. 프래니가 일어섰다가 곧 다시 앉았다. 그녀는 재떨이가 상당히 거치적거린다는 듯이 조금 멀리 밀어놓았다. "아니, 몰랐어." 그녀가 말했다. "아무도 단 한 번도 그 얘기를—아니, 몰랐어."

"우린 거기 있었어. 거기 있었지. 내 말 들어봐. 친구. 넌 아주 훌륭했어. 내가 훌륭하다고 말할 땐 정말 훌륭한 거야. 빌어먹게 엉망진창인 공연이었는데 네가 잘 지탱해줬지. 바닷가재처럼 벌겋게 그을린 관객석의 인간들도 그건 알았을 거야. 그런데 지금 네가 연극과는 영원히 끝이라는 얘기가 들리네. 난 이런저런 얘기를 들어, 얘기가 들린다고. 그 시즌이 끝났을 때 네가 돌아와 장광설을 늘어놓던 걸 기억하고 있어. 아, 프래니. 너 정말 사람 짜증나게 하지! 미안하지만 넌 그래. 넌 연기라는 직업 세계에 용병들과 도살업자들이 득실득실하다는, 빌어먹을 놀라운 발견을 했다고 했어. 내 기억에 너는 심지어 모든 좌석안내원들이 천재가 아니라는 것 때문에 엄청난 충격을 받은 사람처럼 보이기도 했지. 도대체 뭐가 문제냐, 친구? 네 뇌는 어디에 있는 거냐? 괴물로 키워지는 별난 같은 교육을 받았다면, 적어도 그걸 사용해야지, 써먹어야지. 지금부터 최후의 심판일까지 계속 예수기도문을 외울 순 있겠지만, 종교적인 삶에서 유일하게 중요한 것이 거리 두기라는 걸 깨닫지 못하면, 네가 평생 한 발짝도 움직일 수 있을까? 거리 두기, 친구, 오직 거리 두기. 욕망에서 자유롭기. '모든 갈망을 멈추기.' 그런데 네가 정말 염병할 진실을 알고 싶다면 말이다, 애초에 배우를 만드는 것이 바로 이 욕망한다는 것이다. 왜 네가 이미 알고 있는 것들을 내가 다시 얘기하게 만드는 거지? 어느 시점에선가—빌어먹을 이 생애에서든 저 생애에서든, 뭐든—너는 배우 혹은 여배우가 되기를 갈망했을 뿐 아니라 훌륭한 배우가 되고 싶어했어. 넌 이제 어쩔 수 없는 배우야. 네 갈망의 결과에서 그냥 걸어나올 수는 없는 거야. 원인과 결과, 친구, 원인과 결과라고. 지금 네가 할 수 있는 유일한 일은, 네가 할 수 있는 유일한 종교적인 일은, 연기야. 원한다면, 신을 위해 연기하고, 원한다면 신의 배우가 되어봐. 그보다 더 아름다운 게 또 있겠어? 원한다면, 적어도 노력은 해봐. 노력하는 건 괜찮잖아." 잠깐 짧은 침묵이 있었다. "그렇지만 서두르는 게 좋을 거야, 친구. 네가 방향을 바꿀 때마다 모래시계에서 모래가 떨어지고 있거든. 난 내가 무슨 말을 하는지 알아. 이 빌어먹게 경이로운 세상에서 재채기할 시간이라도 얻는다면 운이 좋은 거야." 다시 한번 더 짧은 침묵이 있었다. "나는 예전엔 시간이 없다는 걸 걱정했어. 이젠 더이상 크게 걱정하지 않아. 적어도 난 아직 요릭*의 두개골과 사랑에 빠져 있거든. 적어도 나는 요릭의 두개골과 사랑에 빠져 있을 시간은 언제나 있거든. 난 내가 죽었을 때 명예로운 두개골이 되기 원해, 친구. 요릭의 두개골처럼 명예로운 두개골을

---

* 셰익스피어의 『햄릿』에 등장하는 어릿광대. 무덤 일꾼이 그의 해골을 무덤에서 파낸다.

갈망한다고. 그리고 너도 그래, 프래니 글래스. 너도 그래, 너도 그렇다고…… 아, 맙소사, 이런 이야기가 다 무슨 소용이야? 너도 나와 똑같이 희한한 환경에서 자랐는데, 네가 지금까지도 네가 죽었을 때 어떤 종류의 두개골을 원하는지, 그것을 손에 넣기 위해 무엇을 해야 하는지 모른다면, 내 말은, 적어도 배우라면 당연히 연기를 해야 한다는 것을 아직까지도 알지 못한다면, 그렇다면 이 이야기가 다 무슨 소용이겠어?"

프래니는 이제 몹시 고통스러운 치통이 있는 사람처럼 담배를 들지 않은 손의 손바닥으로 얼굴 옆면을 누르며 앉아 있었다.

"한 가지 더. 이게 끝이야. 약속할게. 하지만 중요한 건, 네가 집에 와서 관객의 어리석음에 대해 열변을 토하고 불평을 했다는 거지. 다섯번째 줄에서 들려왔던 그 빌어먹을 '엉뚱한 웃음소리'. 그래, 그건 맞아, 맞다고, 그건 우울하지. 우울하지 않다는 게 아냐. 하지만 그건 네가 상관할 바가 아니야, 정말로. 네가 상관할 바가 아니라고, 프래니. 예술가의 유일한 관심은 어떤 완벽함을 달성하는 것이고, 그건 다른 누구도 아닌 바로 자기 자신에게 있어서의 완벽함이야. 너는 다른 것들에 대해선 생각할 권리가 없어. 어떠한 의미에서든. 내 말이 무슨 뜻인지 알겠어?"

침묵이 흘렀다. 두 사람 다 외견상 어떤 조바심이나 어색함 없이 그 침묵을 견뎠다. 프래니는 여전히 얼굴 한쪽에 상당한 통증

이 있는 듯 계속 손으로 누르고 있었지만, 얼굴 표정에 아프다는 느낌은 거의 드러나지 않았다.

전화기 저편에서 다시 목소리가 들려왔다. "내가 〈지혜로운 어린이〉에 다섯번째인가 출연했을 때가 기억나. 나는 월트가 출연중이었을 때 몇 번 깁스를 한 월트 대신 나갔어. 월트가 출연했을 때 기억나? 어쨌든, 나는 어느 날 밤 방송 전에 불평을 하기 시작했어. 웨이커와 함께 문밖으로 나가려는데 시모어가 내 구두를 닦으라고 해서. 나는 몹시 화를 냈어. 스튜디오 관객들은 모두 멍청이고, 진행자도 멍청이고, 광고주들도 멍청이고, 난 그런 인간들을 위해 내 구두를 닦는 염병할 짓은 하지 않겠다고 시모어에게 말했지. 그래봐야 그들에겐 내 구두가 보이지 않을 거라고, 우리는 앉아 있지 않느냐고. 그는 그래도 구두를 닦으라고 말했어. '뚱뚱한 여자'를 위해 구두를 닦으라고, 그가 말했어. 나는 도대체 무슨 말을 하는 건지 알 수 없었지만 그의 얼굴에서 아주 시모어다운 표정이 보였고, 그래서 나는 구두를 닦았어. 그는 한 번도 '뚱뚱한 여자'가 누구인지 말해주지 않았지만 그후로 나는 방송에 나갈 때마다 매번 그 '뚱뚱한 여자'를 위해 구두를 닦았어. 기억하는지 모르겠지만 너와 내가 방송 출연을 하던 그 몇 년 동안에도 내내. 나는 한두 번 정도를 제외하고는 늘 그랬던 것 같아. 그 '뚱뚱한 여자'의 지독하게 선명하고 선명한 이미

지가 내 머릿속에 각인되었어. 그녀는 포치에 하루종일 앉아 찰싹찰싹 파리를 잡았고, 아침부터 밤까지 라디오를 최대한 소리 높여 틀어놓았지. 난 상상했어. 엄청나게 더울 테고, 그녀가 아마도 암에 걸렸을 거라고, 모르겠다. 하여튼 난 그렇게 상상했어. 어쨌든, 시모어가 왜 내가 방송에 나갈 때 구두를 닦기 원했는지 그 이유가 빌어먹게 확실하게 느껴졌어. 정말 이해가 됐어."

프래니는 일어서 있었다. 그녀는 얼굴에서 손을 떼고 두 손으로 전화기를 쥐고 있었다. "시모어는 나한테도 말했었어." 그녀가 전화에 대고 말했다. "나한테도 그 '뚱뚱한 여자'를 위해 재미있게 하라고 말했어, 한번은." 그녀는 전화기에서 한 손을 떼어 머리 위에 아주 잠깐 올려놓았다가 다시 두 손으로 전화를 잡았다. "나는 포치에 앉은 모습은 상상해본 적이 없지만 아주 —알잖아—아주 퉁퉁한 다리들을, 핏줄이 아주 많이 불거진 다리들을 떠올렸지. 나는 그 여자를 형편없는 등나무 의자에 앉히기도 했어. 그런데 그 여자 역시 암에 걸렸고, 하루종일 큰소리로 라디오를 틀어놓았어! 내가 생각한 그 여자도 그래!"

"그래. 그래. 그래. 좋아. 이제 얘기 하나 할게, 친구…… 듣고 있어?"

프래니가 극도로 긴장한 모습으로 고개를 끄덕였다.

"나는 배우가 어디에서 연기를 하든 개의치 않아. 여름 공연일 수도 있고, 라디오일 수도 있고, 텔레비전일 수도 있고, 네가 상상할 수 있는 가장 멋있고, 가장 잘 먹고, 가장 보기 좋게 햇볕에 그을린 관객들이 있는 빌어먹을 브로드웨이 극장일 수도 있겠지. 그런데 난 네게 엄청난 비밀을 말하려 해. 듣고 있는 거니? 거기엔 시모어가 말한 '뚱뚱한 여자'가 아닌 사람은 아무도 없어. 거기엔 너의 터퍼 교수도 포함되어 있어, 친구. 그리고 그와 같은 종류의 인간 수십 명도. 어딜 가도 시모어의 '뚱뚱한 여자'가 아닌 사람은 없다고. 모르겠니? 그 빌어먹을 비밀을 아직 모르겠어? 모르겠니, 내 말을 들어봐, 그 '뚱뚱한 여자'가 정말 누구인지 모르겠니?…… 아, 친구. 아, 친구. 그건 바로 그리스도야. 그리스도라고, 친구."

환희, 그것은 분명 환희였고, 프래니가 할 수 있는 것이라곤 전화를 잡고 있는 것, 그것도 두 손으로 잡고 있는 것뿐이었다.

거의 삼십 초 남짓 다른 말이, 더이상의 이야기가 없었다. 그때 들려왔다. "이제 그만 끊어야겠어, 친구." 전화기가 거치대에 다시 놓이는 소리가 들렸다.

프래니가 가볍게 숨을 들이쉬었다. 전화기는 계속 귀에 대고 있었다. 전화 연결이 끊어지자 당연히 뚜뚜뚜 하는 신호음이 뒤따랐다. 듣기에 유난히 아름답다고 생각하는 것처럼, 마치 그것이 태고의 침묵을 대체할 수 있는 가장 훌륭한 소리인 것처럼,

그녀는 그렇게 귀를 기울이고 있었다. 그러나 그녀는 또한 듣기를 언제 멈춰야 하는지도 알고 있는 것 같았다. 크든 작든 이 세상에 존재하는 모든 지혜가 마치 자신의 것인 것처럼. 그녀가 전화기를 제자리에 놓았을 때 그녀는 이제 무엇을 해야 할지도 잘 알고 있는 듯 보였다. 그녀는 담배며 주변 물건들을 치운 후 앉아 있던 침대의 면 커버를 젖히고는 슬리퍼를 벗고 침대 안으로 들어갔다. 깊은, 꿈도 꾸지 않는 잠으로 빠져들기 전, 한동안 그녀는 미소를 지은 채 천장을 바라보며 그저 조용히 누워 있었다.